オレ様エリートと
愛のない妊活はじめました

「男なんていらない。優先すべきは仕事で、ほかはぜんぶ後回しでいい」

山久姫乃《やまひさひめの》は、少し前まで本気でそう思っていた。

けれど、今はちょっとだけ違う。

猛烈に、子供がほしい！

そう考えるに至ったのは、つい先日、三十路《みそじ》を迎えたのがきっかけだ。

過去の経験から、すでに恋愛も結婚も諦めており、生涯独身なのは確定している。

それも悪くないし、むしろそのほうが性に合っている。

しかし同時に、どうしようもない寂寥感《せきりょうかん》が心の中で徐々に大きくなりつつあった。

そこから、何かもっと別の生き方があるのではないかと思うようになり、最終的に子供を持つという考えに至ったのだ。

もちろん、いろいろと考え抜いて出した結論であり、命をはぐくみ育てていく覚悟をした以上、この思いは真剣だ。

それゆえ熟考の上に、一番現実的な方法を取る事にした。

「お願い！　私、どうしても子種がほしいの。誰か優秀な遺伝子を持った男の人を紹介して！」

待ち合わせをしたカフェの窓際で、姫乃は親友の戸田祥子《とだしょうこ》に一世一代の頼み事をした。

テーブルに肘をついてかなり前のめりになっているのは、さすがにこの話を周りに聞かれるのはマズいと思ったからだ。

「ちょっと待ってよ！　優秀な遺伝子ってどういう事？」

いきなりの頼み事に、祥子が口をあんぐりと開けたまま唖然とする。もちろん、そんな反応は予測済みだ。

「私、一生のパートナーはいらないけど、子供はほしいと思うようになったの。自分の分身をこの世に残したい――産んで育てて見守りたいっていう気持ちが膨らんで、抑えきれなくなっちゃったのよ」

姫乃は拳《こぶし》を握りしめて、真剣な表情を浮かべた。

「はあ？　いきなり何を言い出すのかと思えば……。そんな極端な事言ってないで、恋愛をしなさいよ。まだ若いんだし、姫乃さえその気になれば、きっといい人と出会えるわよ」

「ううん。祥子の気持ちはありがたいけど、恋愛なんてしてる暇ないし、する気もまったくないの」

祥子に諭されるも、姫乃は頑《かたく》なに首を横に振る。

「第一、恋愛の仕方なんか、とっくの昔に忘れちゃったわよ。それでいいし、恋愛よりも仕事を優先させて、がむしゃらに頑張ってきたからこそ、今の私があるの」

姫乃は都心の繁華街から少し離れた場所でジュエリーショップを営んでいる。

店の名前は「ＨＩＭＥＮＯ《ヒメノ》」と言い、扱っている商品はすべて手作りの一点もので、デザインも完全オリジナルだ。商品は何度かメディアに取り上げられ、それがきっかけになって、ある恋愛ドラマのロケ地として店が使われたこともあった。おかげで、オープン以来売り上げは上々で、かなりの利益が出ている。

今回の件は「ＨＩＭＥＮＯ」の経営状態と信頼のおけるスタッフがいる事を踏まえた上で、実行可能だと判断した。

「姫乃が仕事を頑張ってきたのは、よく知ってるよ。でも、だからってパートナーなしで子供を持つとか……。ねえ、本当に恋愛する気ないの？　もしよかったら、正光《まさみつ》によさそうな人を紹介してもらおうか？」

正光というのは彼女の夫であり、アパレルメーカー「ソリス」の代表取締役社長だ。「ソリス」は「ＨＩＭＥＮＯ」の取引先でもあり、正光とは祥子を介して以前から面識があった。

「私が恋人より仕事を優先して、ことごとくしくじったのを知ってるでしょ？　私って恋愛に向いてないんだよ。もし仮に誰かと付き合ったとしても、また失敗するに決まってる」

「でも……」

「よくよく考えた上で出した結論よ。もちろん全責任は私が負うし、認知とか養育費とか面倒な事も一切なし。当然それなりの対価を払うつもりだし、妊娠に至るまでの費用も私がぜんぶ持つ。本当に、ただ子種を提供してもらうだけでいいの。祥子にはぜったいに迷惑をかけないって約束するし、本当に紹介してくれるだけでいいから」

祥子はまだ難しい顔をしている。けれど、姫乃が言い出したら聞かない事や、一度こうと決めたら最後まで頑張り抜く性格である事を重々知っていた。

「姫乃が本気で子供をほしいと思っているのは、わかった。だけど、一人で産んで育てるって相当大変だよ？」

「それも覚悟の上だし、自分なりにシミュレーションして、なんとかなるって思えたから実行に移すことにしたの。当然、計画どおりにはいかないだろうし、やってみなくちゃわからない事も多々あると思う。だけど、頑張りたいの」

姫乃の熱意が通じたのか、祥子が考え込むような表情を浮かべる。

あと一押し——

そう思った姫乃は、いっそう前のめりになって力説した。

「こんな事を頼めるの、祥子しかいないのよ。ネットを通じて精子の売買とかボランティアで提供してる人もいるけど、それだといろいろとリスクがあるでしょう？　でも、祥子が紹介してくれる人なら安心だし、意思の疎通も取りやすいと思うの。だから、お願いっ！」

姫乃は祥子に向かって両手をパンと合わせた。すると、祥子がため息をつきながら首を縦に振った。

「あなたってば、言い出したら聞かないんだから……。わかったわよ。正光にも力を借りて、なんとかして探してみる」

祥子の承諾を受けて、姫乃はテーブルの上の彼女の手を両手でギュッと握った。

「ありがとう！　祥子ならそう言ってくれると信じてた！　一生感謝するし、頑張っていいママになるって約束する！」

姫乃は興奮して鼻息を荒くする。それを見て、祥子が笑い声を漏らした。

「気が早いわね。それで優秀な遺伝子っていうのは、どの程度のものを指してるの？」

祥子がスマートフォンを取り出して、メモを取るしぐさをする。

「紹介するからには、できる限り希望に沿った人をピックアップさせてもらうわよ。頭がいいのは絶対条件として、やっぱり、できるだけ容姿端麗なほうがいいでしょ？　運動神経もいいに越した事ないし、あとは人柄とか？」

さすが元社長秘書だ。やると決めたらすぐに取り掛かってくれるのが嬉しい。

「お願いできるなら、贅沢《ぜいたく》は言わない。だけど、いくら恋愛抜きの妊娠が目的とはいえ、パートナーがいる人の精子をもらうのはさすがに気が引けるかな」

「それもそうね。ほかには何かある？　どこまで希望に添えるかわからないけど、一応正直な気持ちを聞かせて」

祥子に促《うなが》され、姫乃は指折り数えながら希望する条件を挙げていった。

「さっき祥子が言ってくれたような人なら、文句なしだよ。あえて付け加えるなら、生まれてくる子供のためにも、目鼻立ちがはっきりしていたほうがいいかな」

姫乃は奥二重《おくぶたえ》であり、顔のパーツがすべて小ぶりだ。バランスはいい感じに配置されているものの、どちらかと言えば地味顔で華やかさに欠ける。

昔からそれがコンプレックスだった姫乃は、プライベートはともかく、ビジネスの時は常にフルメイクだ。

「じゃあ、頭の良さと目鼻立ちを優先して探してみるわね。だけど、過剰な期待はしないでよ」

「わかった。よろしくお願いしますっ！」

姫乃は、今一度祥子に向かって深く頭を下げた。


それからひと月経った、六月の第三金曜日。

姫乃は祥子から紹介された「神野友哉《かみのともや》」なる男性と顔を合わせるべく、都内にあるTホテルのプレミアムフロアを目指していた。

『いい人が見つかったわよ』

そう祥子から連絡をもらったのは、ほんの二日前の事だ。

心の準備は万端ではないものの、互いの都合をすり合わせたところ、今日を逃せば会うのは半月先になると言われた。

それで急遽仕事終わりに会う事になったのだが、時間が経つにつれて緊張が高まってくる。せめて会う前に顔を見ておきたいと思ったが、適当な写真がないと言われ断念した。

祥子が言うには、相手は姫乃の希望を完璧に満たしており、謝礼金や見返りなどは、いっさいいらないらしい。しかも高身長であるらしく、背丈に関する気遣いも不要だと言われた。

これについては正直ホッとした。

姫乃は、身長が一七三センチある。街ですれ違う男性の大半は姫乃よりも背が低く、必要に応じて靴のヒールの高さを調整する必要があるのだ。

いずれにせよ、戸田夫妻の紹介なら余計な心配はいらない。

『事情が事情だし、初対面だけど、はじめから二人きりのほうが気まずくなくていいでしょ？　具体的な方法とか条件とか、その時に話し合って決めてね』

祥子にそう言われ、初回のみ彼女を通じて連絡を取り合って、待ち合わせの場所を決めた。

Tホテルは、平日でも予約がいっぱいの人気ホテルだ。ビジネス用のプランも充実しており、「HIMENO」から徒歩圏内という事もあって、日頃から商談などでよく使わせてもらっている。

何はともあれ、初対面の印象はよくしておかなければ――

そう思った姫乃は、閉店後の店のバックヤードで入念に化粧直しをした。

鏡の前で胸元まで伸びたストレートヘアを丁寧に梳《と》き、耳の高さでまとめてバンスクリップで留める。

姫乃は色白で、顔にはシミひとつない。顔の作りがシンプルな分、アイラインで目尻を上げ、唇に色を差すだけで劇的に印象が変わる。

アイブロウで眉を整え、目蓋《まぶた》にシックなブラウンのアイシャドウを入れる。次にブラックのアイラインとマスカラで目力をアップして、仕上げに愛用のルージュで唇を赤く塗り直した。

（これでよし！）

鏡に映っているのは、スタイリッシュなキャリアウーマンである自分だ。すっぴんには自信のかけらもないが、フルメイクをした顔なら胸を張ってどこへでも行ける。

それも大学に入学して以来、自分なりにおしゃれの研究を重ねてきたおかげだ。

同時にファッションについても独学で学び、それらが今の職業に就くきっかけになったと言っても過言ではない。

約束の時刻まで、あと二十分。

本来ならもっと余裕を持って部屋に入り、彼が来るのを待つべきだった。しかし、出がけにお得意様から連絡が入り、出発が遅くなってしまったのだ。

道を急ぎながら、姫乃は今さらながら用意した部屋について悩み始める。

(ジュニアスイートとか、気合入りすぎだと思われないかな?)

面倒な依頼を引き受けてくれた人と会うのだから、それなりの場所を用意しなければならない。

そう考えた姫乃は、ダメ元で当日Tホテルにハイクラスの部屋に空《あ》きはないか問い合わせをした。

すると、幸いにもジュニアスイートが一部屋だけ空《あ》いていたのだ。

(やっぱりワンランク下のエグゼクティブスイートあたりにしておいたほうがよかった? もしくはデラックスルームとか……)

商談とは関係なく、姫乃は時折自分へのご褒美《ほうび》としてTホテルのデラックスルームに泊まり、ルームサービスで食事をしたりして優雅な時間を過ごす事があった。

しかし、いくらお気に入りの部屋でも二人では窮屈《きゅうくつ》だ。かといって、エグゼクティブスイートだと広すぎる気がするし、ジュニアスイートくらいがちょうどいいと思ったのだが……

いずれにせよ、悩んでも時すでに遅し。

祥子から聞かされた話によると、神野は正光の幼馴染にして親友であるらしい。

姫乃が望んだとおりの優秀な遺伝子を持つ彼は、頭脳明晰かつ容姿端麗である上に正光同様自分で立ち上げた会社の社長をしているそうだ。

『夫婦で付き合いがある人だから、安心して。超絶イケメンだし、スタイルも抜群の完璧な人よ。ただ、すごくクールなの。根は優しくていい人なんだけど、とっつきにくいところがあるかも。あと、多少俺様なところがあるから、その点は承知しておいてね』

祥子から念を押されたが、条件さえクリアしていれば少しくらい性格に難があっても問題はない。仮にそれらが遺伝しても、育て方次第で素直で穏やかな子になってくれるだろう。

約束の時間まで、あと十五分弱。エレベーターでプレミアムフロアに到着し、チェックインをするために専用のカウンターに向かう。

そこで待っていた顔見知りの女性コンシェルジュと笑顔で挨拶《あいさつ》を交わし、カードタイプのルームキーを受け取ろうと手を伸ばした。

「山久様、昨日戸田祥子様からご連絡をいただきまして――」

コンシェルジュ曰《いわ》く、祥子が昨日ホテルに電話をしてきて、部屋のグレードアップを希望したのだという。

戸田夫妻は、姫乃以上にTホテルを利用しているお得意様だ。姫乃が取っていたジュニアスイートは、祥子の計らいで知らぬ間にスイートルームに変更されていた。

差額は祥子が負担すると言ったようだが、そういう問題ではない。

妙に気を回すところがある祥子だ。もしや何か企《たくら》んでの事かと思いながら部屋のドアを開け、中に入る。案の定、目の前に見えるパノラマの窓がある部屋には、深紅の薔薇《ばら》がそこかしこに飾られていた。部屋の照明はムードたっぷりのシャンパンゴールドで、窓の外には都会の煌《きら》びやかな夜景が広がっている。おまけに、窓際に置かれたテーブルには二人分のグラスとヴィンテージワインまで用意されていた。

(何これ！　これじゃますます気合が入っていると思われちゃうよ！)

別にロマンティックな夜を過ごすわけでもないのに……

用意されたゴージャスな演出の数々を前に、姫乃は狼狽《うろた》えつつ頬を引き攣《つ》らせた。

祥子にしてみれば、きっとよかれと思っての事なのだろう。けれどここに来たのは、ただ単に精子の受け渡しをするためであり、それ以上でも以下でもない。

しかし、今からすべてを片付ける時間もないし、と思いながら隣のベッドルームを覗いた。

するとあろう事か、真っ白なシーツの上に薔薇《ばら》の花びらでハートマークが描かれている。

(これじゃまるで、新婚初夜じゃないの！)

明らかに過剰演出だし、目的との齟齬《そご》がある。

そうこうしているうちに、約束の時刻まであと一分を切った。

せめてハートマークだけでも壊しておこうとした時、部屋のドアが開く音が聞こえた。

「こんばんは」

伸びやかで澄んだ男性の声に、姫乃はハタと動きを止めた。そして、くるりと踵《きびす》を返し、部屋の入口に向かって声を上げる。

「はい、こんばんは！」

思いのほか大声が出てしまい、それに驚きながら一歩踏み出して隣室に急いだ。ベッドルームを出た途端、部屋を見回している背の高い男性に出くわし、振り向いた顔を見て目を剥《む》いて仰天する。

くっきりとした二重の目にスッと伸びた鼻筋。緩く閉じられた唇の形は完璧で、それらがすべて非の打ちどころのない輪郭の中に綺麗に収まっている。

姫乃は驚きの余り、絶句した。

その美男ぶりは、仮に街ですれ違ったとしたら確実に二度見するほどだ。立っているだけで絵になるし、こちらを見る視線は、どことなく気怠《けだる》そうな色気まで帯びている。

「はじめまして。あなたが山久姫乃さん？」

神野が姫乃に向き直り、まっすぐに視線を合わせてきた。

彼の目の高さは、姫乃よりもかなり高い。ヒールの高さを差し引いても、神野の身長は少なくとも一八五センチ以上あるはずだ。

正面斜め上から見つめられて、思わず一歩うしろに下がりそうになる。

なんとか気を取り直し、口元にビジネスライクな笑みを浮かべた。そして、彼に近づいて右手を差し出す。

「はい、私が山久姫乃です。はじめまして。神野友哉さんですね？」

話しながら、さらに口角を上げ、目を三日月形にする。

「そうだ。どうぞよろしく」

神野が姫乃に一歩近づき、握手に応じた。そして、一秒も経たないうちに手を離し、視線を窓の外に向ける。

いかにもそっけないし、愛想笑いひとつしない。それどころか、こちらを見る目は冷淡と言っていいほど冷たかった。

クールで俺様――

事前にそう聞かされていたが、第一印象で、神野の性格はおおよそ把握できたような気がする。

それに、姫乃は彼がそっぽを向く前に、こちらの全身に視線を走らせたのを見逃さなかった。おそらく「デカい」とか「予想していたのと違う」とでも思ったのだろう。

いくら無理なお願いを聞いてもらう立場であるとはいえ、値踏みされるような視線は、正直あまり気持ちいいものではない。

とはいえ、窓の外を見る立ち姿がファッション誌から抜け出てきたかのように、かっこいい。祥子から超絶イケメンだと聞いていたが、顔面のみならずスタイルまでパーフェクトだった。

これは、完全に想像の域を超えている。

姫乃は笑顔を引き攣《つ》らせながら、今一度彼の全身に見入った。

「事情はすべて戸田夫妻から聞いてるよ。だが、お互いの詳しい経歴や素性については、会った時に直接確認しろと言われた。よかったらワインでも飲みながら、少し話さないか？」

神野が姫乃を振り返り、掌《てのひら》でテーブルを示した。

「え、ええ。そうしましょう」

姫乃は神野の誘いに応じて、テーブルを挟んで彼の正面に座った。その間に、神野がワインをグラスに注《つ》ぎ、姫乃の前に置いてくれた。

「じゃ、ひとまず無事顔を合わせた事に――」

神野がグラスを掲《かか》げ、姫乃も同じようにしてからワインをひと口飲む。

アルコールなら一応なんでも飲めるし、むしろ好きなほうだ。特に、美味《おい》しい食事を取りながらの飲酒はリラックス効果もあり、一人でホテルライフを楽しむ時は主にワインを頼む。

これから妊活を始めるにあたり、今日を限りにしばらくの間アルコールともお別れだ。

そんな事を思いながらグラスを傾けていると、視線が勝手に彼の手元に吸い寄せられ、長く形のいい指や綺麗に切り揃えられた爪に注目する。

(ゴツゴツしてるけど、すごく綺麗な手……。指も長いし、いろんな指輪が似合いそう)

つい人の手に目が行ってしまうのは、職業病のようなものだ。

姫乃はグラスを置き、神野のパーツの美しさに感嘆した。

「ワイン、お好きですか？　もしご希望なら、追加で――」

「いや、ワインは好きだが、量は飲まない。それと、堅苦しいのはごめんだから、今後一切敬語はやめてもらいたい」

出会ってすぐに、敬語なし？

神野のほうが年上だし、こちらがお願いする立場なのに？

しかし、彼がそう言うのなら従うしかない。

姫乃はたじろぎつつも、相手の申し出を受け入れる事にする。

「わかりま……わかった。お言葉に甘えて、そうさせてもらうわね」

神野が頷き、それからすぐに双方が用意してきた会社の概要なども記した身上書を交換して目を通した。

それによると、神野は東京都出身で現在三十二歳。幼稚園から大学まであるエリート学校を卒業して渡英。五年間、同国の投資会社に勤務したのちに帰国して、投資コンサルタント会社「パランティアキャピタル」を創設。代表取締役社長として采配を振るい、毎年順調に利益を伸ばしている。

趣味は仕事で健康状態は良好。

家族に関しては、父方の祖父は某大手卸《おろし》売会社の現会長。実父は国内大手百貨店の代表取締役社長を務めており、実母は名の知れたフィットネスジムの経営者だ。

一方、母方の祖父は長く法曹界におり、現在は弁護士事務所の経営者として活躍中であるらしい。

(何これ！　筋金入りのお坊ちゃまじゃないの！　それに、会社の資本金は二十四億円、事業所は六か所で従業員数が八十二名って、うちと規模が違い過ぎる……！)

姫乃は内心青くなりながら、自分の身上書を手にしている神野を見た。

ごく普通の家庭に育った姫乃は、お受験には無縁の庶民だ。地元にある幼稚園と小中学校に通い、高校大学と中堅と言われる学校に入学し、卒業した。

その後はジュエリーデザインを学ぶために専門学校に進学。在学中に自作のジュエリーをインターネットで販売するようになり、卒業と同時に実店舗の「ＨＩＭＥＮＯ」をオープンさせた。

開業に必要な資金はアルバイトで必死に貯めたもので、店舗は元々父方の曾祖父が本屋を営んでいた場所であり、それを姫乃が譲り受けた。

神野と親友関係にある正光も良家の子息であり、彼の紹介ならそれ相応の人物だと思っていたが、まさかこれほどエリートだったなんて……

身上書に視線を落としていた神野が軽く頷いたあと、ワインをひと口飲む。

うつむいた状態からグラスを傾けるまでの動作が、優雅すぎる。首から顎《あご》にかけてのラインが息を呑むほど綺麗だし、上下する喉仏の動きに目が釘付けになってしまう。

（指だけじゃなくて、首も素敵……。あの首にネックレスをつけたい。金種はプラチナ……モチーフは……羽とかいいんじゃない？）

「どうかしたか？」

声をかけられ、ハッとして我に返る。デザインを考えているうちに、いつの間にか、かなり前のめりの体勢になっている。

「あ……ご、ごめん。神野さんの首を見ているうちに、ネックレスのデザインが浮かびそうになったものだから……」

彼の目力は、まるでこちらの頭の中を覗こうとしているかのように強力で、思わず目を逸らしたくなってしまう。

しかし、目的を滞《とどこお》りなく達成するためには、いちいち怯《ひる》んでいる場合ではない。

姫乃は場を取り繕《つくろ》うようにグラスを持ち、ワインをもう一口飲んだ。神野はと言えば、すでに身上書に視線を戻している。

「仕事熱心だな。だが、俺が普段身につけるのは腕時計くらいだ。ネックレスに限らず、装飾品は俺の趣味に合わないし、必要性も感じない。煩《わずら》わしいだけだ」

低く響く声のトーンは、これまでと変わらない。けれど、真っ向から自分が扱っているものを否定され、微笑んだ口元が少しだけ強張《こわば》る。

(いけ好かない男。誰も身につけてくれだなんて言ってないし!)

そう思うも、無理を聞いてもらっている手前、彼の機嫌を損ねるのは回避せねばならない。

「身上書、見終わった。仕事が趣味で健康状態が良好、出身地と会社を興《おこ》した年も同じだな」

「そうね」

姫乃は短く返事をして、もう一度彼の身上書に視線を落とした。

(確かに、同じ。だけど、それ以外はぜんっぜん違いますけど!)

神野の会社があるのは都心のビジネス街でも一等地と呼ばれる場所であり、「神野ビル」という名前からして自社が所有する建物だと思われる。

「HIMENO」の所在地も都心の自社ビルだが、駅近ながら面積は決して広くない。建物は築五十年超の四階建てで、一、二階を店舗にして、その上は姫乃が住まいとして使っている。

異業種とはいえ、すべてにおいて格差があるし、資本金の額も三桁も違う。神野は一流の経営者としての余裕と風格をすでに身につけており、圧倒的なオーラを感じさせた。

「ＨＩＭＥＮＯ」も順調に利益を伸ばしてはいるが、経営者として同列に並ぶとなると躊躇《ちゅうちょ》せざるを得ない。

「店に置いている商品は、どのくらいの価格設定なんだ？」

神野が、姫乃の身につけているネックレスやピアスを見ながら、そう訊《たず》ねてくる。それからすぐに、彼の視線が姫乃自身に移った。さりげなく見ているようで、やはり自己紹介した時と同じ、値踏みするかのような目つきだ。

「使っている金種や石にもよるけど、だいたい二万円から五十万円の間。日常遣いのアクセサリーからブライダル用のリングまで、いろいろ扱ってるの。受注生産もしていて、お客様の要望を聞きながら理想のジュエリーを一緒に作りあげて、完成の喜びを分かち合うのよ。そのあとのケアも万全で――」

「商品は自社で製造しているのか？　スタッフはぜんぶで何名だ？　デザイナーは君のほかに何人いる？」

「商品はすべて自社製造よ。スタッフは私を含めて四名で、全員がデザイナー兼彫金師なの」

つい熱く語っている途中で話を遮《さえぎ》られ、矢継《やつ》ぎ早《ばや》に質問をされた。口調は冷淡でそっけなく、まるで尋問を受けているような気分になる。

「なるほど」

納得した様子の神野が、ようやく身上書から顔を上げた。

「大学で英文学を専攻したという事は、もともとジュエリーデザイナーを目指していたわけではないようだな」

「ええ。在学中に『ソリス』でアルバイトをしている時、店に置いてあるアクセサリーに興味を持ったのがきっかけだったわ」

「戸田正光と君は、その時からの知り合いか？」

「いいえ。正光さんとは、祥子が彼と結婚したタイミングで顔を合わせたの。祥子が『ソリス』の社長と結婚するって聞いて驚いたわ。だって、かつてのアルバイト先だし、私の人生が変わるきっかけにもなった会社だったから」

「『ＨＩＭＥＮＯ』の取引先に『ソリス』が入っているが、これは祥子さんの後ろ盾のおかげか？」

自社製品は、『ソリス』を含む二つのアパレルメーカーの店舗に置かせてもらっている。

『ソリス』に関しては祥子を介して正光に商品を見てもらったのがきっかけで、彼女の存在があってこその取引先であるのは事実だ。

「そうね。祥子がいなかったら、直接正光さんに会う事なんて叶わなかったでしょうから」

「そうか。ビジネスにおいて人脈は貴重だからな」

軽く頷いた神野の様子は、これまでと同様に淡々としている。けれど、こちらを見る顔には、姫乃ばかりか「ＨＩＭＥＮＯ」をも査定しているかのような表情が見て取れた。

別に対抗意識を燃やしているわけではないが、どうも神野の言葉には若干の棘《とげ》を感じる。

二つ年上とはいえ、常に上から目線の話し方も気に入らない。けれど、とっつきにくい人物だと事前に聞いていたし、肝心なのは彼が持つ優秀な遺伝子なのだ。

ふと見ると、神野のグラスが空《から》になっている。

姫乃は彼のグラスにワインを注《つ》ぎ足そうとボトルに手を伸ばした。しかし、一瞬早く動いた神野に先を越されてしまう。

彼が自分のグラスにワインを注《つ》ぎ、チラリと姫乃を見る。そして、姫乃が首を横に振ったのを見て、ボトルをワインクーラーに戻した。

「戸田夫妻は、君がほしがっている優秀な遺伝子を提供する者として、真っ先に俺のところに連絡したと言っていた。つまり、彼らが知っている大勢の人間の中で、俺が一番ふさわしいと考えたという事であり、その選択は百パーセント正しい判断だと思っている」

神野はそう言い切り、姫乃の目をまっすぐに見つめてきた。

これまでのやり取りから察するに、神野はかなりの自信家であり、それを隠そうともしない男だ。今後それが鼻につく事もありそうだが、子供の父親としてこれ以上条件のいい男性はほかにいないだろう。

姫乃の思惑をよそに、神野が表情ひとつ動かさずにワイングラスを傾ける。

「ええ、確かに。引き受けてもらって、神野さんには心から感謝してるわ」

姫乃は彼に向かって丁寧に頭を下げた。実際、神野はなんの見返りも求めずに、今回の件を引き受けてくれたのだ。

「俺が今回の事を引き受けたのは、正光の頼みだからだ。それと、おそらく問題ないと思うが、俺にはこれまでに女性を妊娠させた実績がない。だからできるだけ早く病院に行って、しかるべき検査をするつもりだ」

「ありがとう。そうしてもらえると助かるわ」

確実に妊娠するためには、双方の生殖機能や感染症等の事前チェックは必須だ。タイミングを見計らって検査をしてほしいと言おうと思っていたところに、彼のほうから申し出てくれたのは、まさに渡りに船だった。

「正光に頼まれたからには、失敗で終わるわけにはいかないからな。今回の件は、必ず最後までやり遂《と》げるつもりだ」

神野の口ぶりから察するに、彼は正光に対して相当の恩義を感じているみたいだった。それに、そこまで言うくらいだから、かなり義理堅い性格だと推測できる。

理由はどうであれ、神野がこの件に積極的に取り組もうとしているのだけはわかった。

これなら、きっとうまくいく——そう確信した姫乃は、彼の気持ちをそがないよう最大限気を配ろうと決意する。

「貴重な時間と労力を提供する決心をしてくれて、ありがとう。だけど、本当に見返りなしでいいの？」

「もちろんだ。俺は君に子種を提供する事によって、正光の願いを叶えることができる。それで十分だ。第一、仮に見返りを求めるとして、君は俺に何を提供できるんだ？」

そう言われ、姫乃は言葉に窮《きゅう》した。なるほど、すべてにおいて自分よりも格が上の彼に言うには、おこがましい台詞《せりふ》だったかもしれない。しかし、それでも何かしら自分にできる事があれば、多少なりともお礼をしたいと思う。

「私が提供できるものは、そう多くないわ。でも、もし何かあれば、遠慮なく言って。できる限りの事はするから」

またしても値踏みするような目で見られて、姫乃は密かにむかっ腹を立てた。けれど、当然表情に出したりせず、口元に浮かべた笑みを倍増させる。

「それと、戸田夫妻から聞いていると思うけど、妊娠するまでにかかる費用は全額私が負担するわ。検査費用はもちろん、今後また何かしら立て替えてもらうものが出てきたら、後日まとめて精算するって事でいいかしら？」

姫乃渾身《こんしん》の笑顔を見ても、神野はまったくの無反応だ。それどころか、若干うんざりしたような表情を浮かべながら口を開いた。

「話は聞いているが、費用に関してはいろいろと面倒だし、必要に応じてそれぞれが負担するという事にしてもらいたい」

「えっ……でも、ただでさえ見返りなしで協力してもらうのに、それだと神野さんに余計負担がかかるわ」

「負担？　俺にとっては、そのせせこましい考えのほうが負担だ。気持ちよく引き受けてもらいたいなら、面倒な事を言うのはよしてくれ」

いかにも煩《わずら》わしそうに言われては、引き下がるしかなかった。

かくなる上は、すべてを終えたのちに改めてお礼をさせてほしいと申し出るしかないだろう。

「とにかく、さっさと種付けを終わらせてしまおう。そのためには、君が考えている具体策を聞かせてもらいたい。ちなみに、妊娠に至るまでの必要な知識はすでに頭の中に入っているから、その辺りの説明は不要だ」

神野の話し方は、終始冷ややかで淡々としている。それは姫乃自身への興味がまるでない事の表れなのだろうし、こちらだって関心があるのは彼の精子のみだ。

「私はもう検査を済ませていて、妊娠が可能なのは確認済みよ。でも、生理の周期が一定じゃないの。だから、排卵日がいつか予測するのが難しいし、基礎体温もあまりあてにならないのよ」

「だとしたら、タイミング法は使えないな。お互いに忙しい身だし、妊活期間は短ければ短いほうがいいだろう？」

「ええ、もちろんよ」

神野が頷き、グラスに残ったワインを喉の奥に流し込んだ。そして、ボトルを見つめながら三杯目のワインをグラスの中になみなみと注《つ》ぐ。

(量は飲まないと言ったくせに、結構飲むじゃない)

妊活中であっても、男性はアルコールを摂取しても問題はない。むろん、飲み過ぎて勃起不全になられると困るが、神野の様子からすると、おそらくアルコールに強いのではないだろうか。

姫乃は神野につい見惚れてしまっている自分に気づき、それとなく目を逸らした。

子種の提供者は美男子であるに越した事はない。しかし、彼は姫乃の予想していた何十倍も美形だ。喜ばしい事ではあるが、かっこよすぎてなんだかいろいろとやりにくい。そういった意味でも、神野との妊活は短期間で済ませたいと思う。

今回の話を持ち出した時から、種付けの方法についていろいろと考えを巡《めぐ》らせていた。

医師の手を借りる事は当初から考えていないため、自力で行う必要がある。

ひとつは提供者に精子を採取してもらい、それを即座にシリンジを使って自分で膣内に注入する方法だ。もうひとつは実際に性行為をする方法だが、これは相手の同意がなければ実行できない。

姫乃は性行為をする覚悟はできているし、自身の生理不順を念頭に置くと、むしろ前向きに考えたいと思っていた。しかし、さすがに自分の意見を押し付けるわけにはいかないし、まずは神野の意向を聞いてからだろう。

一連の種付けに関する話をしたあと、姫乃は神野自身の希望を訊《たず》ねた。

「確実性を重視するなら、精子を採取して膣内に注入するより、実際にセックスをしたほうが効率的だと思うが」

「そうね。そうすれば直接精子を体内に入れられるし、手っ取り早くて確実だわ」

椅子の背にもたれかかっていた神野が、少しだけ身体を前に倒して姫乃を見る。

「君はもう、そうする心づもりができているという事か？」

「もちろんよ。私、どうしても子供がほしいの。そのためならなんでもするわ。私としては、排卵日がはっきりしない分、とにかく回数を重ねてできる限り早く妊娠したいの。そのために、できるだけ努力する――そういうスタンスでいるんだけど、どうかしら？」

「異論はないよ。お互いに忙しい身だが、種付けをするだけだし、やろうと思えば会って短時間で終わらせるのも可能だ」

「じゃあ、スケジュールを共有して、時間が空《あ》いた時は互いに連絡を取り合うという事でいい？」

「問題ない」

幸い、二人の職場は車で三十分の距離にある。彼さえ積極的に協力してくれたら、すぐにでも目的を達成できそうだ。そう考えると自然と気持ちが高揚し、作り物でない笑顔が浮かんでくる。

ついニヤついていると、神野がミニバーに行き、新しいグラスとともに瓶《びん》入りのミネラルウォーターを持って戻って来た。そして瓶《びん》の栓《せん》を抜いてグラスに注《つ》ぐと、無言で姫乃に手渡してくる。

「ありがとう」

姫乃は礼を言い、続けざまに三口ミネラルウォーターを飲んだ。きっと知らない間に喉が渇いていたのだろう。そのせいか、飲み込む時にいつも以上に喉が鳴ってしまった。

「具体策については、これで決まりね。あと、確認なんだけど、目的が妊娠だから極力性的な快楽を得るのは避けたほうがいいわよね？」

「と、言うと？」

「例えば、本当の恋人同士のようなキスや前戯は必要ない。余計な気遣いもなしって事でいいわよね？　洋服についても極力脱がずに済ませたいでしょう？　あと、もし必要なら、何かしら補助的なグッズを用意するから、リクエストがあれば言ってちょうだい」

姫乃は自分が性的に魅力的な女だとは思っていないし、「そそる」か「そそらない」かで言えば後者だと思う。妊娠を目的としたセックスには挿入が必須だが、自分が相手では神野が勃起しない可能性もある。

「行為が終わったら、それぞれのタイミングで速やかに立ち去る。妊娠したとわかったら、すぐに連絡をするわ。連絡先は、神野さん個人の番号で構わない？」

姫乃は事前に考えておいた、セックスに関する一連のルールを口にした。

特に異論もなく承諾してくれるものと思っていたが、神野は小首を傾げながらワイングラスを揺らしている。

「何か気になる点がある？　あるなら、はっきり言ってくれて構わないわよ」

姫乃はグラスにミネラルウォーターを注《つ》ぎ足し、再度喉を潤《うるお》した。

「そこまで細かく決める必要があるか？　あえてそうしなければならない理由があるなら、聞かせてもらいたい」

恋愛関係にない自分達がセックスをするのだ。むしろ、もっと細かな決め事を作ってもいいくらいだ。

姫乃は彼の発言を意外に思いながら、自分の考えを口にした。

「もちろん、必要以上の接触を避けて、多少なりとも感情が揺さぶられるのを避けるためよ」

そう明言した姫乃の顔を見ながら、神野が腑《ふ》に落ちないといった表情を浮かべる。

「セックスをすれば、多少なりとも快感が伴うのは当然だ。女性がオーガズムを強く感じれば感じるほど妊娠率がアップするというし、そうであれば、むしろ積極的に快楽を追求したほうがいいと思うが？」

確かにそういう事を書いた資料を読んだし、快楽によって身体が開き、妊娠の可能性が高まるのは科学的に証明されているようだ。

「だけど、あくまでも妊娠が目的なんだから、挿入して射精さえすれば事足りるわけだし……」

種付けを依頼した立場の自分が言うのもなんだが、恋人同士ではない男女がセックスをする事自体、不道徳だ。

それを伝えたつもりだが、もっと具体的に言わなければわかりづらかっただろうか？

神野の発言から判断するに、二人の間には実際の種付けに関する考えに少しずれがあるようだ。

姫乃がどうしたものかと考え込んでいると、神野が指でトンとテーブルを叩いた。

「ああ、そうか。もしかして君は、セックスで強い快楽を感じる事で、恋愛感情が生まれる——つまり、俺に本気になるかもしれないと心配しているという事か？」

「はあ？」

思ってもみない事を言われ、姫乃は唖然として固まる。そして、すぐに首を横に振って否定した。

「違うわ！　そんな心配は、まったくしてないから！」

冗談じゃない！

たかが妊娠目的のセックスをしたくらいで、誰が本気になったりするものか。そんなにチョロい女ではないし、もともと淡白でセックスへの執着もない。

姫乃の鼻孔が膨らむのを見て、神野が片方の眉尻を上げた。

「それなら問題ないな。俺のほうもぜったいに本気にならないから安心してくれ」

シニカルな表情を浮かべながらそう言われ、少なからずカチンとくる。

（失礼ね！　いくらイケメンでも、そこまではっきりと言わなくてもいいでしょ！）

これがリッチで成功したイケメン特有のものなら、そのご立派な鼻っ柱をへし折ってやりたい気持ちになる。しかし、向こうが言い出した事とはいえ、先に否定したのは自分だし、彼はそれに追従しただけだ。

（とにかく、今は我慢！）

姫乃は強《し》いて穏やかに微笑み、憤《いきどお》る気持ちを呑み下した。

「今回の件はビジネスと同じだ。やるからにはぜったいに成功させる。いずれにせよ、俺は目的達成のためなら手段は選ばないし、協力も惜しまない」

「ありがとう。今回の事は、私も神野さんと同じように捉《とら》えてるわ」

さすが一流の経営者だ。実にビジネスライクだし、細かい事はともかく、基本的な考え方は似たところがある。

性格に多少の難はあるが、これならうまくやっていけるかもしれない。

そう思ったのも束の間、神野の視線が姫乃の着ているカットソーの胸元に下りた。

まっすぐそこを見る目は、まるで遠慮がない。腕を交差させて隠したいという衝動に駆られたが、自意識過剰だと思われるのが嫌でじっと我慢する。

「俺は君の協力者として、君が速やかに妊娠する事を望んでいる。俺が思うに、そのためにはあれこれ規制しないほうがいいんじゃないか？」

「それはつまり、付き合っている者同士がするような、普通のセックスをするって事？」

「普通、とは？」

「えっ……と、例えば、会ってハグやキスをして、気持ちが盛り上がってから洋服を脱いで――」

「セックスは人それぞれだし、同じ段階を踏むとは限らない」

「それはそうだけど……。とにかく、イチャイチャしてきちんと洋服を――って、脱がないでする時もあるし、会っていきなりって事もあるわよね――」

神野が言うように、セックスの始め方は様々だ。そんな当たり前の事を言われ、うっかり馬鹿正直に反応してしまった。

いけ好かないばかりか、癪《しゃく》に障る男だ。

姫乃が口を噤《つぐ》んだのを見て、神野が口元に冷ややかな笑みを浮かべる。

「どうやら君は、もう長い間セックスをしていないようだな」

それだけ言うと、神野がこちらの返事を待つような視線を投げかけてきた。

確かに、もうずいぶん長い間ご無沙汰だ。けれど、それがなんだというのか。とにかく、これ以上冷笑を浴びせられるのはごめんだった。

「あなたは、どうしたいの？　希望を聞かせてもらってもいいかしら」

少々強気になってそう訊《たず》ねるも、神野は表情を変えずに姫乃を見つめてくる。

「待ち合わせをして、セックスをする。それだけでいいんじゃないか？　あれこれルールを決めておくと、それに気を取られるし、ルールなしのほうが、こちらとしてもやりやすい。だが、最終的な判断は君に任せる」

こちらが示した方針を掻き回しておいて、決定権はそちらにあると丸投げされた。

神野友哉という人物は、いったい何を考えているのかわからないし、思っていた以上に扱いにくい男であるらしい。

「じゃあ、とりあえず実際に一度やってみるっていうのはどう？　進めながら、ルールを決めるかどうか話し合う感じで」

「わかった。参考までに聞くが、前にセックスをしたのはいつだった？」

「それ、関係ある？」

「大いにあるね。女性の身体はデリケートだ。それによって、いろいろとやり方を変える必要が出てくる」

やり方とは、当然セックスの事を指しているのだろう。余裕のある態度は気に入らないが、ここは正直に答えるべきだと判断する。

「二年前よ。別にそれで支障はなかったし、恋愛はもうこりごりなの」

少しばかり動揺したせいか、つい余計な事まで言ってしまった。しかし、知られたとしても相手はただの精子提供者だ。

いくらイケメンであろうと、彼が言ったとおり、これはビジネスだと思えばいい。

姫乃はグラスに入ったミネラルウォーターを一気に飲み干し、どうにか落ち着きを取り戻した。

「恋愛に関しては俺も同意見だな。面倒だし、わざわざ時間を割《さ》いてまでするようなものじゃない」

なるほど。神野の容姿からすると、おそらくモテすぎて相手に事欠かず、恋愛に対して食傷気味といったところだろうか。

癪《しゃく》に障る男だが、女性の扱いに慣れているのは、こちらにとっては好都合だ。

「さて……俺のほうはいつでも準備万端だ。バスルーム、先に使うか？」

「いえ、お先にどうぞ」

神野に先を譲り、姫乃は椅子から立ち上がって窓際に向かった。彼が部屋を出てバスルームのドアを開ける音が聞こえてくる。

姫乃はようやく肩から力を抜いて、夜景を眺めながら大きく深呼吸をした。

（なんだかんだで主導権を握られっぱなしだな……。だけど、立場的に今のままで行くしかないのかも）

優先すべきは妊娠であり、そのほかの事はぜんぶ後回しにしなくてはならない。そう腹を括《くく》り、窓の外を見つめ続ける。

「先に向こうの部屋に行かせてもらうよ」

しばらく経って、背後から神野に声をかけられた。振り向くと、備え付けのバスローブを着た彼がベッドルームに向かって歩いていくところだった。

「私も、すぐに行くわ」

姫乃は神野がいなくなると同時に、バッグを持ってバスルームに急いだ。中に入ってドアを閉めると、洗面台に両手をついて自分の顔をまじまじと見つめた。

(する時って、照明はどうするのかな。明るかったら嫌だし、メイクは落とさなくてもいいよね?)

鏡に向かって頷くと、姫乃は急ぎながらも入念に身体を洗い、下着を着けないまま備え付けのバスローブを羽織った。ここに来るまでの間に、できる限りのボディメンテナンスは済ませている。

早足で廊下を歩いてベッドルームに入ると、背中を向けて立っていた神野が姫乃を振り返った。

「早かったな」

「お互い、迅速に事を進めたいのは一緒だから。それに、明日は二人とも仕事――わわっ!」

歩き進めた先に見えてきたベッドの上に、薔薇《ばら》の花びらで描かれたハートマークが見えた。

その存在を、すっかり忘れていた!

そもそも部屋のそこかしこに薔薇《ばら》が飾られているのに、神野の存在が強すぎてすっかり意識から抜け落ちてしまっていたのだ。

「こ、これは違うの! 用意したのは私じゃなくて、祥子が変に気を回しちゃって。彼女、たまに突拍子もない事をする時があるのよ。これもそのうちのひとつで――」

「なるほどな。祥子さんならやりかねない」

おそらく姫乃同様、過去に祥子に驚かされるような事があったのだろう。姫乃が言い訳をするまでもなく、神野が納得したような表情を浮かべる。

わかってもらえて、よかった！

誤解されずに済んで、姫乃はホッと胸を撫で下ろした。

「祥子さんとは、いつからの縁なんだ？」

「高校の時に同じクラスになって以来の仲なの。私と祥子って外見からすると、まったく合わなそうでしょう？　昔からよく不思議がられたりしたものだわ」

長身の姫乃に比べて、祥子は三十代女性の平均身長に満たない。

昔からスレンダーで女性らしさに欠ける姫乃に対して、祥子は適度に丸みを帯びた身体つきをしている。おまけに、可愛げのある美人で性格も優しく、学生時代からかなりモテていた。

そんな彼女は、大学卒業後は新卒で「ソリス」に入社し、秘書課に配属された。ほどなくして、元来の愛想の良さと仕事ぶりを買われ、社長秘書に抜擢。その後、かねてから片想いされていた正光の猛アプローチを受けた末に、彼の妻に納まったというわけだ。

「私と違って、祥子は女性から見ても放っておけないタイプでしょう？　はじめは合わないなって思ってたんだけど、話してみると妙に気が合っちゃって。家もそう遠くなかったし、自然と親しくなって、今では一番の親友なの」

「そうか」

ついと伸びてきた神野の手が、姫乃の頭からバンスクリップを外した。ひとまとめになっていた髪の毛が、ゆるいカーブを描きながらバスローブの肩を覆《おお》う。彼は姫乃の髪の毛を指で梳《す》き、サラサラと落ちる様を見つめている。

突然の事に、姫乃は彼の顔を見たまま固まってしまった。

「綺麗な黒髪だな。指どおりがよくて、まるで絹糸みたいだ」

姫乃はこれまでに一度も髪の毛を染めた事がなく、パーマも未経験だった。

豊かで艶《つや》やかな髪の毛は姫乃が自慢できる数少ないもののひとつだ。けれど、今まで一度も男性の目に留まった事はなかった。異性からの讃辞に免疫がないせいか、神野の言葉が思いのほか心に染みる。

「ありがとう。日頃お客様と接する仕事をしているから、一応外見には気を遣ってるの」

「いい心掛けだな。経営者たる者、会社のトップとして常に自分を正しくプロデュースすべきだ。さあ、お喋《しゃべ》りはこのくらいにして、そろそろ始めようか。部屋の灯りはどうしたい？」

雑談から急に本題に入られ、少なからず動揺する。しかし、実際に性行為をしての子作りは想定していたし、今さらあわてるなんて変だ。

おそらく神野が想像を遥《はる》かに超えるハイスペックイケメンだった事が理由だろうが、ここは予定どおり、ビジネスと同様に毅然《きぜん》とした態度を貫かねばならない。

そして、今までにないほど手ごわい相手である彼を、しっかりと迎え撃たなければ――

姫乃は自分を鼓舞《こぶ》し、覚悟を決めて口を開いた。

「ヘッドボードの裏と、テーブルの間接照明だけで」

「了解」

姫乃が言ったとおりに照明を落とすと、神野がおもむろにバスローブの前を寛《くつろ》げた。引き締まった胸筋は驚くほど均整が取れており、日頃からきちんと鍛《きた》えているのがわかる。

それだけならまだしも、全体のフォルムがセクシーで、その肉体美といったら時折女性誌の表紙を飾る男性モデル以上に魅惑的だ。

(す、すごい……。洋服を着ている時は、それほどじゃなかったのに、脱いだらフェロモンだだ漏れって感じ……!)

だが、ここで怯《ひる》んではいけない。

姫乃は自分を奮《ふる》い立たせ、彼の前に進んで右手を差し出した。

「では、神野友哉さん。改めて、どうぞよろしく」

「よろしく」

神野が姫乃の手を掴み、ギュッと握ってきた。

こちらを見つめてくる瞳が、磨き上げた宝石のように綺麗だ。彼は、それからすぐに姫乃の手を離し、なんの躊躇《ちゅうちょ》もなくバスローブを脱いでベッドサイドに置かれたカウチの上に置いた。

一糸纏《まと》わぬ姿になった神野が、ベッドの上のハートマークに視線を向ける。その立ち姿は、モデルどころか、ギリシア神話に出てくる男神さながらという感じだ。

姫乃は目のやり場に困り、彼の上体に視線を固定させた。

「せっかく祥子さんが演出してくれたんだ。あとでしつこく感想を聞かれるだろうし、一応ハートの上にダイブでもしておくか」

そう語る彼の眉間には、薄っすらと皺《しわ》が刻まれている。

（うわっ、いかにも迷惑そう）

確かに、祥子はノリノリで「どうだった？」と気が済むまで聞いてきそうだ。神野の機嫌を損ねないためにも、ここは彼の言葉に従っておくべきだろう。

姫乃は頷きながら彼に一歩近づき、バスローブの腰ひもを解いた。そして、ひと思いにそれを脱いで、カウチの上に放り投げる。

「そうね。どうせならダイブして花びらをそこら中に撒き散らしましょ」

裸を見られまいと神野のすぐそばまで近づくと同時に、腕の中に取り込まれ、そのまま仰向けになってベッドの上に倒れ込んだ。

その途端、何枚もの薔薇《ばら》の花びらが飛び散り、神野の背後をふわふわと舞い踊る。

姫乃はポカンと口を開けたまま、目をパチクリさせる。まさか、いきなり抱き寄せられるとは思っていなかったし、薔薇《ばら》の花びらを背負う神野は、昔見た少女漫画のヒーローのようだ。

「は……花びらの上にダイブすると、こうなるのね」

何か言わなければと話した声が、明らかに上ずっている。

我ながら間の抜けた事を言ったものだと悔やんでいると、姫乃の身体を囲むようにして手をついていた神野が、おもむろに身を起こした。

姫乃の腰を挟む位置で膝立ちになった彼の顔には、白けたような表情が浮かんでいる。

少なくとも、神野がまったくこの演出を喜んでいない事だけは確かだ。その証拠に、眉間の縦皺《たてじわ》がより深くなっている。

「ふん……まるで新婚初夜を迎えるカップルだな」

「確かに」

短くそう答えた姫乃を、神野が上から見下ろしてきた。そして、そのまま視線を姫乃の胸元に移動させる。彼の位置からは、姫乃の全身が見えるわけではない。けれど、さすがに全裸だと落ち着かないし、かなり強い羞恥心《しゅうちしん》も感じる。

『これじゃ興奮しないし、見るからに感度も悪そうだな』

『胸、小さすぎて揉み甲斐がないよ』

姫乃の頭の中に、かつて元カレ達に言われた言葉が思い浮かぶ。

顔同様、姫乃の身体は凹凸《おうとつ》に乏《とぼ》しく、胸に至っては寄せて上げてようやくCカップだ。身体つきは割とバランスがよく、骨格もしっかりしている。けれど、女性らしい丸みに欠けるし、お世辞にもセクシーとは言い難かった。

ビジネス上必要を感じて、外見には気を付けている。けれど、恋愛から遠ざかるうちに、服を脱いだ時の自分と向き合う機会は格段に減った。エチケットとして全身のメンテナンスはしたが、どこを取っても完璧な神野には対抗できないし、自分では明らかに力不足だ。

(元カレ達と同じような事を言われたらどうしよう……)

そう思いながら顔を横に向けて黙り込んでいると、神野が再び肘を折って姫乃の目前まで顔を近づけてきた。

「もしかして、緊張してるのか？」

そう訊《たず》ねられ、姫乃はギクリとして顔を上げた。

神野は彼氏ではなく、単なる子種の提供者だ。ここに来て緊張して固まるなんて、彼にしたら迷惑でしかないし、今は過去の感情に囚《とら》われている場合ではない。

自分にそう言い聞かせると、姫乃はきっぱりと首を横に振って両方の口角を上げた。

「いいえ。さぁ、始めましょ」

きっと神野は姫乃の強がりに気づいている。しかし、あえてそれ以上何も言わず、頷くだけに留めてくれた。

それをありがたく思いつつ、姫乃は意を決して、さっきから視界にチラチラと入ってくる神野の男性器を見た。

それはまだ勃起状態にはなっておらず、おそらくこのままでは硬くなる事はないだろう。

(やっぱり、私相手じゃ勃たないんだ……)

そう悟るなり、姫乃はいたたまれずに表情を強張《こわば》らせて赤面する。

こうなる前に何かしら準備しておくべきだった。それなのに、神野に対して必要なら補助的なグッズを用意するなどと悠長な事を言った上に、セックスに関するルールがいるなんて知ったような口をきいてしまった。

こちらはよくても、神野自身がその気になれなければ、挿入はできない。頭の隅で予想していたとはいえ、実際にそうなってみると情けなさで胸が潰れそうだった。

しかし、今はとりあえずこの状況から抜け出さなければならない。

「やっぱり、ルールなんて決めないほうがいいみたい。私、見てのとおりグラマラスとはほど遠い身体つきだから、自然に勃起ってわけにはいかないわよね。もし必要なら手を貸すし、具体的に言ってくれたらそのとおりにするけど……」

我ながら、かなりあけすけな発言をしているものだと思う。けれど、ここまで来たら、もう恥じらっている場合ではない。

「俺のほうはどうにでもなるから、気遣いは無用だ。それより、君のほうの準備がまだ整っていないんじゃないか？」

グッと顔を近づけられ、姫乃はたじろいで枕に頭を押し付けて神野との距離を保った。

「準備……って――」

「濡れてなきゃ、入るものも入らない。無理に挿《い》れようとすれば、君の身体に負担がかかるだろうし、それは俺の本意ではない。それに、苦痛を伴うようなセックスで妊娠しても、あとあと辛い記憶が残ってしまうんじゃないか？」

思いがけない気遣いに触れて、姫乃は神野を見つめたまま言葉をなくした。セックスをするのは頭ではなく身体だ。濡れるには気持ちの盛り上がりが必要だし、始めようと意気込んだだけでできるものではない。おそらくさっき神野がルールを決めるのを渋ったのは、こちらを気遣っての事だったのだ。

姫乃は自分の思慮のなさを恥じ、上辺だけで彼の人となりを判断した事を猛省《もうせい》する。

「そうね。じゃあ、ちょっと待ってもらってもいい？　どうにかして準備を整えてみるから」

神野が頷き、姫乃の身体の上にブランケットをかけてくれた。そして、さりげなく身体を離し、隣に仰向けになって寝そべる。

「気遣ってくれて、ありがとう」

「どういたしまして」

種付けをするには、方法はどうであれ膣内に精子を注入する必要がある。シリンジを使うにしろ男性器にしろ、挿入をスムーズにするためには潤《うるお》いが必須だ。

つまり、俗に言う愛液がなければインサートは困難になる。

そのため、姫乃は事前にエロティックな映画やドラマを視聴したり、それっぽい妄想をしたりして愛液の分泌を促《うなが》す練習をしていた。しかし、もともと感じにくく濡れにくい体質らしい。

練習の時にはうまくいったが、いざ本番を迎えると、思った以上に雑念に邪魔されて濡れるどころではない。

「時間はあるし、焦る必要はない。グラマラスとはほど遠い身体つきなのは間違いないが、綺麗に引き締まっているし、普段から鍛《きた》えたり、きちんとメンテナンスをしているのは見ればわかる」

忙しくてなかなか通えていないが、姫乃も一応ジムに通っている。立ち仕事の合間に軽くストレッチをしたり、早起きをした時などは近くにある公園でジョギングをする事もあった。

「そう言ってくれて、ありがとう」

「礼には及ばない。思った事を言ったまでだ」

神野の声のトーンは相変わらず淡々としており、感情の起伏がまったく見られない。きっと彼は、種付けをするという目的のみに注意を向けており、そのほかの事は気にならないのだろう。

一方、姫乃はと言えば、平常心を装《よそお》ってはいるものの、非日常すぎる今の状況のせいで心拍数が上がりっぱなしだ。せめて彼が自分と同じくらいの容姿なら、もう少し気持ちに余裕が持てていたかもしれない。

しかし、神野はこちらが萎縮《いしゅく》してしまうほどゴージャスで非の打ちどころのない美男だ。

それに、事前に聞いていたとおりのクールな俺様ぶりを発揮してくれている。

（でも祥子が言っていたとおり、根は悪い人ではないのかも。だけど、かなり上から目線だし、とっつきにくいのは確かだわ）

どうせ期間限定の関係だし、必要以上に親しくなる必要はない。むしろ、距離を持って接したほうがいいし、身体は重ねても極力気持ちは通わせないほうがベターだ。

（神野さんの様子からして、気持ちが通い合うなんて事はなさそうだけど）

互いの親友同士が夫婦とはいえ、おそらく子種を提供するなどという話がなければ知り合う事もなかった二人だ。縁あってこうして同じベッドに横たわっているが、今後妊娠出産しても、彼の名が出生届に記載される事はない。

あれこれと余計な事を考えていたせいか、心も身体もガチガチのままだ。焦れば焦るほど気が逸れてしまい、濡れる気配すらなかった。

このままでは埒《らち》が明かない。それに、いつまでも何もせず横たわっているわけにはいかなかった。

「実は私、もともと感じにくいし濡れにくいの。もちろん今回の件をきっかけに、自分なりに練習をしたけど、今日は調子が悪いみたい。申し訳ないけど、少し時間を置いてもいいかな？」

姫乃は思い切って、神野にそう打ち明けた。てっきり嫌な顔をされるかと思ったが、彼は無表情のままだ。

「そうか。必要なら、コンシェルジュに頼んで潤滑剤《じゅんかつざい》を買ってくるように依頼するが」

神野が言いながら上体を起こそうとする。

姫乃は、咄嗟《とっさ》に首を横に振って彼を押し留めた。

「ま、待って！　私、そういったものはあまり使いたくないの。以前、使った事があるんだけど、肌に合わなかったし、逆に場が白けちゃって……」

使ったのは、最後に付き合った同い年のカレとベッドインしようとした時だ。事前に用意されていたそれを試しに使ってみたのだが、香りがきつくベタベタするばかりで逆効果だった。

結局、ベッドインは失敗。気まずくなり、その後一週間と経たずに関係を解消した。

そんな経験もあって、潤滑剤《じゅんかつざい》を使うのは気が進まない。姫乃の気持ちを察したのか、神野が片肘をつく体勢で再び横になった。

「君はどうやら、あまりいいセックスをしてこなかったようだな」

低い声でそう問われ、姫乃は斜め上から見下ろしてくる彼の顔を見つめた。

「ほかと比べようがないからよくわからないけど、たぶんそうかなって。正直言って、今まで一度もセックスで気持ちいいと思った事なんかないわ。当然オーガズムを迎えた経験もないの。そのせいか、私にとって、セックスなんて別になくても済ませられる程度のものでしかないのよ」

抱かれたいという気持ちが、まったくないわけではない。けれどいつの頃からか、ムラムラしたり、どうしてもセックスがしたいとは思わなくなってしまっている。

話しながら、姫乃は頭の中で過去の恋愛をざっとさらった。そうできるほど、姫乃の恋愛歴は浅く短いものばかりだ。

「不感症気味の女を相手にして、面白いわけないわよね。『お前はセックスが下手《へた》だ』って、はっきり言われた事もあるし。だからって自分の意志でどうにかなるものでもなくて」

「なるほどな。君が濡れないのは、過去のセックスが原因のようだな。快感を得た事がないんだから性に対して興味が薄い。別にしたいと思わないから、濡れる練習をしても成果が出ないのは当たり前だ」

端的にまとめられ、改めて自分の性に対する姿勢を思い返す。今までじっくりと考えた事はなかったが、すべて納得できるし、反論の余地もない。

「確かにそうね。そんなんだから、恋愛なんかもういいやって思うようになって、淡白だから恋人ができても仕事を優先してしまうの。逆を言えば、仕事を忘れるくらい深く誰かを想った経験がないって事よ。付き合っても一年ともたなかったし、結局はすべて自分のせいなのよね」

神野に話したおかげで、今まで胸に抱え続けていたモヤモヤがスッと消えたような気がした。

幾分心が軽くなり、我知らず口元に笑みを浮かべる。

「いろいろあって、今の恋愛下手《べた》な私ができたってわけね。でも、恋愛そっちのけで仕事に打ち込んできたからこそ、起業が成功したのは確かよ。後悔はないし、恋愛で得られる快楽よりも仕事をする上で感じる快感のほうがよっぽど大事だし、気持ちいいわ」

姫乃は吹っ切れた顔で神野を見つめた。彼も姫乃の顔をまじまじと見つめ返してくる。

「君の恋愛の仕方や姿勢は、驚くほど俺に似てるな。俺もこれまで付き合った女性とは一年どころか、三か月ともたなかった。別れの理由も同じだし、仕事で得られる快感に勝るものはない」

神野の話を聞いて、姫乃は彼が仕事に没頭するあまり恋人をないがしろにする姿を想像した。

恋愛下手《べた》で淡白なワーカホリック。

似た者同士、探せばもっと共通点が出てくるかもしれない。

思えば、男性とここまであからさまに性に関する話をした事などなかったし、元カレ達はピロートークとは無縁の人ばかりだった。

今さらながら、今日会ったばかりの男性と裸でベッドに横たわり、赤裸々《せきらら》な恋バナをしている事に、姫乃は新鮮な驚きを感じた。

ビジネスで男性と接する機会は少なくないが、彼らに性別など存在しない。そう考えると、神野は姫乃が久しぶりに異性と認識して接している男性だった。

「どうだ？　濡れてきそうか？」

ふいに目前まで顔を近づけられて、図らずも心臓が跳ねた。ただでさえ緊張で鼓動が速くなっているのに、余計胸の高鳴りが大きくなる。

「う～ん……少しだけ濡れてきたかも。でも、まだぜんぜん足りないって感じかな」

特別エロティックな妄想をしたわけでもないのに、若干濡れてきているような気がする。触って確かめようにも、さすがに恥ずかしくて気が引けた。

姫乃がモジモジとつま先をすり合わせていると、神野がさらに顔を近づけてくる。

「さっき言ったとおり、感じて濡れていたほうが妊娠の確率が高くなる。濡れる手助けをされるのは、やはり気が進まないか？」

「感じて濡れて」「濡れる手助け」――

さっきまでは普通に聞けていた言葉が、今はパワーワードになって姫乃の聴覚を刺激してくる。

神野の口調は変わらない。けれど、多少なりとも彼の人となりを知り、二人の距離が少しだけ近づいたような気がしていた。

「……手助け、お願いしてもいい？」

姫乃は努めて冷静さを保ちながら、そう答えた。

「わかった。じゃあそうさせてもらおうか」

返事をした神野が、表情はそのままで、ゆったりと姫乃の身体の上に覆《おお》いかぶさってきた。

今まで天井《てんじょう》が見えていた視界を遮《さえぎ》られ、彼の体重を身体の上に感じる。

いよいよ、実際に種付けが始まる――

そう思うだけで全身に緊張が走り、心臓がさらに早鐘を打ち始める。できる限り平静を保とうとするのに、上から見下ろすように見つめられてだんだんと息が弾んできた。

神野が姫乃の目を見据えたまま、ゆっくりと顔を近づけてくる。

まさか、キスをされる？

そう思って身構えた直後、彼の唇が姫乃の左耳に逸れた。

「なるべくリラックスして、感じる事だけに集中しろ」

耳元で低く響く命令調の言葉。

キスではなかった事に安堵しつつも、なぜか胸の奥にレモン汁を垂らされたように身体がキュッと縮こまる。

それを誤魔化すように「はい」と言った声が、びっくりするくらい小さかった。

考える間もなく大きな掌《てのひら》に右の乳房を包み込まれ、先端を指でキュッと摘まれる。そこから生じた快感が、さざ波のように一瞬で全身に広がっていく。まだ少ししか触られていないのに、身体が敏感に反応する。

(ちょっ……なんで、こんなになるの?)

思わず声が漏れそうになり、あわてて唇を噛む。

どうにかやり過ごしたのも束の間、首筋に緩く噛みつかれ、背中がシーツから浮き上がった。

鎖骨から胸元へと徐々に下に向かう神野の唇が、姫乃の肌に何度となく吸いついてくる。

そこがジィンと熱くなり、まるで身体にキスの刻印を押されているような気分になった。

だんだん全身から力が抜けていき、脚の間が早々に濡れ始める。

これほど早い段階で感じた事など、いまだかつてなかったのに……

ぴったりと吸いつくように触れてくる神野の掌《てのひら》が、乳房から離れ下腹部に下りた。ゆっくりと円を描くように撫でられたそこは、ちょうど子宮がある位置だ。

「君は今から俺とセックスをする。一度の射精で放出される精子は、およそ三億個。精子は子宮を経て卵管に入る。一方、卵巣から出た成熟した卵子は、卵管膨大部に移動して精子が来るのを今か今かと待ち構えている」

シンとして静かな部屋の中で、神野の声がやけにクリアに聞こえる。

神野の指は正確かつ淡々と各部位がある場所を示し、姫乃は医学書などで見たそれらを頭の中に思い浮かべた。

「精子は膣内から子宮を経て卵管内に入ると、三日から五日間ほど生きて受精を試みる。うまくいけば卵子は卵管膨大部で精子と出会い、受精する」

神野はごく当たり前の事実を述べているだけだ。それなのに、まるで秀逸なプレゼンテーションを聞いている時のように、意識が彼の声と指の動きに集中した。

「受精卵は五、六日で子宮内に到達し、子宮内膜にもぐり込んで胎盤を形成する。着床すれば妊娠が成立し、君の胎内に新しい生命が宿る。そうなるためには、もっと感じてグチュグチュに濡れてもらわないとな」

（い、今、グチュグチュって言った？）

淡々と話していた神野の声が、いつの間にか低くセクシーなものに変わり、硬かった口調が一変して、愛液を連想させる擬音語を囁《ささや》いてきた。

「あんっ！」

それに驚いている暇もなく左乳房を食《は》まれ、抑えきれずに小さく声を上げる。いつもよりワンオクタープ高く響く声は、間違いなく自分が出したものだ。

神野の舌が乳先を捏《こ》ね、上顎《うわあご》に擦り付けるようにして乳嘴《にゅうし》を刺激してくる。

いまだかつてそんな愛撫《あいぶ》を受けた事がない姫乃は、瞬時に涙目になった。ただ、胸の先を吸われるだけなら、これまでにも何度か経験した事がある。けれど姫乃が知るそれは、いつだってどこかおざなりで、ただ相手が自身の興奮を高めるだけの行為にすぎなかった。

けれど、今されているのは明らかに違う。

この行為に心がないのはわかっている。それでも、こちらの気持ちを高めようとしてくれているのが伝わってくるし、だからこそ身体だけではなく心まで反応してしまうのだ。

「……んっ……く……。ふぁっ……」

抑えていた声がどうしようもなく漏れ始めた頃、いつの間にか左右に大きく広げられた脚の間に神野の手が忍んできた。

ジムでトレーニングをする時に、同じような姿勢を取る事がある。

けれど、今は神野とセックスをするためにそんな格好をしていて、しかも裸だ。これからする行為は妊娠を目的とした営みであり、当然避妊具なしで行われる。

姫乃は特別セックスが好きなわけではなかったし、今だってそうだ。それだから二年もの間行為なしでも平気だったし、むしろなくてせいせいしていたくらいだった。

けれど神野とこうしている今、姫乃は言いようのない高揚感に囚《とら》われて、いつになく期待で胸を膨らませている。

姫乃だって女だ。女としての悦《よろこ》びを感じたくないわけではないし、いつの間にか彼が与えてくれるはずの快感を心待ちにしている。

太ももの内側に指を這《は》わされ、それだけで蜜窟の入口がギュッと窄《すぼ》んだ。それからまたすぐに緩んで、まるで挿入を待ちわびているかのようにいやらしく蠢《うごめ》いているのがわかる。

(こんなふうになるなんてはじめてだし、すごくエッチ……)

いつもどこか冷めたセックスしかしてこなかった自分が、これほど卑猥《ひわい》な反応をするなんて思ってもみなかった。

それもこれも、ぜんぶ神野のおかげだ――

姫乃がそう思った時、彼の指が花房に触れた。

「あっ……」

自然と声が漏れると同時に、身体中がカッと熱くなった。蜜窟の前庭を這《は》う彼の指の動きが、たまらなく淫《みだ》らだ。指の腹で粘膜を捏《こ》ねられ、全身がブルブルと震えだす。別の指がゆるゆると秘裂の中を蛇行《だこう》し、突起した花芽のふもとでピタリと止まった。

「ふむ……思ったとおり、君は不感症なんかじゃないな。セックスが下手《へた》なのは君じゃなく、君の元カレ達だ。濡れなかったのは、そいつらが自分本位な愛撫《あいぶ》しかしなかったせいだ」

神野はそう断言するなり、指で花芽の先を捕らえ、そこをねじるように弄《いじ》り始める。

「あぁんっ！　んっ……あぁんっ！」

抑えきれない声が喉の奥から漏れ出て、くぐもった嬌声《きょうせい》に変わる。声を抑えれば抑えるほど、神野に触れられている部分が硬くしこった。

「声を我慢してるなら、今すぐにやめろ」

目を見つめられながらそう言われ、すぐに自分でも聞いた事がないような甘い声が唇から零れた。

花芽を捏《こ》ね回され、頭の芯がジィンと熱くなる。

一瞬、意識が途切れそうになり、姫乃は大きく喘《あえ》ぎながら身をよじった。

「ひっ……あ……あぁぁんっ！　あ……やぁっ……も……そこ、ダ……ダメッ！」

「何がどうダメなんだ？　本当はダメなんかじゃないだろ？」

神野が聞こえるか聞こえないかの声で囁《ささや》いたあと、花芽の突端を摘まんだまま指を小刻みに振動させ始める。

途端に目の前でバチバチと火花が散ったようになり、全身がビクリと跳ね上がった。強すぎる快楽を感じて腰がガクガクと震え、息をするのもままならなくなる。

「たったこれだけの愛撫《あいぶ》で、これほど濡れるとはな。グチュグチュどころか、びしょ濡れだ。君は濡れにくいどころか、むしろ濡れやすい。それに、すごく感度がいい」

話しながら愛撫《あいぶ》する手を止められ、姫乃はようやく荒い息を吐きながら、快楽で潤《うる》んだ目を瞬《また》かせた。

神野が姫乃を見下ろしながら、自身の唇の隙間をスッと舐《な》める。そんな仕草を目《ま》の当たりにして、横になっていながら腰が抜けそうになった。

「だが、もう二年も男を受け入れてないんだし、外だけじゃなく中も少しほぐしてから挿《い》れたほうがいいな」

「ぁんっ！」

花芽の周りをクルクルと円を描くように撫で回され、別の指で蜜窟の入口をそっと引っ掻かれる。

姫乃は神野の愛撫《あいぶ》に翻弄《ほんろう》され、なすすべもなく身を震わせて声を上げた。

「まだ雑念があるみたいだな。それとも、恥じらいか？　いずれにせよ、もっと集中して感じるんだ」

彼の話し口調が、また当初の淡々としたものに変わった。口にする言葉は尊大ですらある。けれど、なぜかまったく嫌じゃないし、逆に激しく心を揺さぶられるのを感じた。

いつもならむかっ腹を立てているはずの命令口調なのに、むしろそんな言われ方をされている事に悦《よろこ》びを感じてしまう。

まるで、自分でも知らなかった自身の隠れた部分を暴かれているような感覚――

再び近寄ってきた彼の唇が、姫乃の乳房の先を強く吸った。そしてすぐに離したかと思ったら、もう片方の乳暈《にゅううん》にかぶりついてくる。

「あっ……、あ……！」

秘裂を弄《いじ》られながら両方の乳房を交互に攻め立てられ、身体のあちこちに欲望の炎が宿る。

今までの姫乃は、濡れるという感覚を知らずにいた。けれど今感じている熱い疼《うず》きは、そこが濡れているばかりか、溢《あふ》れ出る愛液にまみれている事をわからせてくれる。

自分の身体なのにまるでコントロールできないし、どうにかなってしまいそうなくらい気持ちがいい――

もうじっとしていられなくなり、姫乃はシーツを強く掴み、唇を噛みしめながら身を仰《の》け反《ぞ》らせた。浮き上がった腰を引き寄せられ、鼻先がくっつきそうになるまで顔を近づけられる。

見つめられながら蜜窟の縁を捏《こ》ねられ、焦《じ》れったさに膝がワナワナと震えだした。

「まだ足りない。もっと濡れて感じるんだ」

強い口調でそう言われ、胸がキュンとして肌が熱くざわめく。

頷いて「はい」と返事をすると、神野が満足そうに片方の眉尻を上げる。思わせぶりな視線を投げかけられ、いっそう期待に胸が膨らみ、頬がチリチリと焼けた。

自分は今、明らかに性的な興奮状態にある――そう自覚するなり、思いきり感じたくてたまらなくなる。

姫乃がそう思うと同時に、神野の指が沈み込むように姫乃の蜜窟の中に入ってきた。

「んぁっ！　あっ……あ、あああっ！」

もう声を我慢するなんて選択肢はなかった。込み上げる快楽に身を任せ、少しでも感じようと挿入されている部分に意識を集中させる。

「きっつ……」

低く呟く彼の声に反応して、そこがキュッと収縮する。

指の腹で恥骨の裏側を探られ、腰が砕けそうになった。脚がガクガクと震えだし、何かにしがみついていなければ身体が底のない穴に吸い込まれてしまうような感覚に陥《おちい》る。

「やぁあああんっ……！」

姫乃は咄嗟《とっさ》に手を伸ばし、必死になって神野の肩にしがみついた。すぐに逞《たくま》しい腕に背中を支えられ、ギュッと抱きしめられる。

途端にホッとするような安堵感に包み込まれて、身体から余分な力が抜け落ちた。それと同時に、蜜窟の中がひっきりなしに収縮し始める。

「指、もう一本じゃ足りないみたいだな」

囁《ささや》き声とともに蜜窟に出入りする指の本数が増え、挿入がより深くなる。奥を探られ、侵入される悦《よろこ》びに脳天がビリビリと痺《しび》れた。

感じるままに声を出すと、快感がいっそう強くなって姫乃の全身を席巻《せっけん》する。身体のあちこちに宿っていた炎が燃え盛り、塊《かたまり》となって全身を焼き尽くしていくみたいだ。

「ぁ……そこっ……き……気持ちい……あっ！　あああんっ！」

これまでにないほど強い愉悦《ゆえつ》を感じて、姫乃は嬌声《きょうせい》を上げながら身もだえする。身体はもはや神野の思うままだし、心さえ彼の意のままになってしまいそうだ。

「ここか。見つけたぞ、君のいいところ」

神野の呟きが聞こえた。「ここ」と言われたところに指をグッと押し込まれ、恥ずかしい声が何度となく唇から漏れる。きっとそれがＧスポットと言われる場所だ。

てっきり自分にはそんなものは存在しないのだと思っていたのに、そうじゃなかった。

姫乃は、はじめて知る快楽に溺《おぼ》れ、全身がふわふわと浮き上がる感覚に身を任せた。

「まだまだ、これからだ。それに、今みたいに感じる場所は一か所とは限らないからな」

ずるりと指を引き抜かれたと思ったら、間髪《かんはつ》を容《い》れず硬く太い熱塊が蜜窟の中に滑り込んできた。

凄まじい圧迫感に息が止まりそうになり、姫乃は身を仰《の》け反《ぞ》らせて声を上げる。

「あぁっ！」

深さは指を入れた時の半分に満たない。けれど容積はもとより、形状や挿入の衝撃がまるで違う。

ずっと性的な役割を果たさないまま放置されていたそこが、懐柔《かいじゅう》される悦《よろこ》びに戦慄《わなな》く。まだ強張《こわば》りが残っている隘路《あいろ》をメリメリと広げられ、いくつもの快楽の種が蜜窟の中で芽吹きだす。

（入ってるっ……私の中に……神野さんが――）

姫乃は夢中になって、感じている愉悦《ゆえつ》に意識を集中させた。まだ挿入したばかりだというのに、今までにないほど強い快感を味わっている。

恋人でもない人とのセックスで、これほど感じてもいいのだろうか？

一瞬、そんな考えが頭をかすめるも、記憶にすら残らないまますぐに消えていった。

「少し、動くぞ」

声が出せないまま頷くと、神野が小刻みに腰を動かし始めた。

最初は、ごく浅いところで。先端の括《くび》れた部分で蜜窟の入口を何度となくほぐされ、穿《うが》たれるたびに挿入が少しずつ深くなる。

徐々に深さを増していく屹立《きつりつ》に、身体ばかりか心までこじ開けられていくみたいだ。

姫乃は、まるではじめて身体を開いているような初々《ういうい》しい気持ちになり、思わず顎《あご》を上向かせて嬌声《きょうせい》を上げた。

「あっ……！　あっ……ああああ――」

暴かれた中がヒクヒクと蠢《うごめ》き、ずっしりとして硬い屹立《きつりつ》を、緩急をつけて締め付けるのがわかる。

（気持ちいい……。ものすごく、気持ちいいっ……！）

実際に、そう口に出したわけではない。けれど、これほど蜜窟の中がうねっているのだから、きっと神野にも伝わっているはずだ。

セックスが、こんなにも気持ちのいいものだとは知らなかった。

身体を根底から揺るがすような悦楽《えつらく》の渦《うず》に巻き込まれて、姫乃は与えられる快感を取り零すまいと、いっそう強く彼の身体にしがみつく。

顔を上げて瞬《まばた》きをすると、神野の顔が今にも触れてしまいそうな位置にあった。

あと少し顔をずらせば、唇が重なる――

姫乃はどうにもならないもどかしさを感じながら、唇を強く噛みしめて下腹に力を入れた。

内奥《ないおう》で屹立《きつりつ》が容量を増し、硬さを増しながら先端で子宮に続く入口を擦り上げる。

ズンズンと突かれるたびに挿入が深くなり、打ち付ける力も格段に強くなった。

自分の中で一番奥深いところを、男性器が直《じか》に触れているという感覚――

女性としての器官が熱く腫《は》れ上がって、神野のものを舐《な》めるように包み込んでいく。

すごくいいやらしくて、言葉に尽くせないほど気持ちがいい……

姫乃は夢心地になってうっとりと目蓋《まぶた》を下ろした。

「……あっ……」

姫乃が吐息を漏らした直後、神野がグッと腰を前に押し進めた。子宮に続く丸い膨らみに切っ先を感じて、蜜窟がギュッと窄《すぼ》まって屹立《きつりつ》を締め上げる。

姫乃の身体を挟み込むように肘をついていた神野が、低い声で呻《うめ》き声を上げた。それと同時に、最奥《さいおう》に達した切っ先がビクリと力強く跳ね上がる。

姫乃は閉じていた目蓋《まぶた》を上げ、自分を見ている彼と見つめ合った。ギリギリまで近づいていた二人の唇が、神野の腰の動きに合わせて一瞬だけ触れそうになる。

「あっ！　……あ、あぁああっ――」

声が途切れた刹那《せつな》、全身がまばゆいほどの光に呑み込まれる。それと同時に、神野のものが姫乃の中でドクドクと脈打って、たくさんの精を放った。

満たされていくそこが、歓喜に震えているのがわかる――

姫乃は、なおも込み上げてくる快楽の波を感じながら、自分を抱き寄せる神野の腕にぐったりと身を任せるのだった。

◇　◇　◇

本格的な梅雨《つゆ》に入った土曜日の夜。

友哉は東京湾を一望できるホテルのレジデンシャルスイートで、ゆったりと寛《くつろ》いでいた。

広さが七十平米あるこの部屋は生活に必要なものがすべて揃っており、月額二百万円弱で提供されているすべてのサービスを受ける事ができる。

住み心地はいいし、レジデンシャルフロア専用のスタッフの対応も申し分ない。

何くれとなく用事を頼まれてくれる女性コンシェルジュの視線を多少煩《わずら》わしく感じるが、それ以外に不満はなく、概《おおむ》ね快適に過ごせていた。

(ここもそろそろ飽きてきたな。次は利便性重視のホテル選びをするか)

友哉は、昔から何に対してもあまり執着を持たない。

必要な時に必要なものを得て、飽きたり需要がなくなったりしたら、即切って捨てる。

意図せずして増えたものはすぐに手放す。

持ち物や食事はもちろん、プライベートな関わりを持つ人間もしかりだ。

執着がない分あれこれ悩む必要がないし、何をするにしても自分ファーストでいられる。

ミニマリストを気取っているわけではないし、所有や消費に対する制約も皆無だ。

むろん、その時々に使い勝手がいいと感じたり多少の愛着を感じたりするものもなくはないが、いつか必ず飽きてしまう。

そんな事もあり、友哉は自宅というものを持っていなかった。

便宜上、戸籍と住民票は自社ビルの最上階にしてあるが、そこには必要最低限のものしか置いていないし、仕事がよほど忙しい時に寝泊まりするのみ。

普段はホテル住まいをしており、身軽な事この上ない。

以前は賃貸物件に住んでいた事もあるが、契約が煩《わずら》わしいし、人との距離が近すぎて辟易《へきえき》した。

それに、ひとつのところに居を構えると、どうしても物が増える。

いちいち捨てるのも面倒だし、かといってそれだけのために人を雇うなんて言語道断だ。

自分の考えに従って、その時々に正しい選択をする。

その結果得られたのは、快適で自分だけの時間を満喫できる何不自由のない暮らしだ。自分の考えに従っていれば、間違いはない。

そう自信を持って言えるし、自分に限って間違いなど犯すはずもなかった。

（人と関わるのは仕事だけで十分だ。物があると気が散るし、ややこしい）

そんな友哉だが、唯一ぜったいに手放さないと決めているものがある。それが幼馴染であり親友の戸田正光で、彼との友情だけは生涯かけて守り抜こうと決心していた。

だからこそ、山久姫乃なる人物に自身の子種を提供する事にも同意し、話し合いの結果、彼女と実際に性行為をするに至ったのだ。

（山久姫乃……。なかなか面白い女性だったな）

彼女に会ったのは、ほんの三日前だ。

子種だけがほしいと言う女になど、正直関わりたくなかった。

けれど、ほかでもない正光の頼みである以上、断るなんて選択肢はなかったし、彼の役に立てるならなんでもすると決めていた自分だ。

友哉自身は自分の遺伝子を後世に残す事に頓着《とんちゃく》しないし、正光は別として、誰かと深く関わる事なく生きて一生を終えるつもりでいた。

それが理想であり望みだったたし、女性関係も淡白で、短期間の交際しかした事がない。性欲がないわけではないが、自分のポリシーを凌駕《りょうが》するほど強くはないし、なければないで済ませられる。対象となる女性に一定以上のランクは求めるが、継続的に関係しようとは思わないし、逆にそれを望むような相手は敬遠してきた。

山久姫乃は恋愛に対する考え方が似ているばかりか、志《こころざし》が高く、芯のある女性だった。かなり鼻っ柱が強そうだが、それでいて女性らしくもあり、いちいち反応が面白い。

変に媚《こ》びたりせず、表情が豊かで感情がすぐ顔に出るところにも好感を持った。

何より、目的に向かって、迷う事なく突き進む姿勢が好ましい。

スピーディに結果を出す事は、ビジネスにおいて最も重要な事のひとつだし、結婚をせずに子供だけを望むなら、彼女の選択が極めて合理的且つ的確であるのは間違いない。

手段を考えて実行に移す行動力は評価できるし、怯《ひる》まない意思の力も十分感じられた。

だが、ただそれだけ。

ビジネスと同様、依頼を引き受けたからには、できる限り速やかに目的を果たして結果を出す。

今回目指しているのは山久姫乃の妊娠であり、それ以外の何ものでもない。

妊娠という目的をいち早く達成するためには、セックスがもっとも有効かつ確実な方法だ。それは事前に情報を収集した時に出した結論だったし、彼女自身も妊娠をするためなら手段は選ばないと断言した。

セックスは双方とも合意の上で選んだ手段であり、愛撫《あいぶ》は挿入を容易にするために必要な準備だ。快楽のツボを探ったのは妊娠しやすくするためであり、幸いにもそれはすぐに見つかった。

（それにしても、本人に自覚がなかったとはいえ、感じにくくて濡れにくいなんて大嘘だったな）

感じにくいどころか、敏感に反応して思いのほか可愛く啼《な》かれた。夢中で感じている様を見ているうちに、なぜかかつてないほど硬く勃起して、彼女とのセックスを楽しんでいる自分に気づいた。

（まだ挿入もしていないうちから濡れていたし、指だけでも軽くイキそうになっていたな）

しかし、それは友哉も同じで、指を出し入れしている時点でかなり興奮した。実際にペニスを挿入した時は身震いするほどの快感を得て、腰を振り始めるなり、目的を忘れてしまうほど行為に没頭してしまった。

気がつけば二度も吐精していたし、彼女の意識さえ飛ばなければ三度目に突入していたはずだ。まさに無我夢中といった感じだったが、良くも悪くも、そうなったのは小学生の頃に川で溺《おぼ》れて必死に足掻《あが》いた時以来だ。

恐怖と快楽では受け取り方がまるで違うが、ギリギリまで追い込まれる感じは似ていなくもなかった。

友哉は、自然と浮かんでくる姫乃の顔やしどけない姿を思いながら、ゆっくりと目を閉じてソファの背もたれに背中を預けた。

彼女とのセックスは友哉が経験した性的な行為の中で、もっとも強い快感をもたらしてくれた。思い返してみても、あれほど余裕がない事など、いまだかつてなかった。

ふと気がつけば、いつの間にかバスローブの前が不自然に盛り上がっている。

(馬鹿な……。たった一度会ってセックスしただけの女性だぞ?)

そう思って自分を律しようとするが、そこに宿った熱は一向に冷めない。

自分の身体が暴走するのを不快に思いながらも、友哉は改めて山久姫乃に対する興味が沸々と湧き起るのを感じるのだった。

◇　◇　◇

「HIMENO」の定休日は毎週火曜日。

平日は午後一時から午後七時まで。土日祝日は午前十時から午後七時まで営業している。ただし、事前予約をもらったお客様の都合によっては閉店時間内でも対応する事もあるし、オンラインの買い物なら年中無休で利用可能だ。

神野に会ってからはじめて迎える火曜日の午後、姫乃は店のバックヤードで祥子と密談をしていた。

彼と顔合わせをした次の日、姫乃は初回の種付けが首尾よく完了した事を、SNSを通じて祥子に報告した。メッセージ送信後、すぐに電話をかけてきた祥子は、詳しい話を聞かせてほしいと騒いだ。現在五歳の男の子を養育中の彼女だが、今日は近所に住む実母に息子を預けてここに来ている。

「はじめに顔を合わせた時に、いきなり値踏みされているような見方をされたのよね」

「やっぱり？　友哉さんって、昔からそんな感じなのよ。正光が私を彼に紹介した時も、そうだったもの」

「そっか。まあ、それくらいぜんぜん平気なんだけどね」

起業する前から今に至るまで、様々なタイプの男性と対峙してきた。中にはセクハラまがいの言動を取る人もいるし、こちらが女性というだけで見下してくる差別主義者も少なくない。

それに比べて、神野は紳士的だし気遣いもある。当初は憤慨したが、今思えば彼の俺様で上から目線の態度など、許容範囲だった。

「さすが、姫乃。だてに経営者やってないわね」

テーブルの上の缶ビールを開け、祥子と杯を合わせた。公私は分ける主義だが、店舗の上が自宅でもあるため、閉店後なら店舗内での飲酒を許している。

もっとも妊娠を望んでいる今は、姫乃が飲むのはビールではなくジンジャーエールだ。

「ところで、肝心の種付けのほうはどうだったの？　うまくいったとは聞いたけど、詳細を教えてよ」

祥子がグラス入りのビールを飲みながら、ワクワクした様子でテーブル越しに身を乗り出してくる。

「本当に聞きたい？」

「当たり前でしょ！　今日はそれを聞くのを楽しみに、ここに来たんだから～」

姫乃は頷き、正面に座る祥子に耳打ちするように、ゆっくりと口を開いた。

「それが、驚きなの。私、神野さんと種付け行為中に、信じられないくらい感じちゃって……。どうしようもなく気持ちよくて、生まれてはじめてイッちゃったのよね」

姫乃がためらいがちにそう打ち明けると、祥子が椅子から腰を浮かせて大声を上げた。

「えええっ？」

祥子がそれほど驚いたのは、姫乃が今まで一度もそうなった事がないのを知っているからだ。

「顔を合わせてから、ちょっとだけ話してすぐにベッドインした相手なのに。私、本当にびっくりしちゃって、これならすぐにでも妊娠できるんじゃないかって思ったくらい」

「うわぁ、よかったじゃない、姫乃！　イケないどころか感じないだのなんだのって言ってたあなたが、ついに絶頂を味わったのね～！」

姫乃は手を差し伸べてきた祥子とハイタッチをし、喜びを分かち合った。

アラサーとはいえ、気心が知れた友達の前では素に戻るし精神年齢も低くなる。祥子は多少のアルコールも入っているし、ましてや話題は性的なものがメインだ。いかにも上品なマダムである祥子だが、姫乃相手だと下ネタ好きの本性が顔を出す。

いつしか二人はベンチ型の椅子に隣り合わせに座り、種付けの話で大いに盛り上がっていた。

「自分でも不思議だし、どうしてそうなったかもわからないの。でも、……なんて言うか、カチッとハマッたって感じ？　どう動いても身体ごと揺さぶられて天にも昇る気持ちになっちゃったのよ」

姫乃は自分の手を重ね合わせ、ギュッと握った。あの時は、ただ無我夢中で考える余裕などなかったが、当時を思い出してみるに、それが一番的を射た表現だと思う。

「一時は不感症なんじゃないかって悩んでた姫乃がねぇ……。よほど身体の相性がよかったのね」

「うん、それだけは確か。少なくとも、私にとっては最高の相手だと思う」

姫乃がそう断言すると、祥子が笑いながら思いきり体当たりをしてきた。

「ところで、すぐにエッチしたの？　挿《い》れる前にイチャイチャしたりとか、それなりの事はしたんでしょ？」

「い、挿《い》れるって……もう、祥子ったらっ」

「いいじゃなーい。私と姫乃の仲でしょ。それにしても、こんなにうまくいくとはねぇ。もっと詳しく聞かせてよ～」

祥子にしつこくねだられ、姫乃は少しだけ神野とのやり取りを明かした。

彼は確かに挿入前に前戯をしてくれたし、そのおかげで種付けを無事終える事ができた。けれど、それは速やかに妊娠をするための行為であり、個人的な感情は一切ない。

「そうなの？」

祥子が唇を尖らせて、不満そうな顔をする。その様子が、女の自分から見ても可愛らしい。

姫乃が同じ仕草をしても似合わないし、メイクで地味顔をカモフラージュできても、平たい胸は裸だと、どう工作しても大きく見せるのは無理だ。

「だって、そうとしか思えないでしょ」

あれだけのイケメンが、可愛げがなくセクシーでもない自分に性欲を掻き立てられるわけがない。

『俺のほうはどうにでもなるから、気遣いは無用だ』

あの時、神野はそう言っていたし、勃起したのは彼の強い意志のおかげだ。

それくらいわかっているし、自分とは違って、彼の記憶の中には男性器を奮《ふる》い立たせるセクシーでエロティックな記憶がたくさん詰まっているに違いなかった。

「神野さんって想像していた以上にイケメンだし、遺伝子も強そうで子種の提供者としては最高よ。おまけに絶頂まで味わえるなんて、それだけでも彼を紹介してもらってよかったって思ってる。ありがとう、祥子」

「どういたしまして。女として生まれてきたんだもの。どうせなら、いい事はぜんぶ経験しておきたいわよね」

祥子が満足そうに微笑み、テーブルの上の小皿からアーモンドチョコレートを摘まんだ。

「見た目はパーフェクトだし、頭の良さも抜群。それでいて、彼女ナシって、友哉さんってつくづく姫乃の理想ぴったりよね～。それに、彼の自分ファーストな点を姫乃が許せちゃうとか、いろんな面で相性バッチリって感じ」

「ちょっ……何よそれ！　意味深長な言い方しないでよっ」

「だって本当の事でしょう？」

「そ、そりゃあそうだけど……」

神野と一夜をともにしてから今日で四日経つが、彼とのベッドインの時を思い出すと今でも胸がドキドキする。最初こそ俺様な態度にムッとしたが、いつの間にか彼の尊大な態度に性欲を掻き立てられている自分に気づいた。

例えるなら、獰猛《どうもう》で屈強な獅子に食べられるのを心待ちにする囚《とら》われの小動物のような——

「私、普段仕事をする上で、男なんかに負けるものかって気負ってるところがあるの。常に臨戦態勢で、どうにか有利な立場に立とうとして、一瞬たりとも気を抜けなくて」

「わかる。そうじゃなきゃ、やっていけない場面なんて山ほどあるし、中には脳味噌が昭和初期の男が大勢いるもんね」

「でも、そういうのを吹き飛ばすような強引さで来られて、あれよあれよという間に彼のペースに巻き込まれて。でも、それがぜんぜん不快じゃなかったし、逆にゾクゾクして気がついたら意識が飛んじゃってた」

あの夜の事を思い出しつつ話す姫乃の目前に、祥子の顔がグッと迫ってきた。

「……な、なぁんてね！　何かほかに食べるものいる？」

知らない間に、つい乗せられて赤裸々《せきらら》な告白をしてしまった。急いで話題を変えようとしたが、一度食いついた祥子が中途半端な話だけで満足するはずもなかった。

「それって、姫乃の中のM気質が友哉さんのS気質に反応したって事よね？　私、前から姫乃ってMじゃないかって思ってたわよ。忙しい時なんて、追い詰められて辛そうなのに、どこかそれを楽しんでるって感じがするもの」

「え……そ、それは……」

確かにギリギリまで追いつめられたら、俄然やる気になってしまう傾向にある。

しかし、それがなぜ性的な話に繋がるのか……

「ビジネスモードの時の姫乃は、冷静沈着でSっぽく見えるのよね。だけど、親友の私にはわかるの。姫乃は実は乙女チックなMなのよ。本当は自分より強い男の人に組み敷かれたいの。だから、今まで付き合ってきた元カレ達とは合わなかったってわけ。どう、納得でしょ？」

言われてみれば、元カレ達は全員、姫乃の姉御的なところに寄りかかる甘えたがりばかりだった。

「うちの場合、ベッドでは私がSで正光がMだから、そういうのよくわかるわ～。もちろん言葉攻めだけで実際に彼を傷つける事はぜったいにしないけど――」

祥子が聞きもしない事をペラペラと話すのを聞きながら、姫乃は改めて自分と神野のベッドシーンを思い浮かべた。

神野は姫乃がこれまでに出会った男性の中では、すべてにおいて断トツのトップと言い切れる人だ。身体の相性もいいし、妊娠のために最大限の努力をしようと思う。

けれど、だからといって、当初の目的以上のものを彼に求めるつもりはない。セックスの気持ちよさと恋愛は別だし、妊娠、子育てと続く忙しい未来の中で、男に時間を取られるのなんてまっぴらごめんだった。

「身体の相性って大事だし、これをきっかけに、もしかして本気の恋が始まっちゃうんじゃないの？」

たった今考えていたのと真逆の事を言われ、姫乃は即座に首を横に振って、きっぱりと否定した。

「は？　そんなわけないでしょ！　私は、あくまでも妊娠が目的だし、お互いに今回の件はビジネスと同じスタンスでいるのよ。セックスしたといっても、私と神野さんがしたのは感情抜きの、単なる生殖行為なの。二人が本気になるなんて、万が一にもあり得ないから」

自分の言葉に頷きながら、さらに祥子に念を押した。

しかし姫乃がそう断言しても、祥子はどこ吹く風といった様子で、にっこりする。

「私、姫乃と友哉さんが、このまま本当に付き合ってくれたら嬉しいな～。だって、そうなったらお互いに親友同士のカップルが生まれるのよ。それって最高じゃない？」

頭の中で勝手な妄想を繰り広げている祥子を見て、姫乃はあきれ顔で肩をすくめた。

「だから、それはないってば。それはそうと、神野さんって正光さんに特別な恩義でもあるの？」

妊娠するためなら協力は惜しまないと言ってくれた神野だが、それはひとえに正光との義理を果たすためなのは明らかだ。あの様子からして、もし今回の件が正光からの依頼でなければ、速攻で断っていただろう事も予想できた。

「正光に聞いた話では、まだ二人が小学生だった頃、子供だけで川遊びをしていた時に友哉さんが流れに足をすくわれて溺《おぼ》れたらしいの。それを助けたのが正光で、その時以来友哉さんは正光を命の恩人として心から大切に思ってるみたい」

「そうだったんだ」

二人はもともと親しかったようだし、命を助けてもらったのなら、そこまで思うのも納得できる。

けれど、いくらそうであっても、実際にあれほどの熱量で恩を返そうとする人はそう多くないはずだ。

「友哉さんって見かけによらず義理堅いのよ。正光曰《いわ》く、ああ見えて本当は人一倍優しくて情に厚い人なんだって。普段はぜったいにそんな面を見せないし、クールでドライなのは間違いないんだけど、それは彼の一面にすぎないって」

「ふぅん……」

頷く姫乃の横で、祥子が二本目の缶ビールを開けた。

「正光といる友哉さんを見てると、彼がそう言うのもわかる気がするの。友哉さんって一度懐《ふところ》に入れた人は、とことん大事にするタイプなんだなって。俺様なのはともかく、本当に愛し合える人ができたら目一杯大切にして尽くすタイプだと思うのよね」

「つ、尽くす……へえ～」

一瞬、種付けをする前に自分の身体を丁寧に愛撫《あいぶ》してくれた時の神野を思い出した。

なるほど、あの献身ぶりからすると、祥子の言う事もあながち間違いではないのかも……。

だが、その相手は間違っても自分ではない。

姫乃に対して『ぜったいに本気にならないから安心してくれ』とまで言い切った神野だ。可能性は限りなくゼロに等しいし、そもそもこちらにもその気がないのだから。

「ねえ、今度四人で食事しない？　忙しいだろうけど、せっかく親友二組がそれぞれに繋がったんだもの。一度くらい顔を合わせないとね」

祥子が能天気な声を上げながら、姫乃の口の中にハート型のストロベリーチョコレートを押し込んできた。神野は確かに魅力的な男だ。けれど自分のスタンスを守るためにも、今以上に彼に引き込まれてはいけない気がする。

姫乃は舌の上でチョコレートを転がしながら、そんな機会が来る前に妊娠する事を切に願うのだった。


ジュエリーショップ「ＨＩＭＥＮＯ」では、完成したジュエリーのほかにギフト用のセミオーダーや、金種やデザインなどすべてお好みで作れるブライダルジュエリーも扱っている。

オーダーをする際の来店は完全予約制で、お客様が納得するまでとことんデザインや石を検討し、完成を目指す。

アフターサービスも万全で、サイズ直しやクリーニングはもちろん、歪《ゆが》みや石揺れなどの補修も無期限で受け付けている。

予約は常にひと月先までいっぱいで、顧客満足度も高い。けれど、梅雨《つゆ》真っ盛りの今、ここ何日かずっと雨続きで、若干客足が伸び悩んでいた。

「早く梅雨《つゆ》、明けませんかね。こうジメジメしてちゃ、気分まで雨模様になりそうですよ〜」

七月最初の木曜日、男性スタッフの矢部《やべ》が、店の窓際に立って恨めしそうに空を見上げた。

「ＨＩＭＥＮＯ」には姫乃以外に、デザイナー兼彫金師のスタッフが三人いる。基本的に姫乃はフルタイムで店におり、スタッフはシフトを組んで二人ずつ勤務してくれていた。キャリアと年齢は様々だが、皆姫乃が信頼を寄せている大切な仕事仲間だ。

「とっとと夏になって、サマージュエリーが売れる時期にならないかな」

「だけど、夏に向けてブライダル関係の売り上げが落ちちゃうのが難よね」

今、店にいるのは姫乃を含むスタッフ三人のみ。

姫乃は店頭を矢部達に任せ、バックヤードで売上台帳を表示させたタブレットとにらめっこをしている。

(今月もまずまずの売り上げだな。だけど、油断は禁物よね)

スタッフの言ったとおり、夏はブライダル関係の販売数が落ちる。理由は、気候の穏やかな秋や春に結婚式を挙げるカップルが集中するからであり、年間を通して言えば一月が最も少ない。

「ジューンブライドって言うけど、実際に六月に結婚式を挙げる人って、それほど多くないんだよね」

「それどころか、今はもう結婚式を挙げずに済ます人も増えてきましたからね。私自身、将来結婚するにしても式は挙げなくてもいいかな~なんて思ったりして――」

(それに、私みたいに結婚自体しない人も増えているしね)

スタッフ同士の会話に内心で頷きつつ、姫乃は慣れた手つきで画面を操作する。

結婚するにしても、昨今は「地味婚」や「ナシ婚」など、挙式費用を抑えたり、式自体を挙げない人も多い。

もはや、流れを止められるのはバブル経済の再来か大幅な意識改革のみ。その煽《あお》りを食らっている宝飾品業界の売り上げは減少傾向にある。

ジュエリーは、人が生きていくためにどうしても必要なものではない、言わば贅沢品《ぜいたくひん》だ。

その一方で自分へのご褒美《ほうび》用にジュエリーを購入する人達も増えており、そういう人達は特に品質とデザインの良さを重視する。

だからこそ、店内に並べる商品の質を落としてはいけないし、品数も減らしてはならない。むしろ、業界が危機的状況にあるからこそ、ジュエリーを求めている人達にアピールすべく、より質のいい商品を提供し、顧客満足度をアップさせるべきだ。

そう考えた姫乃は、少々値は張るが良質な新作を積極的に売り出し、同時にオンラインストアにも力を入れて、遠方の顧客確保に努めた。

むろん、そうするには資金は当然の事、実行する度胸やスタッフの協力が必要不可欠だった。

「ＨＩＭＥＮＯ」が今あるのは、自分とともに苦境を乗り越えてくれたスタッフがいてくれたおかげだ。それに、親身になって相談に乗ってくれた戸田夫妻にもかなり助けられた。

（私って、本当に人に恵まれてるな）

今でこそ経営者として成功しているが、本来の姫乃はさほど社交的でもなく、むしろ内にこもるタイプだ。けれど、起業するにあたって自分自身を完璧にセルフプロデュースし、自己改革をした。

その第一歩として取り掛かったのが、自分の外見を変える事だ。それまでに身につけた自己流のメイクをリセットし、ファッションと合わせてプロの講師のもとで一から学び直した。

その結果、姫乃の風貌はそれまでよりも格段にレベルアップし、優秀なビジネスパーソンにふさわしい印象を与えられるようになった。

それと並行して経営者に必要なスキルを身につけるべく努力し、苦労の末に成功した起業家としての自分を築き上げた。

ビジネスにおいては、姫乃は個人である前に、ジュエリーショップ「ＨＩＭＥＮＯ」を背負《しょ》って立つ社長だ。

それゆえ、仕事中は常に武装モードで、誰に対しても決して隙を見せない。

本来の内向的で地味な自分は、そんな超合金のメッキの下に隠されており、長らくそうしているうちにもはやフル装備でいるのが当たり前になっている。

神野に会った時の姫乃も、プライベートでありながら完全に武装モードだった。

だからこそ、彼となんとか渡り合う事ができたのだ。そうでなければ、生まれながらにして優秀な遺伝子を持ち、勝者としての完璧な風貌をした彼と対峙などできなかった。

仮に素の自分で対面していたなら、会ってすぐに拒絶されたに違いない。

（神野さんとの関係はビジネス。成功すれば縁はそれで終わる）

何度となく自分にそう言い聞かせてしまうのは、彼とのセックスがあまりにも衝撃的だったから。

そのインパクトの強さたるや、まさに青天《せいてん》の霹靂《へきれき》だった。おまけに自分の性的な嗜好《しこう》にまで気づかされ、大いに動揺した。

（たった一回。されど、一回……って感じなのよね）

時間にすれば、二時間程度だっただろうか？

事務的であるはずの時間内に、姫乃は様々なはじめてを知った。

けれど、それでも神野との関係は、あくまでもビジネスと同様のものであり、恋ではないのだ。

「雨脚、強くなってきましたね」

「あ、本当ね」

スタッフに言われて窓の外を見ると、打ち付ける雨で外が見えないくらいになっている。どう考えてもウィンドウショッピングに適した天気ではない。

結局夕方になっても雨は降りやまず、客足も途切れがちだった。

午後七時になってスタッフが帰ったあと、姫乃は一人店内に残り、内側から入口のガラスドアを施錠《せじょう》する。

「ＨＩＭＥＮＯ」の広さは四十坪に満たないが、縦に長く奥行のある造りだ。

店舗部分の一、二階が吹き抜けになっており、床と壁は白く、フロアには数種類の観葉植物や季節の花を活けた花瓶を置いている。壁際に並べたショーケースは、枠が真鍮《しんちゅう》でできた特注品だ。天井《てんじょう》のペンライト型の照明もしかりで、初期費用はかなりかかったものの、長く使えば使うほど愛着の湧く品ばかりだ。

「さて、今夜ものんびり残業でもしようかな」

そんな独り言を言いながら、スチール製の階段を上って二階に移動した。そこは一階の二分の一の広さで、フロアの端に置いた受注用のテーブルから店舗内が一望できた。

椅子に座り、先日注文を受けたマリッジリングのデザインを描いたスケッチブックを開く。

依頼主は世良《せら》というお得意様の女性で、納期は半年先。時間的にはまだ余裕があるが、現時点でまだ何も決まっていない。

『いつも素敵な品を作ってくれているから、ぜんぶ姫乃さんにお任せします』

そう言って金種もデザインも一任されたのだが、これが思いのほか難しい。

華奢《きやしや》な世良に対して婚約者の男性は筋骨隆々のボディビルダーだ。

世良はスタンダードなデザインを好むが、相手の男性は個性的なものが好みだと聞いている。

どちらに合わせようとしても、どうもしっくりこないのが一番の悩みどころだ。

（マリッジリングって冒険しにくいんだよね。せっかくだからいつも身につけられるようなものにしたいし、でもファッション性はなくしたくないし……）

首をひねりつつ奥の階段を上り、三階の住居スペースに行く。

白ブラウスと黒のマーメイドスカートから部屋着に着替えようとしたが、洗ってどこかに置いていたはずのスウェットの上下が見当たらない。

諦めて着替えないまま洗面台の前に行き、メイクを落として顔を洗う。

すっぴんに戻って一息ついたあと、冷蔵庫からペットボトル入りのミネラルウォーターを出して二階に戻った。

「ああもう、悩むっ！　世良様を満足させるには、どうしたらいいの？　姫乃、もっと頭をフル回転させて頑張りなさいよ〜！」

姫乃は自分を叱咤《しった》しながら髪の毛を留めていたバレッタを取り、頭をガリガリと掻いた。綺麗に撫でつけていたヘアスタイルが乱れ、ボサボサになる。

スケッチブックに思いつく限りのデザイン画を描き、さらにアイデアを振り絞るも、結局は納得がいかず諦めてペンを置いた。

「もう脳味噌が、カラッカラ……」

姫乃はペットボトルの中身を半分ほど飲み干し、力尽きてぐったりとソファベンチの背にもたれかかった。

(もしかしてスランプ？　次の種付けの予定は決まらないし。なんだか気分まで梅雨《つゆ》っぽくなってくるなぁ)

姫乃は掌《てのひら》をお腹に当てて、深いため息をつく。

初回で妊娠できると楽観していたわけではないが、多少は期待していただけに、生理が来た時は心底がっかりした。

神野と会ってから、もうじき三週間が経とうとしているが、妊娠していなかった事は彼にも報告済みだ。できればすぐにでも次の日程を決めたいところだが、互いに忙しく、いまだ二回目の種付けの日取りは決まっていない。

(ただでさえ休みの日が違ってるんだもの。なかなか日程が決まらないのは無理ないけど)

仕事のスケジュールを共有して、都合を合わせようとはしている。だが神野は出張も多く、今のところ会えそうな日がないのが現状だ。

二人の職場がそう離れていない事から、当初はもっと頻繁《ひんぱん》に会う機会を得られると思っていた。

けれど神野は思っていた以上に多忙で、隙間時間に会おうにも、待ち合わせ場所に移動するだけでタイムアウトになってしまう。

そうかといって、種付けのために彼の職場まで出向くのもどうかと思う。

それに前回の流れを踏まえて考えると、会ってすぐに用事を終わらせるためには、受け入れる側の姫乃が準備万端でなければならなかった。

(今はもっといい商品が出ているかもしれないし、やっぱり潤滑剤《じゅんかつざい》を用意したほうがいいのかな)

そう思ったりもするが、やはり気が進まない。

ただでさえ普通ではない妊娠をするのだ。できれば余計なものを使いたくないし、行為自体は極力自然に任せたい。

だが、今のペースでいくと会えるのは月に一回程度になりそうだし、このままだと、いつになったら妊娠できるか、わかったものではない。

「あ〜あ、早く神野さんとセックスした〜い!」

姫乃は天井《てんじょう》を見上げながら、そう呟いた。そして、即座におかしな言い回しをしてしまった事に気づき、あわてて自分の口を掌《てのひら》で叩く。

「じゃなくて、種付けしたい、でしょ!」

今の言い方だと、まるでセックスそのものが目的であるように聞こえるし、誰かに聞かれたら確実に誤解される。

(私ったら、言い間違いにもほどがあるわよ!)

神野とセックスしたいだなんて、ただ単に性的な欲求不満に陥《おちい》っているみたいだ。

姫乃は自分のうっかりミスを恥じて、顔を真っ赤にする。

（でも、実際にそうじゃないって言い切れないところもあるんだよね……）

これは誰にも言えない秘密だが、神野と一夜をともにして以来、時折意味もなく身体が熱くなる事があった。それはオンオフに限らず、突然なんのきっかけもなくやってくる。

はじめは、早々にやってきた更年期障害かと思い、大いに焦った。けれどネットで検索して症状を調べたところ、どうもそれとは違うらしい。

（だって、濡れてるんだもの。明らかに違うわよね）

ホッとしたのも束の間、今度は神野の顔や身体が頭の中に結構な頻度《ひんど》でチラつきだした。

三十歳にして、初の絶頂を味わった姫乃だ。

それを知る前は性欲など、あってないようなものだった。それなのに、たった一度のセックスが姫乃の日常に重大な変化をもたらしたのだ。

枯渇《こかつ》状態だった性欲が滾々《こんこん》と湧き起り、ふとした時に神野との行為を思い出してしまう。

そんな自分を持て余して悶々《もんもん》としているのも、スランプの一因かもしれなかった。

（結局は欲求不満って事なのかな？　だけど性欲を感じるようになっただけで、神野さんとセックスがしたいわけじゃないんだからね！）

姫乃は自分に言い聞かせるように、頭の中でそう断言した。それに、神野相手に性欲を感じたのだとしても、それは種付けという目的があるからだ。

「ぜったいに、そう、くれぐれも誤解しないように」

誰に言うでもなくそう呟き、スケッチブックを閉じる。

午後八時過ぎになり、窓を打つ雨の音がさらに強くなり始めた。風が強くなるようなら、シャッターを閉めたほうがいいかもしれない。

そう思った時、一階の入口のドアをガタガタと揺する音が聞こえてきた。

階下の照明は消えているが、ショウウィンドウには一晩中LEDライトが灯されている。

もしかして店がまだ開いていると思われたのかも——

そう思いながら様子を窺ってみると、一人の男性がドアをガタつかせながら店の中を覗き込んでいるのが見えた。

(えっ……あのシルエット……もしかして、神野さん？)

姫乃は二階フロアの手すりから身を乗り出し、目を凝《こ》らした。

今いるところからでもわかる長身とスタイルの良さ——やはり、神野だ！

彼は、なおも店内を覗き込みながら、ドアをトントンと叩き始めた。

(なんで神野さんがここに？　だって、週明けまで予定が詰まってるはずだったよね？)

かなり風が出てきたようで、彼の着ているコートの裾《すそ》がはためいている。なんであれ、神野が姫乃に用があってここを訪ねてきた事は明らかだ。

雨風に晒《さら》されながらドアを叩いている彼を見かねて、姫乃は大急ぎで階段を駆け下りて入口のドアを開錠した。

「神野さん！」

「ああ、いたのか」

「いたのかって、連絡もせずにどうして……濡れるから、とりあえず中に入って！」

姫乃は神野を招き入れ、再びドアを施錠《せじょう》した。それからすぐにブラインドを下ろし、店舗内を外から見えなくする。

そして、今さらながら自分がすっぴんのボサボサ頭である事に気づいて、あわてて掌《てのひら》で髪の毛を撫でつけた。

「急に来るなんて、いったいどうしたの？　今週は都合がつかないはずだったよね？」

姫乃は神野の視線から逃れるようにうつむいたまま、そう訊《たず》ねた。

「予定が急に変更になってね。だから、もしいたらと思って来てみたんだ」

姫乃のあわてぶりをよそに、神野はもの珍しそうに店内を見回している。

「なかなか個性的で雰囲気のいい店だな。植物が多いのもいいし、気軽に入りやすい感じだ。それに、店内のインテリアに統一感がある。ディスプレイはすっきりしていて見やすいし、落ち着いてショッピングを楽しめそうだ。照明は普段はもっと明るいのか？」

「ええ。必要な時は、手元を照らす専用のライトも使うわ」

「なるほど。それなら文句ないな」

さすが敏腕投資コンサルタントだけあって、ものを見る目と判断力は的確でスピーディだ。

感心しながら、なおも神野から顔を背《そむ》けていると、いきなり腕を掴まれて彼と正面から見つめ合う格好になった。

無遠慮な視線を全身に浴びて、声も出せず立ち尽くす。

「人と会話する時は、目を見て話すものだ。それにしても、今日は前に会った時と雰囲気が違うな。寝起きかと思うくらい緊張感がないし、肌の色艶《つや》も悪い。まともな格好をしていなかったら同一人物だとはわからないレベルだ」

見たままの事を言われ、反論の余地もない。完全にプライベートモードの、ありのままを見られたからには、今さら取り繕《つくろ》っても見苦しいだけだ。

姫乃は開き直り、神野に向かってしかめっ面をした。

「当たり前でしょ！　今の私は前回とは違って、武装モードじゃないの。肌の色艶《つや》が悪いのは、忙しくて寝不足だからよ。とにかく、いきなり来るなんてマナー違反もいいところだわ。今度来る時は、事前に連絡を入れてからにしてちょうだい」

姫乃の怒声が、思いのほか店内に反響した。

お願いをしている立場なのに、少々口調がきつすぎたかもしれない。けれど、最低限のマナーを守るのは社会人としてのルールだし、すっぴんを見られた衝撃で言わずにはいられなかったのだ。

その一方で、神野は特に表情を動かすでもなく淡々とした様子で姫乃を見ている。

「ふむ……確かにそうだな。いきなり来てすまなかった。今度からは連絡を入れてから来る事にしよう」

拍子抜けするほど呆気なく謝罪され、怒りの矛先《ほこさき》を納めざるを得なくなる。

「ところで、武装モードってなんだ？」

訊《たず》ねられ、姫乃はありのままを彼に話した。喋《しゃべ》りながらキャッシャーの内側に置いてあったはずのヘアゴムを手探りで探す。しかしどこかに置き忘れたらしく、どうしても見当たらない。

仕方なく手近な棚に陳列されているバレッタを取り上げ、髪の毛をサッと撫でつけてまとめる。すっぴんはともかく、とりあえず寝起きのようなヘアスタイルからは脱する事ができた。

「武装モードか。なかなかいい言葉だし、あの時の君にぴったりだ」

どういう意味でそう言ったのか知りたいと思ったが、今はそれどころではない。

何度となく予定をすり合わせても、二度目の種付けの日程が組めなかったのに、いきなり連絡もなしにやって来るなんて、わけがわからない。

しかも、これほどの悪天候を押してやって来るなんて、ぜったいに変だ。

予定が変更になったと言うが、本当にそうだろうか？

「あの……今日は、どうしてここに？　もしかして彼女ができたとか、もう種付けはやめたいって言いに来たとか……」

姫乃はためらいがちに、彼にそう訊《たず》ねた。

「何か言ったか？」

階段の構造をしげしげと眺めていた神野が、姫乃を振り返った。彼の表情からすると、どうやらこちらの話を聞いていなかったみたいだ。

「ううん、別に何も」

「そうか」

神野がダークグレーのコートを脱ぎ、キャッシャー横のスペースに置いた。その上に、外した腕時計を置く。

今日の彼は、白シャツにデザイン性の高いブラックスーツをさらりと着こなしている。

「素敵な腕時計ね」

専門外ではあるが、宝飾品として扱われるものもある関係で、一応は腕時計についての知識も頭の中に入っている。文字盤にはロゴがついており、それが海外の歴史ある時計メーカーのものである事がわかった。

ものによっては数千万円もする高級品だが、見た事のないデザインだ。そう指摘すると、神野が腕時計を取って姫乃の掌《てのひら》に載せてくれた。

「これは、祖父からの贈り物なんだ。うちの家は、代々男子が二十歳になると、その時の当主から腕時計を贈られる事になっている。すべてオリジナルの特注品だから、見た事がないのは当然だ」

姫乃は最大限の注意を払いながら時計をしげしげと眺め、その重厚なデザインの美しさに感じ入った。

「裏蓋《うらぶた》に刻印があるわね」

「ああ、それは神野家の家紋だ。ところで、もう夜も遅い。早速だけど、始めてもいいか？」

「は、始めるって何を？」

「種付けに決まってるだろう？　ほかになんの用があるんだ」

間の抜けた質問をしたあげく、当然の答えを返されてしまった。

さすがにばつが悪すぎて、言葉が出ない。姫乃が自分のマヌケぶりを悔やんでいる間に、神野がスーツのジャケットを脱いでおもむろにネクタイを緩めた。

「ちょっ……ま、まさか今ここでするつもり？」

姫乃は狼狽《うろた》えつつも、預かっている腕時計を丁寧にコートの上に戻した。

「そうだが、何か問題でもあるのか？」

神野がベルトにかけた手を止めて、辺りを見回した。

「……ああ、ここは君の職場だし、さすがに店頭はまずいか。君の住まいはここの上だったな。そっちのほうがいいなら、移動しようか」

神野が姫乃に先立って、早々に階段を上り始める。

普段から家事に時間をかけず、大雑把にやるだけで終わらせている姫乃だ。住居部分は忙しさにかまけて掃除や整理整頓が滞《とどこお》っており、とてもじゃないが人を招くような状態にない。

これ以上恥を晒《さら》すわけにはいかないと、姫乃は猛ダッシュして神野の前に立ちはだかり、断固として首を横に振った。

「ここでする！　善は急げって言うし、今すぐに、ここでヤッちゃおう！」

意図せずして、はすっぱな言い方をしてしまったが、後悔先に立たず、だ。

こうなったら、もうなるようになれとばかりに、姫乃はスカートの裾《すそ》をグイとたくし上げた。そして、黒いハイヒールを履いた片脚を階段のステップに載せる。

「さあ、来て」

言い終えるなり腰を抱き寄せられ、階段のステップに座らされる。神野がベルトを外し、スラックスの前を寛《くつろ》げた。

それを目《ま》の当たりにした姫乃は、自分の頬があり得ないほど熱くなっているのに気づいた。それを悟られまいとして下を向くと、その顎《あご》を指先ですくわれて神野と正面から目が合う。

「来てと言っても、まだ濡れてないんだろ？　なんなら、また手伝ってやろうか？」

ストレートにそう聞かれ、少なからず胸がドキッとする。けれど、あえてなんでもないふうを装《よそお》って、こっくりと頷く。

「じゃ、お願いしようかな」

「わかった。照明はこのままでいいか？」

「そこにリモコンがあるから、消してもらってもいい？」

神野がキャッシャーの上からリモコンを取り上げ、ペンダントライトの灯りを消した。照明がフロアの隅に置かれた円形のランプのみになり、店内が薄ぼんやりとした琥珀《こはく》色の光に包み込まれる。

「いい雰囲気だな」

神野がそう呟き、姫乃のスカートのジッパーを下ろした。それを脱ぐように言われ、そのとおりにしている間にブラウスのボタンをすべて外される。

上はオフホワイトのブラジャーのみ。下は同色のガーターベルトにナチュラルカラーのストッキングと上下セットのショーツだけの格好になった。

「いつも、こんな下着をつけて仕事をしているのか？」

「そうよ。ついさっきまで残業中だったし、仕事中は常に武装モードだから」

「それにしては、えらくセクシーな下着だな」

「私、セクシーかどうかで下着を選んだりしてないわ。自分の士気が上がるかどうか。あとは、好みと着心地ね」

「なるほど。じゃあ、せっかくだから武装モードのまま、たっぷりと濡れてもらおうか」

姫乃の右足を腰かけている階段のステップの上に載せると、神野が膝をついてショーツを脱がせる。

両脚を大きく広げられ、彼の目の前に秘部を晒《さら》す格好になった。

武装モードと言った手前、むやみに恥ずかしがるのは違うような気がする。

姫乃は薄闇に上気した頬の色を紛らわせながら、奥歯を噛みしめて平静を装《よそお》った。自分ばかり脱がされて痴態《ちたい》を晒《さら》しているという状況だが、なぜか抗議する気になれない。

むしろ、そんな不公平な状態が、たまらなく気分を高揚させてくる。

（私……どうかしちゃったみたい……）

姫乃は自分の前に屈《かが》み込んでいる神野を斜め上から眺めながら、己《おのれ》の性癖を改めて実感した。

神野の指が割れた花房の間に触れ、そこをそろそろと撫で回し始める。指がぬらりと滑り、花芽の手前で止まった。

そこをじっと見つめていたかと思ったら、神野が上目遣いに姫乃を見上げてくる。

「な……何？」

「別に」

彼の視線が脚の間に戻り、指が花芽の先をキュッと摘まんだ。

神野が何を思っているかなんて、言われなくてもわかっている。触られるたびに、わざとのように水音を立てられ、胸の先が硬く尖るのがわかった。

「あんっ！」

雨脚がかなり強くなっているし、この天気では店の前を通りかかる人もいないだろう。少しくらい声を出しても、誰かに聞かれる心配はほぼなかった。

神野の指が、円を描きながら蜜窟の入口に近づき、そこに吸い込まれるようにツプリと沈んだ。

「あぁっ……あ、あっ……」

途端に指を咥《くわ》え込んだそこがギュッと窄《すぼ》まり、まるで嚥下《えんげ》するようにひくつく。

小刻みに指を動かされ、溢《あふ》れ出た愛液をグチュグチュと掻き混ぜられた。二本、三本と指の数を増やされ、角度まで変えられて中を掻かれる。さらに奥に進んだ指先が、前回暴かれたところを抉《えぐ》るように撫でさすった。

「やあぁあんっ！　あっ、あ――そこ……」

強い快楽を感じて、腰が浮き上がる。

脱げたハイヒールが階段から落ち、転がったあとカツンと音を立てて止まった。ふいに指を蜜窟から引き抜かれ、切なさに掠れた声が漏れる。

密かに息を弾ませながら神野を見ると、勃起した男性器に愛液を塗りたくっているところだった。

目が合い、一瞬、彼の目がきらりと光ったような気がした。

伸びてきた手にブラジャーを外され、あらわになった乳房にぢゅっと吸い付かれた。再度蜜窟の中に指を沈められ、一定のリズムで出したり入れたりされる。

「ああああっ！　ふ……ぁっ……あっ、あっ……」

時折聞こえてくるズポズポという淫《みだ》らすぎる音が、姫乃の聴覚を刺激する。花芽はパンパンに腫《は》れ上がり、少しの振動すら耐えられない。

全身が熱くなり、徐々に強くなる快感が熱波となって身体の隅々で吹きすさぶ。硬くなった乳嘴《にゅうし》を歯列で引っかかれ、あやうく階段の座面からずり落ちそうになる。

咄嗟《とっさ》に支柱を握りしめて体勢を保ちながら、自分の胸元を見た。

神野の秀でた眉とまっすぐな鼻筋の向こうに、唾液に濡れた乳房が見え隠れしている。

「やっ……すごく……エッチ――」

思わず声が出て、自分の声の甘さに少なからず動転してしまう。

神野がやにわにシャツを脱ぎ、ボクサーパンツとともにスラックスを床に放り投げた。彼の逞《たくま》しい肩ごしに見える引き締まった裸体が、まるで至高の美術品のように薄明りの中で輝いて見える。

アルコールを飲んでいないにもかかわらず、酔っているみたいに身も心もふわふわと浮いているような感じだ。

ガラス戸を打つ雨音に紛れて、乳房や蜜窟を愛撫《あいぶ》する湿った音が聞こえる。きっともう十分すぎるほど濡れているはずなのに、神野はいっこうに愛撫《あいぶ》をやめる様子を見せない。

もしかして、焦《じ》らされている？

そう思うと、全身の肌がヒリヒリと痛むほど熱く火照《ほて》りだした。

「ま……まだ挿《い》れないの？」

全力で出した澄ました声が、微かに震えているのがわかる。

「もうこれ以上濡らされたくないのか？」

そっけない声で訊《たず》ねられ、チラリと視線を投げかけられた。

「そ、そうじゃないけど……」

「とっとと挿《い》れて、ここの一番奥に子種を植え付けてもらいたい？」

神野の指が、角度を変えながらバラバラと蜜窟の中を引っ掻く。内壁をランダムに愛撫《あいぶ》され、あやうく声が出そうになるのを堪《こら》えるのがやっとだ。

「と、当然でしょ。そのためにセックス……してるんだからっ」

言い終えてすぐに口を固く閉じる姫乃を、神野が表情ひとつ動かさず下から見上げてきた。

上目遣いのせいで、彼の目がサディスティックな三白眼になっている。それが憎らしいほど魅惑的で、ゾクゾクするくらいの淫靡《いんび》さを感じさせた。

（ああ……この感じ……すごく、好き――）

姫乃は密かにそんな思いに囚《とら》われ、息を弾ませる。神野の一挙手一投足に反応してしまう自分が、恨めしい。そう思うと同時に、これほど呆気なく濡れて感じている事が嬉しくもあって――

「濡らされたくないわけじゃないけど、早く挿《い》れて出してほしいって事か。この間のセックスではかなり気持ちよさそうにしていたから、てっきり愛撫《あいぶ》が好きになったと思っていたが、そうじゃなかったのか？」

まだ浅いところにいた指が、ふいに数を増やして奥に入り込んできた。根元まで挿入されたかと思うと、ゆっくりと引き抜かれて、また押し戻される。

こちらの反応を窺いながらの愛撫《あいぶ》は、姫乃の羞恥心《しゅうちしん》を最大限に掻き立ててきた。

「もしくは、滴《したた》るほど濡れるのは歓迎するけど、忙しいし疲れてるから早く種付けを終えてほしい、か？」

平然とした顔でいやらしい事を言われ、姫乃は込み上げる淫欲を抑えきれなくなってしまう。

ゆるゆると中を擦り上げる彼の指を、蜜窟がきゅうきゅうと締め付ける。

答えがわかっているくせに、そんなふうに言うなんてひどい。

神野ほど俺様で意地悪な人をほかに知らないし、その澄まし顔を思いきり引っ掻いてやりたいくらいだ。

「あ……あなたって、ほんとに質《たち》の悪い俺様ね。普段はそんなに喋《しゃべ》らないくせに、こういう時だけやたらと饒舌《じょうぜつ》になるの、やめてくれる？　イケメンだからって、ちょっと意地が悪すぎるわよっ」

わざわざ雨の中を来てくれたのに、さすがに言いすぎたかも――

姫乃は言い返されるのを覚悟して、神野を見た。愛撫《あいぶ》されたままだから、うっかりするとよがり声を上げてしまいそうだ。

姫乃は唇を強く噛みしめて、声が漏れないように我慢する。しかし、当の神野はまったく意に介していない様子だ。

それどころか、逆に今の状況を面白がっているのではないかとすら思う。

「それは失敬した」

あっさり謝られ、ホッとすると同時に拍子抜けする。

それはともかく、普通に会話しながらも蜜窟を愛撫《あいぶ》する指を止めないのは、ぜったいにわざとだ。

意地でも感じたくないのに、ねっとりと中を抉《えぐ》るように弄《いじ》られて、声を抑えるのがやっとだった。

「ところで、これからは、お互いに下の名前で呼び合う事にしないか？　そのほうが話しやすいし、本音も出やすいだろうから」

神野が話しながら、指を小刻みに振動させる。二人きりでいるのに、傍目《はため》にはまったく手を動かしていないようにカムフラージュするなんて、どこまで底意地が悪いのだろう？

そう思うも、指の動きが卑猥《ひわい》すぎて、意識はもう愛撫《あいぶ》に集中していた。

「くっ……ん、っ……ん……」

中を刺激されながら、空《あ》いている指で花芽を押し潰すように捏《こ》ね回される。咄嗟《とっさ》に唇を噛みしめて声を抑えるが、もうすでに表情を管理する余裕がない。

「返事は？」

耳元で囁《ささや》かれ、蜜窟の奥がギュッと窄《すぼ》まる。息が上がり、もうこれ以上感じている事を隠せなくなった。

姫乃は喘《あえ》ぎながら頷き、神野の提案に同意する。

「やけに素直だな。姫乃」

取ってつけたように名前を呼ばれた途端、頬が焼けて一段と息が荒くなった。ただ「姫乃」と呼ばれただけなのに、これほど強い高揚感に囚《とら》われるなんて……

「ひぁっ……！」

さんざん中をいたぶっていた指を容赦なく抜き去ると、神野が姫乃の腰かけているステップの二段下で膝立ちになった。真横から差してくるフロアライトの灯りが、彼のボディラインや筋肉の盛り上がりをくっきりと浮き上がらせている。

呼吸をするたびに胸が上下し、乱れつつある息遣いや唇を舐《な》める音が耳の奥で響く。

下を向くと、神野の割れた腹筋の上に勃起した男性器が見えた。太い血管が浮き上がっているそれは、まっすぐでありながら緩いカーブを描くように硬くそそり立っている。

神野が愛液にまみれた指で、姫乃の胸の先に触れた。そこを弾くように愛撫《あいぶ》され、我慢しきれずに短い嬌声《きょうせい》が漏れる。

「胸、弱いんだな。もう十分すぎるほど濡れているが、何かしてほしい事はあるか？」

そう呟かれて、頭のてっぺんまで赤くなるのがわかった。さんざん感じさせておいて、まだ弄《もてあそ》ぶつもりなのだろうか？

「な……何を言わせたいの？　自分だって、もうガチガチに硬くしてるくせにっ……」

震える声で抗議すると、神野が姫乃の上体を挟むようにして、階段のステップに両手をつく。

彼は姫乃の目を見つめたまま、何も言わない。

さっき、饒舌《じょうぜつ》になるのはやめろなんて言わなければよかった。黙ったまま見つめ合っていると、身体ばかりか心まで濡れてしまいそうだ。

セックスに関しては、自分は神野に到底太刀《たち》打ちできない。

クールで猛獣のような目をしている彼は、完璧に自分をコントロールしている。

一方、姫乃は神野の愛撫《あいぶ》にいとも簡単に翻弄《ほんろう》され、顔を合わせて五分も経たないうちに十分すぎるほどの愛液を滴《したた》らせているのだ。

胸の中に甘い敗北感が広がると同時に、身体の奥に新たな熱が生まれるのを感じた。

もうこうなったら甘んじて負けを認め、与えられる快楽を貪《むさぼ》るよりほかない。

そう考えると自然と身体から余分な力が抜け、固く閉じていた唇から吐息が零れ落ちた。

「……挿《い》れて」

ようやく出した声は、聞き取れないほど小さかった。けれど、すぐ近くにいる彼の耳には届いたはずだ。

「今なんて言った？　きちんと俺の名前を言ってから、もう一度はっきりと頼んでくれるか？」

そんな言い方をするのだから、本当はちゃんと聞こえていたに違いない。神野は心底意地が悪くて、地団太《じだんだ》を踏みたくなるくらい憎らしい男だ。

それなのに、こうしていると何もかも許せてしまうばかりか、もっとそうされたいという思いで胸がはちきれんばかりになってしまう――

「挿《い》れて……早く……お願いっ……」

姫乃の薄く開けた唇が震え、歯がカチカチと音を立てる。

神野は動く気配もなく、姫乃を観察するように見つめ続けている。

いい加減焦《じ》れた姫乃は、彼の肩に手をかけて自分のほうに思いきり引き寄せた。それと同時に、右脚を神野の腰に回す。

「聞こえなかった？　早く挿《い》れてって言ったんだけど」

強気に出て、してやったりと思った途端、下げた左脚を抱え上げられた。そして次の瞬間、上向いた蜜窟に猛《たけ》る屹立《きつりつ》をずぶり、と差し込まれる。

「ああああんっ！」

神野を受け入れた身体が、一瞬で悦《よろこ》びでいっぱいになる。

抑えようもない快楽で身体をなぎ倒されたようになり、姫乃は咄嗟《とっさ》に神野の背中に手を回し、彼の名前を呼んだ。

「友哉……友哉っ……あ、あ……」

姫乃がひっきりなしに甘い嬌声《きょうせい》を上げていると、鼻先が触れるほど二人の顔が近くなり、今にも唇が触れそうになった。

滑《なめ》らかな友哉の腰の動きが、絡めた脚を通して全身に伝わってくる。

彼が視界に入ると、どうしても心を乱されてしまう。

姫乃は確実に強くなっていく快楽を感じながら、顎《あご》を上向けて思いのままに喘《あえ》ぎ、身をくねらせた。

所詮、子種を植え付けるためのセックス――そうとわかっていても、だんだん強くなる腰の抽送《ちゅうそう》に酔いしれ、新たな愛液が滲《にじ》みだすのがわかった。

友哉が上体を、ずいと上に移動させると同時に、切っ先が最奥《さいおう》を強く突き上げる。

見下ろしてくる彼と目が合い、セクシーで威圧的な視線に囚《とら》われて、そのまま目を逸らせなくなった。

先端を子宮に続く膨らみに押し当てられ、瞬《まばた》きなしで目をじっと見つめられる。

「あんっ……ぁんっ！　……あああああっ！」

目を合わせたまま存分に攻め立てられ、愉悦《ゆえつ》が渦《うず》を巻いて姫乃の身体をすっぽりと包み込む。

続けざまに腰を打ち付けられ、姫乃は恍惚《こうこつ》となって感じるままに甘い声を上げて、階段に背中をもたれさせた。

ベッドではなく、店の階段で。

いくら夜の雨が降りしきっているとはいえ、ブラインドの向こうは人が行き交う街路だ。けれど、そうと知っててここでしようと誘ったのは自分だし、不適切だと思うほど胸の高鳴りが大きくなる。

気がつけばまるで自分から腰をすり寄せるようにして、乳房を揉みしだく友哉の手に掌《てのひら》を重ねていた。

これほど淫《みだ》らな痴態《ちたい》を晒《さら》したのだ。もう何も恥ずかしい事なんかないし、今こうしている事以外何も考えられなくなった。どうせもう、ぜんぶバレている。

開き直った姫乃は、友哉の動きに追いすがるように身をすり寄せてよがり声を上げた。

階段がギシギシと音を立てるほど激しく突き上げられ、腰を打ち付けられるたびに肌が立てる音が、雨音を凌駕《りょうが》する。

「……気持ち、いいっ！　あっ……ぁあああんっ！」

無意識に出た声が、自分のものじゃないみたいに甘ったるい。

階段の上で身もだえる姫乃の白い肌に、友哉の視線がまんべんなく降り注《そそ》ぐ。

まるで、身体の隅々まで視姦《しかん》されているような気分になり、姫乃はびくりと身を震わせて彼の逞《たくま》しい肩に頬をすり寄せた。

「んっ……ん、ふぁあああっ……！」

内奥《ないおう》を穿《うが》つ屹立《きつりつ》が爆《は》ぜ、太さを増しながら射精する。

姫乃は抱き寄せてくる友哉の背に指を食い込ませながら、全身を押し流すような快楽に溺《おぼ》れるのだった。


友哉が「ＨＩＭＥＮＯ」を訪ねてきた日から数えて二回目の日曜日、姫乃は世界的に有名な某ファッションブランドのオープニングパーティーに出席していた。

時刻は午後八時。

場所は都心の老舗《しにせ》一流ホテルの上層階で、クラブミュージックが流れている会場内は、まるでダンスパーティーのような雰囲気に包まれている。

広々としたフロアの壁際には新作が並べられ、特設ステージではついさっきまでミニファッションショーが行われていた。集まっている人のほとんどは各界の著名人で、それぞれ主催ブランドの洋服やバッグを身につけ、カクテルを片手に談笑したり踊ったりしている。

姫乃自身も、この日のために奮発して買った主催ブランドのシルバーグレーのワンピースに新作スカーフを合わせていた。

(それにしても、さすが世界的に名の知れたブランドのオープニングパーティーだなぁ)

姫乃が今ここにいられるのは、招待状の手配をしてくれた戸田夫妻のおかげだ。

ジュエリーショップのオーナーとしてファッションに関わってはいるが、これほどハイブランドのパーティーの招待状をもらえるほどの人脈はまだない。

夫妻は姫乃の経験値を上げ、人脈を広げるために誘ってくれた。そして、実際に自分達の知り合いの何人かに姫乃を紹介してくれたのだ。

誘われたのは僅《わず》か一週間前だったが、姫乃は一も二もなく出席を決めて大至急準備を整えた。

戸田夫妻は姫乃と連れ立って会場内を回り、用があると言って一足先に会場をあとにした。月に一度は夫婦だけでディナーデートを楽しむと聞いているから、おそらく今日がその日だったのだろう。

(ほんと、仲がいいんだから。うらやましいを超えて、微笑ましいよね)

互いを見る目を見れば、祥子と正光がどれほど深く愛し合っているかがわかる。それは子供が生まれる前もあともまったく変わりはなく、絆《きずな》はいっそう深まっていかにも幸せそうだ。

会場内が暗くなり、海外のアーティストによる生ライブがスタートした。さほど音楽に詳しくない姫乃だが、耳にした事のある曲が連続で演奏されて、いやが上にもテンションが上がる。

あの夜彼と階段でセックスをして以来、彼の事を以前にも増して考えるようになった。仕事終わりにふと思い立って「パランティアキャピタル」のホームページを隅々まで閲覧したり、ネット上に掲載されている友哉に関する記事をあさったりして……。

ここまで友哉の事が気になるのは、当然子種の提供者だからであり、それ以外に理由はない。

しかしながら、当初自分が考えた妊活とはだいぶかけ離れたものになったせいで、困った状況になっているのも事実だ。

(どうしてこんな事になっちゃったの……って、原因はぜんぶ自分にあるじゃないのよ～!)

単なる子種提供者であるはずの友哉は、姫乃が思っていた以上に熱心に協力してくれている。

それは助かるし、ありがたいと思う。

けれど、彼の愛撫《あいぶ》やセックスが気持ちよすぎるせいで、姫乃はすっかりその虜《とりこ》になり、予定していたとおりのビジネスライクな関係を保てなくなっているのだ。

今のところ、セックスをする前は、いくらか平常心を保てている。けれど、友哉から性的な視線を向けられた途端、いつもの自分ではいられなくなってしまうのだ。

その後の展開を期待して勝手に濡れてくるし、彼の言葉や愛撫《あいぶ》に簡単に煽《あお》られる。

挿入をねだったり、自ら腰を振るようになるなんて、完全に想定外だ。

はじめは気持ちいいと感じる事すら拒《こば》んでいた自分が、まさかこんなふうになるとは思いもよらなかった。

それもこれも、はじめて知ったオーガズムで性欲が開花したせいだ。女性として性的な悦《よろこ》びを知る事ができたのは、素直によかったと思う。

けれど、そのあとがいけない。

友哉は姫乃と身体を重ねながらも、きちんとクールな関係を保っている。

それなのに姫乃はと言えば、友哉とのセックスで意識が飛ぶほどの快楽を知り、今や事あるごとに彼との行為を思い出し、身体に残る愉悦《ゆえつ》の余韻に浸《ひた》る日々を送っているのだ。

それに加えて、友哉本来の俺様でSっ気のある言動に勝手に反応して悦《よろこ》んでいるのだから、余計始末が悪い。

(今のままじゃダメ。もうこれ以上友哉とのセックスにのめり込まないようにしないと)

あんなものはなくても生きていけるし、実際に少し前まではそうだったのだ。

姫乃は頭の中でそう決めると、パーティーに意識を戻した。

ステージでは、生ライブがいっそう盛り上がりを見せている。色とりどりのスポットライトがフロアを照らし出す中、姫乃は軽くステップを踏みながら比較的空《す》いている壁際の一画に移動した。

フレッシュなオレンジジュースを飲みながら生ライブを鑑賞し、オードブルを摘まみに行こうかと歩き出したところ、行く手をスーツを着た腕に遮《さえぎ》られる。

「探したぞ」

頭上から聞こえてきた声に驚いて顔を上げると、全身を主催ブランドの新作で揃えた友哉と目が合った。彼に誘導され、いくぶん人がまばらになっている場所に移動する。

「びっくりした。……どうしてここにいるの？」

「招待されたからに決まっているだろう？　今日はワンピースか。それなら、髪をアップスタイルにしてもいいんじゃないか？」

「あ、これ……友哉が持っていたの？」

彼が差し出してきたのは、先日の夜「ＨＩＭＥＮＯ」で会った時にボサボサ頭をまとめるのに使ったバレッタだった。あの時、友哉と戯《たわむ》れている最中に、いつの間にかどこかにいってしまっていたのだ。

姫乃はバレッタを使って、手早くヘアスタイルを整えた。

「さあ、行くぞ」

「え？　行くぞって……」

友哉が姫乃の手を取り、自分の腕にかけさせる。そして主催ブランドの本社社長を手始めに、世界中で活躍しているモデルや俳優の間を次々に渡り歩きはじめた。

イタリアにフランス、イギリス、アメリカ、ドイツなど、相手の国籍は様々だが、友哉はその言語をすべて流暢《りゅうちょう》に操っている。

姫乃はといえば、内心度肝を抜かれつつも、彼を介してセレブ達に挨拶《あいさつ》をしたり会話を楽しんだりした。

ひとしきり会場内を回ったあと、友哉に連れられてフロアの端に用意された歓談用スペースの椅子に座る。周りを見ると、そこはゲストの中でも選りすぐりの人達しか入れないＶＩＰ席らしかった。

「ちょっと！　いきなりびっくりするじゃないの。私、日本語しかまともに話せないのに」

かなりの緊張を強《し》いられていたせいか、小声で文句を言う声が上ずっている。表情が強張《こわば》ったままの姫乃を一瞥《いちべつ》すると、友哉がやって来たウェイターから飲み物を受け取った。

「そのために俺がそばにいるんだ」

姫乃は彼から手渡されたグレープフルーツジュースを一気に半分ほど飲み干し、どうにか落ち着きを取り戻した。

「そ……それにしても、よ。紹介してくれた人、すごい人ばかりじゃないの。いったい、どういう繋がりなの？」

「皆、俺の顧客だ」

友哉曰《いわ》く、そのうちの何人かは友人として親しく付き合っており、主催ブランドの本社代表取締役社長もそのうちの一人であるらしい。

経営者として格が違うとは思っていたが、友人知人に至っては比べようもないほどだ。

改めて友哉の交友関係の広さに慄《おのの》き、並み居るＶＩＰ達と同じ空間にいる自分を満喫する。

ややもすれば周りに圧倒されて、縮こまってしまうところだ。けれど、せっかくの機会を無駄にしてはいけないとばかりに、姫乃はいつも以上に背筋を伸ばして武装モードを強化する。

（こんな貴重な経験、きっと一生で一度きりだもの）

周りにいる人達には遥《はる》かに及ばないが、少しでも近づけるように精一杯頑張らねば——

「ヒメノ」

ふいにカタコトの日本語で名前を呼ばれ、姫乃は隣に座る友哉のほうを振り返った。

いつの間にそこにいたのか、彼のすぐ近くの席には、かつて一世を風靡《ふうび》したスーパーモデルのメリッサ・カーが座っている。

「えっ……わっ……わわ……」

パールホワイトのドレスに身を包んだメリッサが、姫乃に微笑みかけてきた。

美しいプラチナブロンドにブルートパーズのように深みのある青い瞳。まるで女神のように美しいメリッサを前に、姫乃は瞬《まばた》きもできないほど緊張した。

今も現役モデルである彼女は、自ら立ち上げたモデルエージェンシーの社長を務めながら、二人の子供を育てている。何に対しても前向きで精力的な彼女は、遠い存在ではあるが、昔から姫乃が憧れている女性の一人だ。

驚きのあまり声も出せずにいると、友哉が姫乃の代わりに自己紹介をしてくれた。

ガチガチになりながらも、なんとか名前を名のり、メリッサと握手をする。機嫌よく微笑んでいる彼女が、姫乃の手を握ったまま、何やら友哉に耳打ちをした。

「彼女、姫乃が今しているバレッタを見せてほしいそうだ」

「えっ？　バ、バレッタ……これを？」

握手していた手が離れ、メリッサが姫乃を見てにっこりする。

「そうだ。せっかくこういう場所に来ているんだ。自分の作品をアピールするチャンスを見逃すな」

友哉に言われ、姫乃はあたふたとバレッタを外した。ハンカチで手早くそれを拭いながら席を立ってメリッサの近くで腰を低くする。そのまま跪《ひざまず》いてバレッタを彼女に差し出すと、メリッサは姫乃の手を包み込むようにして、それを受け取ってくれた。

バレッタは翼をモチーフにしており、先端部分には彼女の瞳と同じ色のブルートパーズが埋め込まれている。バレッタを興味深そうに眺めていたメリッサが、友哉を介して素材やデザインについて質問をしてきた。

姫乃はその都度丁寧に答え、最後にようやく彼女の目をまっすぐに見つめる。そして、勇気を振り絞って言いたかった事を伝えた。

「ディス・イズ・フォー・ユー。セイム・カラー……ベリー・ビューティフル」

情けないほどカタコトのカタカナ英語だったが、メリッサは姫乃が伝えたかった事を理解してくれたようだ。彼女は大いに喜んで姫乃をハグして頬にキスまでしてくれた。

びっくりして目を白黒させている姫乃を見て、友哉が満足そうな表情を浮かべる。

(もしかして、わざとこうなるように仕向けてくれたの?)

真相はわからない。けれど彼がバレッタをここに持ち込み、人目につくように姫乃につけさせたのは確かだ。いずれにせよ、友哉のおかげでバレッタがメリッサの目に留まったのは間違いない。

まるでひとつのショートストーリーに巻き込まれた気分になり、姫乃はポーッとなったまま椅子に腰を下ろした。

「用も済んだし、そろそろ行こうか」

ほどなくして友哉が姫乃の手を取って立ち上がり、知り合いのＶＩＰ達に暇乞《いとまご》いをする。

姫乃は彼の隣でにこやかに微笑みながら、改めて彼の顔の広さに感じ入った。最後に話をした年配のフランス人男性が、友哉の肩を叩きながらやけにニコニコと姫乃に笑いかけてくる。

姫乃も愛想よく笑い返すと、男性は上機嫌でウィンクを返してくれた。

そのあとすぐに友哉とともに会場を出て、廊下を歩きエレベーターホールに向かう。

姫乃はパーティー会場であった様々な出来事を思い出し、夢心地のまま歩いた。

「超一流の人達が一堂に会していて、その場にいるだけで刺激になったし、とにかくすごい世界だった」

姫乃が感嘆のため息をつくと、友哉がさもあらんというような表情を浮かべる。

「質のいい未知の世界を知るのは、きわめて有益だ。ああいった場はビジネスチャンスの宝庫だし、もしチャンスを掴んだら、ぜったいに離してはダメだ」

彼にエスコートされ、誰もいないエレベーターに乗り込む。

「これも、戸田夫妻が私の分まで招待状を手配してくれたおかげ。……あ、ところでさっき最後に話していた年配の方、私を見て何か言ってたみたいだけど、なんだったの？」

「彼はフランスの大手フードサービス会社の創始者だ。めずらしく女性を連れている俺を見て『どこで、こんな美しい奥さんを見つけたんだ』と聞いてきた」

「お、奥さん⁉」

どう言い返せばいいのかわからず、姫乃は困惑して黙り込んだ。いったい誰に対する、どんな種類のリップサービスだろう？

どうであれ反応に困る！　少しの間沈黙が流れたのち、エレベーターの到着音が鳴り、ゆっくりとドアが開いた。

「……ん？　ここ、何階？」

ホテルの正面玄関は一階にあり、姫乃はここまでタクシーで来た。手段はともかく、帰るためには一階に降りなければならない。

「二十三階だ」

「えっ？　なんで上に来たの？」

「一週間ほど前から、ここに住んでいるんだ。ほら、行くぞ」

友哉が平然とした様子で返事をして、廊下を歩き出す。手を取られたままだから、姫乃も自然とそれに従った。

「す、住んでるって……それ、ちゃんとした答えになってないけど」

広々とした廊下を、友哉に連れられて歩く。途中、コンシェルジュデスクやラウンジを通り過ぎ、友哉が一番奥の部屋の前で立ち止まり、カードキーでドアを開けた。

「広っ！」

部屋に一歩足を踏み入れた途端、思わずそう呟いていた。入口は思いのほかゆったりとしており、ホテルの一室というよりはリッチな分譲マンションみたいだ。

短い廊下の先には応接セットが置かれた広々とした部屋があり、窓は映画館のスクリーンのように横に広い。友哉に促《うなが》されて窓辺に近づくと、近くにある駅の構内や緩やかなカーブを描く線路が見えた。

「すごい。電車好きの子供が大喜びしそうな部屋ね。——で、どうして私をここに？　会う時は事前に連絡を取り合ってからって言ったよね？　っていうか、海外出張で今日帰国予定だったんじゃないの？　それに、なんで私があそこにいるって知ってたのよ」

聞いていたスケジュールによれば、彼は数時間前まで成田空港の到着ロビーにいたはずだ。

それに、友哉が出張中に決まったため、姫乃が今夜パーティーに出席する事は彼に知らせていなかった。おそらく戸田夫妻経由で知ったのだろうが、突然現れて驚かされるのは、これで二度目だ。

「あれこれと質問が多いな」

友哉が言うには、事前連絡をしなかったのは、忙しくてパーティーに顔を出せるかどうか、わからなかったから。間に合えば姫乃をこの部屋に招待するつもりだったようだが、結果的にサプライズのような再会になってしまったという事らしい。

「そうだったのね。でも、間に合ってよかった。そうでなきゃ、あんなVIPと顔を合わせたりできなかったわ。それに、憧れのメリッサ・カーに私の作ったバレッタを気に入ってもらえるなんて奇跡、起こらなかったものね。友哉、ありがとう。本当に感謝してる」

気持ちが昂《たかぶ》ってしまい、今の今まで彼にお礼を言うのを失念していた。

自分とした事が、なんという失礼をしてしまったのだろう。

いくら身体の関係があるといっても、礼儀はきちんとしておかなければならないのに――

それに、そもそも自分達は双方の親友を介した期間限定の関係だ。

姫乃はいつの間にか緩くなっていた自分の対応を反省し、今さらながら、友哉から受けた恩恵に心から感謝した。しかし、彼は礼の言葉を口にする姫乃を一瞥《いちべつ》したのみで、特別恩を売るような様子もない。

相変わらずクールだし、感情の起伏が乏《とぼ》しすぎる。パーティー会場にいた時の友哉は完璧なビジネスパーソンとしての顔を見せていたが、今は打って変わって無表情だ。

姫乃は友哉の心情を図れないまま、また口を開いた。

「そういえば、身上書には自宅の住所が書いてなかったわね。それって、もしかしてこんな感じでホテル住まいをしてるから？」

「一応会社の上階に住民票を置いているが、基本的にはずっとホテル住まいだ」

「そうなんだ……。いわゆるサービスアパートメントってやつ？」

「ああ、そうだ」

それなら以前、何かの雑誌に特集記事が載っていたのを見た事がある。このクラスのホテルに滞在するとなると、それ相応の費用がかかりそうだ。

友哉の説明によると、今から三年ほど前からホテルを数か月単位で泊まり歩いているらしい。

姫乃にしてみれば驚きの生活だし、落ち着かない気がする。しかし考えてみれば、掃除や洗濯もしなくていいし、食事を作る手間もいらないのだ。

神野友哉という人物は、どれほど大きなスケールの持ち主なのだろう？

正直言って、想像の域を超えている。

姫乃は驚嘆しつつ、きちんと片付けられたシック且つゴージャスな部屋を見回した。

「何をするつもりなのかとは、聞かないのか？」

友哉が姫乃の肩からスカーフを取り、自分のジャケットと一緒にポールハンガーにかけてくれた。

そうする時、彼の指先がほんの少しだけ姫乃の肩に触れた。たったそれだけの接触なのに、つま先から脳天に向けて、熱いさざ波が湧き起こった。

「それくらいわかってるわ。忙しくて疲れているのに、ご協力ありがとう。でも、明日仕事でしょう？　ゆっくり寝なくて大丈夫なの？」

「最初と違って姫乃もずいぶん濡れやすくなったし、種付けだけなら短時間で終わるから平気だ。それとも、朝までゆっくりと俺の相手をしてくれるのか？」

突然そんな事を言われて、ちょっとだけあわてる。

さすがに本気ではないだろうし、ただでさえ無償で時間を割《さ》いてもらっているのに、これ以上彼に余計な時間を使わせるわけにはいかない。

「らしくない冗談言わないで。第一、そんな事されても嬉しくないでしょ。心配しなくても、さっさと終わらせて、済んだらすぐに帰るわよ」

軽く笑いながらそう返す姫乃に、友哉が振り返りざまにチラリと視線を投げかけてきた。そんなつもりはないだろうが、まるで流し目を送られたように心臓が跳ね上がる。

そんな目で見ないでほしい――

姫乃はそう思いながら、さりげなく窓のほうを向いて友哉から視線を逸らした。

しかしすぐに肩に手をかけられてくるりと身体の向きを変えられ、彼と向かい合わせになる。

「冗談ではない、と言ったら？」

いつもの淡々とした口調でそう言われ、真っ向から目を見つめられた。

友哉の顔には、いつもどおりのクールな表情が浮かんでおり、その言葉自体が冗談である可能性が高い。

「さ……さあ……どうかしら」

返事に困った姫乃は、精一杯の作り笑顔を浮かべながら肩を窄《すぼ》めた。

それが様になっていたかどうかは不明だが、友哉は何かしら窺うような顔で姫乃を見つめ続けている。

「先にシャワーを浴びるか？　それとも、このまま挿《い》れてほしい？」

さっさと終わらせると言った手前、シャワーを浴びるのを躊躇《ちゅうちょ》してしまう。それにしたって、今の聞き方は、あまりにも直接的すぎる。そして、即反応してしまう自分をつくづく情けなく思った。

「このままでいいわ」

「そうか」

そう言うなり、友哉が姫乃の腕を取って窓のほうを向かせた。腰を引かれ、若干前のめりになった姿勢で窓に両手をついてバランスを取る。

光沢のある生地《きじ》の上から乳房を揉まれ、早くも脚の間が潤《うるお》ってきた。友哉がしている腕時計が肌に触れ、冷えた感触にピクリと身体が震える。

「あっ……」

早々と声が出てしまい、簡単すぎる自分に対して激しく憤《いきどお》った。

彼は親友に頼まれてこうしているだけ。濡れるにしても、挿入に必要なだけで十分だし、妊娠しやすくなるとはいえ、過剰に感じるのは避けるべきだ。そうしないと、もっと友哉とのセックスにのめり込んでしまう――

そんな事を考えて己《おのれ》を律しようとするも、太ももに触れる友哉の指の動きひとつで、理性はぜんぶ吹き飛んでしまう。

ワンピースの裾《すそ》をたくし上げられ、ショーツをずり下ろされる。彼の手に誘導されて片脚を上げると、すぐに下着を着けていない状態になった。

「今夜はガーターベルトをつけていないんだな」

「ワンピースが細身で、外に響かないようにしなきゃダメだったから――あんっ！」

一瞬の躊躇《ちゅうちょ》もなく指で花房を割られ、濡れ具合を確かめられる。そこをトントンとタップするたびに、ピチャピチャと小さな水音が立つ。

「いつからこんなに濡らしてたんだ？　言ってくれたら、すぐに挿《い》れたのに」

ベルトのバックルを外す金属音が聞こえたあと、友哉が秘裂に熱い塊《かたまり》を押し付けてきた。先端の括《くび》れが花芽を引っ掻き、愛液を湛《たた》えた前庭に淫茎がぴったりと寄り添う。

「す……すぐにって、そんなの無理でしょ」

「無理かどうか、言ってもらわないと判断できないだろ。この感じだと、エレベーターに乗る前か？　それとも、パーティー会場で俺と会った途端に——いや、もっと前か？」

話しながら、切っ先が秘裂をまんべんなく撫で回してくる。蜜窟の入口を浅く抉《えぐ》るように愛撫《あいぶ》され、全身から力が抜けそうになる。

「もっと前なわけ、ないでしょっ……人を性欲の塊《かたまり》みたいに言わないでよっ……！」

「それは、失敬。姫乃は俺にだけ反応して、ぐちゅぐちゅに濡れる。そうだろ？」

「ああっ！　あぁぁ……！」

訊《たず》ね終えるなり、蜜窟の中に友哉のものが深々と入ってきた。

腰を打ち付けられるたびに、肌がぶつかり合うパンパンという音が部屋の中に鳴り響く。

姫乃は、いきなりやって来た快楽に前後不覚になって、上体を窓に押し付けて嬌声《きょうせい》を上げた。

「や……あんっ……。あっ……ふあぁぁっ！」

休む間もなく腰を強く振られ、そのたびに一番深いところに切っ先をねじ込まれる。

いかにも種を植え付けるためだけに、腰を動かしているような——

もしくは、いち早く吐精したいがために、愛撫《あいぶ》もなしに淡々と抽送《ちゅうそう》を続けているみたいに。

これほど早急なのは、姫乃自身がそう望んだからだ。

本当は、もっとじっくり時間をかけて友哉に挿《い》れられている感覚を味わいたかった。

それなのに、セックスをすると決めるなり即下着を剥《は》ぎ取られ、極限まで硬くなった屹立《きつりつ》を、いきなり根元まで突き立てられている。

けれど、そんなふうに即物的な抱かれ方をされて、震えるほどの悦《よろこ》びを感じているのも事実だった。

「ひっ……！」

友哉が背後から身体をすり寄せてきたせいで、露出した肌に窓ガラスが触れた。

冷たさに上体が反り、一瞬だけ全身に鳥肌が立つ。

姫乃が小さく頭を振ると、友哉が首筋に鼻筋を擦りつけてくる。温かな呼気がうなじにかかり、

「寒いか？」

耳元でいつになく甘く囁《ささや》かれて、今度は別の理由で身体中の肌が熱く粟立《あわだ》った。

ほんの少しだけ彼の唇がそこに触れた。

その途端、胸の奥がギュッとなり、深く息が吸えなくなる。

首から上に彼の唇が触れたのは、最初の時に首筋に緩く噛みつかれた時以来だ。

それに、どうしてここまで反応してしまうのか――

深く考える余裕もなく腰を振られ、くぐもった嬌声《きょうせい》を上げる。

窓に映る自分達の痴態《ちたい》が、たまらなくいやらしい。

姫乃は感じるままに身をくねらせて、顎《あご》を上向けて甘いため息をついた。

窓の外には何本ものレールが走るトレインビューが広がっており、駅の構内に大勢の人が行き来しているのが見える。

高低差があるから、人は米粒大だ。

けれど、ここでの淫《みだ》らな行為を覗き見されないとも限らない。

ホテル周辺には、ほかにも同じような高さの建物がいくつかある。もし誰かが、こっそりこちらの様子を窺っているとしたら……

気がつけば、いつの間にかワンピースが肩からずり下がり、ブラジャーまで緩んでいる。

つま先が床を離れそうになるほどの激しい突き上げを食らって、姫乃は膝をガクガクと震わせながら恍惚《こうこつ》とした表情を浮かべた。

こんな抱かれ方も友哉となら楽しめるし、決して嫌いではない――

「気持ちいい、って顔してるな。もしかして、露出狂か？」

「ち、違っ……あああああんっ！」

挿入されたまま、ぐるりと身体が反転して一瞬気が遠くなった。

両方の脚を腕に抱え上げられ、背中を窓に押し付けた状態で上下に揺さぶられる。身体が友哉の腕の中で弾み、いろいろな角度から奥を穿《うが》たれて意識が朦朧《もうろう》としてきた。

あくまでも、子供を宿すため。

それなのに、身も心も溶けてしまうほど甘い快楽を貪《むさぼ》ってしまっている。

「あっ……イッ……ちゃ……ふぁ……あああっ！」

姫乃は愉悦《ゆえつ》に酔った表情を浮かべながら、感じるままに嬌声《きょうせい》を上げた。

「んああっ……ああああっ……ああっ……あんっ！」

少しの余裕もないほどの悦楽《えつらく》を感じて、全身が宙に浮いたようになる。

身体がどこかに吹き飛んでしまいそう――

そんな感覚に陥《おちい》りながら、姫乃はふと部屋に入ってすぐに言った言葉を思い出した。

『さっさと終わらせて、済んだらすぐに帰るわよ』

強がりであっても、そう言い切った時の勢いは、もうない。

セックスなんてなくても生きていけると断じたはずだし、もうこれ以上友哉とのセックスにのめり込むまいと決心したのではなかったのか？

それなのに、いくらなんでも呆気なさすぎるし、これほど簡単に決心を覆《くつがえ》されるなんて、自分が自分ではないみたいだ――

「どうした。考え事か？　俺とのセックスの途中で上《うわ》の空になるなんて、いい度胸だ――」

「ひゃああっ！　あんっ……あ、あぁっ……！」

指で花芽を摘まれると同時に、下からズンズンと突き上げるように腰を振られた。

たちまち頭の中に真っ白な火花が散り、瞬時に快楽の頂点に達する。

もう立っていられなくなった身体を、友哉の腕がしっかりと支えてくれた。

上から見下ろしてくる顔は、まったくの無表情だ。これほど激しく交わっているのに、彼の感情はここにはないみたいに思える。

「呆気ないな。だが、俺がまだだ。だから、これで終わるわけにはいかない。事と次第によっては、一晩中付き合ってもらうぞ」

友哉の顔がグッと近づいてきて、姫乃の鼻先で止まる。

唇に彼の呼気を感じて、姫乃はそれだけで身体の奥が熱く戦慄《わなな》くのを感じた。

せめて何か一言でも言い返したい——そう思うものの、身体の奥深くまで穿《うが》たれたままでは、何を言っても強がりにもならない。

けれど、言われっぱなしでいるわけにはいかなかった。

「べ……別に、それ……でも——」

喘《あえ》ぎながら話す唇に、友哉の人差し指が押し付けられる。

喋《しゃべ》るのを邪魔されたというのに、憤《いきどお》るよりも前に唇に触れる指が気になってしまう。

それを見透かしたのか、友哉が僅《わず》かに目を細くして口元に尊大な笑みを浮かべた。

「前に、してほしい事があるかと聞いた時、誤魔化して言わなかっただろう？　あれはなんでだ？」

友哉の指先が、姫乃の唇の隙間をそろそろとなぞり始める。息が止まり、身体が小刻みに震えだした。

「恥ずかしいからか、それとも言えば負けたように感じるからか……。なんにしろ、言えばたいていの事はしてやるんだがな。意地を張るのもいいが、言ったほうがスッキリするし、もっと気持ちよくなれるんじゃないか？」

指先が姫乃の唇を割り、閉じた上下の歯をあっさりとこじ開ける。舌の上に指を擦りつけられ、無意識にそれに吸い付く。ゆっくりと動き出したかと思えば、まるでスローなセックスをするかのように指が抽送《ちゅうそう》を始めた。

それと同じタイミングで、ゆるく腰を突き上げられて思わず声を上げる。

「あ……ふ……ぁ……あ、っ……」

上と下を同時に攻められて、意識がそこに集中する。

してほしい事を言えと言われても、この状態では答えられるはずもない。

彼のなすがままになり、抵抗もできなくなっている自分を恨めしく思いながらも、込み上げてくる興奮を抑えきれない。

たまらなくなった姫乃は、彼の指に舌を絡め、ちゅうちゅうとそれを吸った。

さながら、顔を見られながら口淫をしているみたいだ。唇と目の間を行ったり来たりする友哉の視線が、わざとのように冷ややかだ。

そんな目で見られれば見られるほど愛液が滲《にじ》みだし、屹立《きつりつ》を咥《くわ》え込む蜜窟がひっきりなしに蠢《うごめ》いてそれを締め付ける。

「あっ……」

突然口と蜜窟から指と屹立《きつりつ》を引き抜かれ、それに反応する間もなく身体を横抱きにされる。そして、そのままゆったりとしたカウチタイプのソファの上に押し倒された。

姫乃の腰の上に馬乗りになった友哉が、唾液に濡れる指でネクタイを緩め、シャツを脱ぎ捨てる。残ったワンピースとブラジャーをせわしなく剥《は》ぎ取られ、身体を隠すものが何もなくなった。

友哉の逞《たくま》しい胸筋が息をするたびに盛り上がり、愛液をたっぷりと纏《まと》った彼のものが、硬い腹筋の前にそそり立っているのが見える。

それを見るなり急に口さみしくなって、唇を強く噛んだ。

なりふり構わずそれに吸い付きたくなるも、そうできないまま脚を大きく広げられて秘裂の隙間に淫茎を擦りつけられた。

それが、どうにもほしくてたまらない――

淫欲に抗《あらが》えなくなった姫乃は、そんな自分を責めながら、さらに脚を広げて友哉を受け入れる体勢を取る。

こんな格好をすれば、本来隠すべきところが、ぜんぶ見えてしまう。

恥ずかしさに顔を背《そむ》けようとした直後、太ももを引き寄せられ、両膝を友哉の肘の内側に抱え込まれた。いよいよ丸見えになった蜜窟の入口に、愛液にまみれた先端が浅く沈んだ。

硬く腫《は》れ上がった屹立《きつりつ》が、ぬぷぬぷと音を立てながら自分の中に入ってくる――

それを目《ま》の当たりにした姫乃は、悦《よろこ》びに目を潤《うる》ませて嬌声《きょうせい》を上げた。

「友……哉っ……あっ……ああああああんっ！　あぁんっ！」

切っ先が最奥《さいおう》を何度となく押し上げ、そのたびに感じるところを硬い括《くび》れでこそげられる。

湧き起こる快楽のせいで視界がぼやけ、姫乃は我にもなく嬌声《きょうせい》を上げて背中を仰《の》け反《ぞ》らせた。

浮いた背中を強く抱き寄せられ、どこにも逃げられないようにされた上で、いっそう激しく腰を打ち付けられる。

「あぁぁ……あ――！」

友哉の腕の中で身体がビクンと跳ね上がると同時に、激しい法悦《ほうえつ》の渦《うず》の中に引き込まれた。薄く目を開けた先に、彼の首筋が見える。

姫乃はそこに唇を強く押し当てながら、友哉が自分の中で吐精する様を身体に刻み込むのだった。


「残念ながら、妊娠はしていなかった。さっき友哉にもメッセージしたところ」

姫乃が祥子に電話をしたのは、オープニングパーティーから一週間が過ぎた夜だった。

『そっか……。まだ始めたばかりだし、これからだよ、ね？』

「うん。妊娠については、私もそう思ってる。ただ……実のところ、ちょっとヤバいかなって思う事があって……」

オープニングパーティーの夜、友哉と会って三度目の夜を過ごした事は、もうすでに彼女に話してある。姫乃の声のトーンの低さに気づいたのか、祥子が心配そうに問いかけてきた。

『ヤバいって、何がどうヤバいの？　もしかしてＳＭプレイが過ぎるとか、そういう――』

「ち、違うわよ！」

『じゃあ、なぁに？　心配事があるなら、なんでも言ってちょうだい』

祥子に促《うなが》されて、姫乃は溜め込んでいた悩みを一気に爆発させた。

「気持ちよすぎるのよ！　友哉とのセックスが最高すぎて困ってるの！」

『はあぁ？』

いきなり大声を出され、姫乃はスマートフォンから耳を離し、スピーカーモードにした。

「もちろん、感じたほうが妊娠率もアップするみたいだから、ある程度はいいと思うの。向こうは手慣れてるわけだし、私を感じさせるのなんか簡単なんだと思う。でも、さすがにあんなに濡れまくっちゃダメでしょ！　あれは単なる女としての悦《よろこ》びを超えている気がするのよ」

最初は、ただただ気持ちよくて、はじめて得る快感に夢中になっているだけだった。けれど、何度も身体を重ねて深く感じさせられるうちに、我を忘れてセックスにのめり込むようになっている。

その結果、友哉と会うだけで身体が反応するようになり、友哉に抱かれる事に悦《よろこ》びを感じるようになってしまった。

『ちょっと待ってよ。それって別に悪い事でもなんでもないじゃないの』

「悪いわよ！　だって、目的は妊娠だよ？　それなのに、気がついたら我を忘れて快楽に浸《ひた》っちゃって、セックスそのものを楽しんじゃってるの。そういうのって、アリ？　ナシだよね？　友哉は恋人でもセフレでもない、ただの子種の提供者なんだよ。それなのに私ったら――」

三十歳にして、はじめてセックスの悦《よろこ》びを知り、積極的な性欲を感じるようになった。それはいいとしても、どうして友哉自身をここまで意識してしまうのか。

自分を性的に目覚めさせてくれた相手なのだから、ある程度は理解できる。しかし、今自分が彼に対して抱いている感情は、いろいろな意味で度を越していると思わざるを得ない。

姫乃は当初自分が提示したルールを大きく逸脱して、友哉とのセックスにハマってしまっている。

『だから、それの何がいけないのよ？　まさに、私が言ったような事が起ころうとしてるだけでしょ。姫乃と友哉さん――二人の身体の相性はバッチリだし、これをきっかけに本当の恋が始まる可能性大だわ』

姫乃の猛省《もうせい》をよそに、祥子が弾んだ声で持論を展開する。

「なんでそうなるのよ。そんな可能性あるわけないでしょ！」

『っていうか、もう呼び捨てでお互いの名前を呼び合っているのね。それに、友哉さんだって姫乃の事を気に入っているはずよ。この件は、友哉さんから口止めされてたんだけど——』

祥子が言うには、あの日行ったオープニングパーティーの招待状を手配したのは戸田夫妻ではなく友哉だったらしい。もともと招待されていたのは友哉と正光のみで、女性二人の分は彼が自ら主催ブランドの社長に頼んで得たものだったようだ。

『友哉さんは社長と親しいみたいだから、さほど苦労せずにゲットできたのかもしれない。だけど注目すべきなのは、どうして姫乃をあの場所に招待したかって事よ。友哉さん、姫乃にいろいろな人を紹介してくれたんでしょ？』

確かに彼は、姫乃を国内外のＶＩＰと引き合わせた。その上、姫乃がジュエリーショップのオーナー兼デザイナーである事を話し、名刺交換までさせてくれたのだ。

『それって、姫乃が手掛けている商品を高く評価してるって事よね。正光に聞いたら、彼が今まで女性に対して、そこまで入れ込んだのってはじめてだって言ってたわ。つまり、友哉さんも姫乃の事を、ただ子種を提供するだけの相手とは思ってないって事よ』

「そんな……」

『なんにせよ、別に困るような事じゃないわよ。気持ちいいセックスをして、妊娠する——今はその目的を達成する事だけを考えたら？　そうしたら、また新しい展開が待ってるかもだし。私、まだ諦めてないから。二人は、ぜったいにいいパートナーになれると思うのよ〜』

姫乃が何を言っても、祥子はすっかり脳内をお花畑にしており、聞く耳を持たない。

「そんなわけ、ないってば」

諦めて電話を切ったあと、姫乃は一人そう呟いて苦笑いを浮かべた。


祥子と長話をした次の日の火曜日、姫乃はいつもよりかなり遅く起きてようやくベッドから離れた。

「う〜ん、いい天気〜」

カーテンを全開にして、思いきり伸びをしながら窓の外を眺める。顔を洗ったあと、髪の毛を梳《と》かし、ひとまとめにしてU字型のかんざしで留めた。

姫乃が住まいにしている建物の三階はワンフロア型になっており、水回りは区切られているが、ほかは仕切りのないフローリングの床が広がっている。

テレビは壁に設置するフローティングタイプで、大型の家具はダブルベッドのみ。

ほかはローテーブルと本棚とラック付きポールハンガーなどがあるくらいだ。

(今日は店も休みだし、久しぶりに一日のんびりして過ごそうかな。……といっても、結局デザインを考える事になるんだろうけど)

姫乃は世良から依頼されたマリッジリングのデザインを、いまだに考えあぐねている。先日世良が婚約者とともに店を訪ねて来て、ティアドロップ型のピアスを購入してくれた。

その際に、二人の馴《な》れ初《そ》めなどを聞いてイメージを膨らませようとしたのだが、今のところこれといったデザインが浮かんでこない。納期にはまだ余裕があるし、焦りは禁物だ。

けれど、思いつくアイデアはすべて中途半端で、完成の目途はまったく立っていない。

頭を抱えながら資料を見たりしているうちに、気がつけば、もうじき昼になろうとしていた。

ベッドに腰かけていた姫乃は、何か作って食べようとキッチンの冷蔵庫を開ける。

「しまった。何もない」

ここのところ外食続きで、食材の買い物を怠《おこた》っていた。

仕方なくデリバリーで何か注文しようと、スマートフォンで専用サイトを閲覧する。

ジュエリーデザイナー兼彫金師として、日々細かな仕事に従事している姫乃だが、プライベートでは別人級に大雑把でズボラだ。

料理をするといっても簡単にできるパスタや炒め物がせいぜいだし、冷凍食品にはかなりお世話になっている。もっとも、妊娠を考えるようになってからは心を改め、レシピサイトを覗いては作れそうなものをチェックしていた。

(ママになるんだもの。まずは自分が健康的な生活を送らないとね)

食はもちろんの事、住まいや暮らしぶりも改善しなければならない。

以前友哉が「ＨＩＭＥＮＯ」に来た時、三階に上げられなかったのをきっかけに、居住スペースの片付けを始めて、今はなんとか人を呼べるくらいにはなっている。

我ながら頑張ったし、ここまで整理整頓ができた自分を褒《ほ》めてやりたいくらいだ。

（でもベビーが生まれたら、ここじゃ手狭よね。倉庫になってる四階も、いずれは住まいとして使えるようにしないとな）

もともと仕事関係の荷物を置いていたそこに、だんだんと私物を置くようになってずいぶん経つ。今回もかなりの荷物を上に移動しており、それなくしては今の三階の状態はないと言っても過言ではなかった。

（倉庫、別に借りなきゃダメかな？　でも、それだと余計な費用がかかっちゃうし……）

あれこれと考えながらスマートフォンを操作し、オーガニックカフェでランチセットを注文する。テーブルの上を片付け終え、壁際の本棚から妊活雑誌を取ってベッドに腰を下ろす。

「妊娠力アップのメソッド」「温活で妊活」など、今までに何度も見直したページをめくりながら、物思いに耽《ふけ》る。

結婚もパートナーシップもなしに子供を持ちたいという願望は、まだ戸田夫妻と友哉にしか明かしていない。言えば何か言われるに決まっているし、聞きたくないお説教を聞かされる事になるだろう。

実際、冗談めかしてそれっぽい事を既婚で妊娠中だった幼馴染に話したところ、考えが甘いと頭ごなしに言われた。

できれば妊娠する前に両親には話しておきたいが、タイミングが計れず、いまだに言えていない。

（まだ妊娠したわけじゃないし、できてからでもいいかな？　でも、いきなり結婚もせずに子供ができましたとか、親にしてみればびっくり仰天だよね）

友哉が住んでいるホテルで子種をもらい、その七日後に月のものが来た。

あれほど感じたのだから、もしかすると――と思わないでもなかったが、前回に続いて妊娠は持ち越しとなった。

（まあ、まだ三回しかしていないんだし、そう簡単にはいかないか）

妊娠を望むなら、一日に何度もセックスをするよりも日を分けて回数を増やすほうがいいらしい。

姫乃は友哉との行為を思い出す。

『とにかく、さっさと種付けを終わらせてしまおう』

『今回の件はビジネスと同じだ』

そう言った時の友哉の顔は、クールでなんの感情も見られなかった。その後、実際に彼と身体を重ね、多少なりとも二人の距離が縮まり、彼の嗜虐《しぎゃく》的な面を知って、それに反応する事で自分の性的嗜好《しこう》にも気づかされて……

『姫乃は俺にだけ反応して、ぐちゅぐちゅに濡れる。そうだろ？』

『まだ終わるわけにはいかない。事と次第によっては、一晩中付き合ってもらうぞ』

そんな彼の言葉に反応して、姫乃は濡れに濡れた。

友哉の言動は徐々に性的な色を増しているが、彼自身は相変わらずクールだ。

男性器はいきり立っているけれど、それは友哉が完璧に自分の性欲をコントロールしているからに過ぎない。

友哉にとって、姫乃とのセックスは種付け行為以外の何ものでもないのだ。

だから、祥子が言うような恋愛に発展するはずがないし、姫乃もそんな未来を期待してはいなかった。

それなのに、セックスの回数が増えるごとに、彼の事を考える時間が多くなっていく。それを自覚してからは、ますますそれに拍車がかかり、ついには祥子に愚痴るまでになってしまった――

「いったん冷静になろう」

姫乃は声に出してそう言い、妊活雑誌を閉じた。

今の自分は、はじめて性的快楽を知った事による一時的なお祭り騒ぎに陥《おちい》っているだけだ。そのうち慣れてきて、クールダウンするに違いない。

きっとそうだし、そうでなければ本当にマズい事になる。そうならないためにも、改めて友哉との関係は一時的なものだと自覚すべきだ。そして、もうこれ以上彼に振り回されてはいけないと、きつく自分に言い聞かせた。

(さてと、そろそろデリバリーが来る頃かな?)

何気なくテーブルの上に置きっぱなしにしていたスマートフォンの画面を見て、注文内容を確認した。すると、置き配にしたつもりが対面での受け取りを選んでいた事に気づく。

「わ、失敗したっ!」

もうじき到着予定だが、さすがにパジャマのままで対応するわけにはいかない。

姫乃はあわててクローゼットから白いTシャツとブルージーンズを引っ張り出し、着替えた。

急いで階段を駆け下りて一階のフロアに着くと同時に、店のドアを叩く音が聞こえてきた。

「はーい！」

フロアを小走りに通り抜け、入口のドアに近づいて開錠する。しかし、ガラスの向こうにいたのはダークブラウンのスーツを着た配達員らしからぬ長身の男性だ。

「と、友哉!?」

大急ぎでドアを開けると、友哉がランチボックスの入ったビニール袋を姫乃の目の前に掲《かか》げた。

「オーガニックカフェのランチか。身体によさそうだが、量が少なすぎやしないか？」

「どうして友哉が……いつ、配達員になったの？」

「そんなわけないだろう」

友哉曰《いわ》く、たまたま店の前で配達員と出くわし、姫乃の名前を言って代わりに受け取ってくれたらしい。

「でも、なんでここに？　仕事は？」

「出先での仕事が終わって、帰社する途中に寄ったんだ」

「『今度からは連絡を入れてから来る事にしよう』って言ったくせに」

「そうだったか？」

友哉が真顔でとぼけたことを言う。

姫乃は密かに首をひねりながら友哉を二階に通し、ベンチ型の椅子を勧めた。彼は持っていたビニール袋をテーブルの上に置き、椅子に腰を下ろした。そして、姫乃がテーブルを挟んで正面に座るのを待って、傍らに置いていた真っ白な紙袋を姫乃に差し出してくる。

「これは？」

「ついさっき取引先の人と入った店で頼んだステーキランチだ。なかなか美味《うま》かったから、よければ食べてくれ」

友哉が紙袋の中から黒色のランチボックスを取り出し、テーブルの上に載せた。

「もしかして、これを届けるためにわざわざ来てくれたの？」

「これも、妊活の一環だ」

友哉が早々に席を立ち、階段を下りて行こうとする。

姫乃は彼を追うように椅子から立ち上がった。

「待って！　もう行くの？」

無意識に伸びた手が、友哉の左腕を掴んだ。引き留めたはいいが、次に言うべき言葉がすぐには出てこなかった。

「……えっと……今日は……しないの？」

もっとさらりと言うつもりだったのに、どうにか絞り出した台詞《せりふ》が妙にたどたどしい。それに、移動中とはいえ、彼は今仕事中だ。

姫乃は、しまったとばかりに口を閉じて表情を硬くした。その上、お気に入りとはいえ、今着ているのはクタクタの古着で、おまけにノーメイクだ。

「い、今のナシ！　昼間から、変な事言ってごめん！」

姫乃はばつの悪さを感じて彼の腕から手を離した。一歩下がろうとすると、今度は友哉が姫乃の肩を掴んで引き留めてくる。

「別に昼間でも、セックスはできるだろう」

見つめてくる焦《こ》げ茶色の瞳が、窓からの陽光を浴びてブラウンダイヤモンドのようにきらめいている。考えてみれば、昼間の友哉を見るのはこれがはじめてだ。気のせいか、今日の彼はいつもとは違うオーラを纏《まと》っているような気がする。

「そ、それはそうだけど、今日は武装モードを解除してるし……」

それ以前に、二階には窓からの外光が降り注《そそ》いでおり、十分すぎるほど明るい。今ここで裸を晒《さら》せば、いつも以上に細部まで見られてしまう。

そう思いながらも、すでに身体のあちこちが淫欲で火照《ほて》り始めていた。

(私ったら、何をその気になってるのよ！)

なんて、はしたない……

姫乃が恥じ入って唇をきつく噛みしめると、友哉が指で顎《あご》を上向かせてくる。

「姫乃は、どうしたいんだ？」

顎《あご》を掴んでいない指が、姫乃の喉元をくすぐる。それだけでも声が漏れてしまいそうなほど感じてしまった。

「わ……たし……は……」

言いあぐね、乾いた唇を無意識に舌で舐《な》めた。すると、目を見ていた友哉の視線が、姫乃の唇に移った。身体は何度となくキスをされたり舐《な》められたりしたけれど、唇へのキスは、まだ一度もされていない。

その必要はないと言ったのは自分だが、今となってはそんな事を言わなければよかったと思う。

(だって、セックスはしているのにキスはまだとか……。不自然じゃない?)

そう思った直後、ビジネスと同等の妊活にキスなど不要だと考え直す。

しかし、意識すればするほど唇が火照《ほて》り、ふるふると震えだした。心なしか友哉との距離が、だんだんと近くなっていくような気がする。

今こうしている間も、胸の先が尖り、花芽が腫《は》れ上がっていくのを感じた。

もう、いっそこのまま挿《い》れられたい。

その前に、友哉とキスをしたい――

そう思った時、店の入口から女性の声が聞こえてきた。

「あのぉ~。お店、開いてますか~?」

声に驚き、姫乃はハッとして我に返った。

屈《かが》んで一階を窺ってみると、開けっぱなしにしたままだった入口のドアから、二人組の女性が店の中を覗き込んでいる。

「お客様だ!」

姫乃があわてて一階に下りようとすると、友哉が首を横に振ってそれを制した。

「その格好で出るつもりか?」

「あっ……そっか――」

デリバリーの配達員相手ならともかく、今の姫乃はどう見てもお客様の相手をするにはふさわしくない格好だった。

「今は武装モードを解除中なんだろう？　俺が対応する」

「でも――」

「接客ぐらいできる。姫乃は俺と客が店の外に出たら、きちんと施錠《せじょう》してランチタイムを楽しんでくれ」

止める暇もなく一階に下りた友哉が、入口のドアに向かって歩いていく。

二階から様子を窺っていると、女性達は近づいてくる超がつくほどのイケメンに度肝を抜かれている様子だ。

「いらっしゃいませ。申し訳ありませんが、本日は定休日で――」

こちらに背を向けているから、友哉がどんな顔をしているのかはわからない。しかしどうであれ、女性達は嬉しそうに笑いながら彼とともに店の外に出て、そのまま立ち去っていった。

一人残された姫乃は、友哉に言われたとおり入口のドアを施錠《せじょう》して、ブラインドを下ろした。

「何よ。一回くらい振り向いてくれたっていいのに」

姫乃が知る友哉はクールで、およそ人を笑わせるような男ではない。それなのに、なぜあんなに盛り上がっていたのだろう？

一流のビジネスパーソンでもある友哉だ。その気になれば、女性を喜ばせるのなんて赤子の手をひねるくらい簡単だろう。

（実際に、私がそうだもの）

それが証拠に、ただ彼に会っただけでその気になった。その上、できる事なら唇にキスをしてほしいとまで思ってしまったのだ。

（つくづく、どうかしてる。ついさっき、これ以上友哉に振り回されちゃいけないって、自分に言い聞かせたばかりなのに……）

今まで、一人の男性にこれほど翻弄《ほんろう》された事があっただろうか？

いや、ない。

姫乃は心の中でそう断じると、大きなため息をつきながら、のろのろと二階に続く階段を上り始めるのだった。


サマーシーズンも終わりに近づき、「ＨＩＭＥＮＯ」のショウウィンドウには秋色のジュエリーが並び始めた。

今期のイチオシはブラウン系のガーデンクォーツとアンバーを使ったものだ。

殊に、先月仕入れたばかりのガーデンクォーツはクオリティが高く、実に神秘的だ。

ＳＮＳを駆使してアピールしたおかげか、売れ行きは順調で、一部の商品は発売して間もなく品切れになった。ネットショップでの受注販売も好調で、スタッフは皆やる気に満ち溢《あふ》れている。

（この調子で、ほかの業務もうまくいけば言う事なしなんだけどな）

八月最後の月曜日、姫乃は店のバックルームで昨日原産地から送られてきたばかりの天然石の仕分け作業をしていた。

特別な集中力が必要なその作業は、一切の雑念を払って行う必要がある。

石の原産地は様々。本当は自ら出向いて選びたいところだが、そこまでの時間とお金はかけられないのが現状だ。

作業を終え、そのままバックルームで休憩に入る。

買い置いてあったスムージーを飲みながら、姫乃は眉間に縦皺《たてじわ》を寄せた。無言でテーブルの上に置いてあったスケッチブックを手に取り、連続でため息をつく。

開いたページには、リングのデザインがいくつか描かれており、そのすべてに×印がつけてあった。

(世良様のリング……いったい、いつ完成するんだろう……)

一昨日《おととい》、世良がまた婚約者と店に顔を出してくれた。

その時に新しく考えたマリッジリングのデザインを見せたのだが、またしても二人の意見が噛み合わず、結局再度考え直す事になったのだ。

今回は、かなり自信があっただけに、いつになく精神的なダメージが大きかった。

「私は、すっごくいいと思いますよ」

「私も。オリジナリティに溢《あふ》れてるし、オンリーワンって感じで」

スタッフは、いずれのデザインも上出来だと褒《ほ》めてくれたが、依頼者が満足できなければ意味がない。

それ以来、姫乃は暇さえあればスケッチブックとにらめっこをし、思いつく限りのデザインを描き続けているのだ。

（なんだか頭の中がゴチャゴチャしてて、考えがまとまらない……）

仕事はいつもどおりにこなしているけれど、気を抜くと、すぐに気持ちが沈んできてしまう。

それに加えて、常に胸の奥がモヤモヤする。頭がスッキリしないのは、きっとそのせいもあるに違いなかった。

（これって、やっぱり友哉の事が原因だよね）

友哉がランチを持って店に来てくれてから、もうじきひと月になる。

定期的に連絡を取り合ってはいるものの、雑談を交わすでもなく、スケジュール確認だけでやり取りは終わってしまう。しかも、互いに忙しくて会おうにも会えない。

調子が悪い時は何もかもがうまくいかないものなのか、世良の指輪のデザインを再考する事になった次の日、月のものが来た。

寝込むほどではないが、姫乃は毎回生理痛の症状に悩まされていた。二日目の今日は、いつもどおりの身体のだるさと下腹の鈍痛がピークを迎えている。

（必要なものとはいえ、本当にやっかいだよね）

ただ、不思議な事に友哉と身体を重ねるようになってから、生理の周期が以前よりも整ってきている。それ自体は喜ばしい事だが、またしても妊娠していなかった事実が姫乃の気持ちをどんよりと落ち込ませていた。

（早くできないかな、友哉の赤ちゃん……）

姫乃はテーブルの上に突っ伏し、下腹をさすった。

頭の中でそう呟いてすぐに、顔を上げて背筋をシャンと伸ばす。

（ちょっと待ってよ！　今の言い方おかしくない？　友哉の赤ちゃんって何？　間違いじゃないけど、できるのはあくまでも私の赤ちゃんであって、友哉はただの子種の提供者でしょ！）

ちょっとしたニュアンスの違いだ。

けれど、それがやけに気になって、自分自身に言い訳をする。

いくら落ち込んでいるからといって、人に聞かれたら誤解されてもおかしくない。

（……なぁんて、頭の中で思っただけなんだから、誰かに聞かれる心配なんてないでしょ）

つくづく自分が不憫《ふびん》に思えて、姫乃はため息をつきながら天井《てんじょう》を見上げた。

友哉は姫乃にとって、子種の提供者であると同時に、性的な快感をはじめて味わわせてくれた人だ。それプラス、身体の相性が抜群にいい。イケメンだし、セックスのテクニックは文句なし。

クールでSっ気がある反面、気遣いができる上に、さりげなく優しくて——

『つまり、友哉さんも姫乃の事を、ただ子種を提供するだけの相手だとは思ってないって事よ』

一瞬、祥子が言った言葉が頭をよぎり、姫乃は両手をバタバタさせてそれを散らした。

認めたくはない。

けれど、もはや身体を重ねなくても、友哉と顔を合わせるだけで感情が高ぶる。

少し前までは、友哉といる時に感じる感情の揺れは、はじめて知った性的な悦《よろこ》びとリンクしたものにすぎないと思っていた。

当然一時的なものだと考えていたし、いったん落ち着いてクールダウンすれば、もとの自分に戻れるものと高を括《くく》っていたのだが……

（ぜんぜん、そうじゃなかった……。現に今も友哉の事を考えるだけで顔が熱くなってるし）

たぶん、彼が突然ステーキランチを持って訪ねてきた時に、自分の友哉に対する想いがのっぴきならないところまで来てしまっていると気づいたのだ。

最初は、それに気づかないふりをしようとしたが、そもそも友哉とキスをしたいと思った時点で完全にアウトだった。

抵抗したい気持ちはあるけれど、今の自分の心理状態は、どう考えても友哉に恋愛感情を持っているとしか思えない。

（私、マジで惚れちゃったの？　別にイケメン好きじゃないし、あんな上から目線の男なんて、ぜったいに気が合わないと思ってたのに」

だが、蓋《ふた》を開けてみれば、友哉の男性的な魅力に心身ともに揺さぶられ、彼のビジネスパーソンとしてのスケールの大きさに驚愕《きょうがく》し、尊敬の念すら抱いている。

個人的にも、経営者としても、彼をもっとよく知りたい。

それと同時に、一人の女として、もっともっと彼に深く関われたらどんなにいいだろうと思っていた。

（ああ～、ついに認めちゃった！）

姫乃は頭の中で両手を上げ、降参のポーズを取った。築き上げた城壁は脆《もろ》くも崩れ、砦《とりで》には大きな白旗が立っている。

まさか子種の提供者に片想いをする事になるなんて、滑稽《こっけい》すぎて笑えない。

仕事だけではなく、プライベートでも頭を悩ませる事がある上に、いずれも解決の糸口が見つからないなんて……

その時、にわかに店頭が忙しくなり、姫乃は休憩を早めに切り上げてキャッシャー業務を引き受けた。

それが済むと、女性二人の新規客の対応をして、ひととおり石や金種の説明をする。彼女達は、それぞれに誕生石のピンキーリングを買い、嬉しそうに帰っていった。

お客様の満足した顔は、「HIMENO」を背負《しょ》って立つ姫乃にとって一番の喜びだ。

いつの間にか外は暗くなっており、店の前を仕事帰りの人達が行き交う時間帯になった。

「姫乃さん、店の時計、止まっちゃってますね」

女性スタッフの一人である西野《にしの》が、壁の掛け時計を指した。時刻を確認してみると、三十分近く遅れており、振り子も動いていない。

「本当だ、電池切れかな？」

「買い置きの電池、どこでしたっけ？」

田中《たなか》という別の女性スタッフが、時計を見上げながら訊《たず》ねてきた。

「キャッシャーの右の引き出しの中に入ってると思う」

彼女が探してくれた乾電池を受け取ると、姫乃は時計に近づいて、つま先立ちになった。けれど、あと少しのところで手が届かない。今日はいつもよりヒールの高い靴を履いているからいけると思ったのだが……

「やっぱり無理か」

「姫乃さんが無理なら、私も西野さんもダメですね。矢部くんがいたら、取り換えられるんだけどなぁ。……あ、いらっしゃいませ」

田中がそう言い、姫乃は乾電池を持ったまま入口を振り返った。しかし「いらっしゃいませ」と言おうとした口が、あんぐりと開いたまま止まってしまう。

店に入って来たのは、前回よりも大きなバッグを下げた友哉だった。

「友哉……！」

いつになくにこやかな表情を浮かべた友哉が、まっすぐ姫乃を見た。突然やって来た長身の美男を見て、田中も西野も目を見開いたまま固まっている。

「こんばんは。時計の電池交換か？」

「こ、こんばんは。うん、そうなんだけど、届かなくて」

姫乃の背後に近づいてきた友哉が、手を伸ばして易々と壁から時計を外した。

彼に促《うなが》されて乾電池を渡し、代わりに古くなったものを受け取る。

正しい時刻に直したあと、友哉がそれをもとの位置に戻してくれた。言うまでもなく、背伸びしたり苦労したりせずに、易々とやってのけて悠然としている。

「ありがとう。で、今日はどうしたの？」

「実は、新しく住み始めたホテルが今ひとつでね。悪いが、今晩ここに泊めてくれないか？」

「えっ!?」

姫乃よりも早く声を上げたのは、スタッフの二人だ。

反射的に振り返ると、二人が目を丸くして姫乃達を見ている。

「姫乃さん、こちら彼氏さんですか？」

西野が言い、田中がワクワクした顔で満面の笑みを浮かべた。

「えっと……その――」

言い淀《よど》んでいると、友哉がふいに姫乃の肩を抱き寄せて、にっこりと微笑みを浮かべた。

「はじめまして。神野友哉です。姫乃がいつもお世話になっています」

これはもう、恋人同士であると言っているようなものだ。

姫乃が友哉の顔を見上げると、彼は素知らぬ顔でなおも優しそうに口元を綻《ほころ》ばせた。ただし、一連の笑顔は、どう見てもビジネスライクなものだ。

「こちらこそです！」

二人は声を揃えて返事をし、並んで立っている姫乃と友哉を見て目をキラキラさせている。

完全に誤解された。けれど、今さらどう弁解すればいいのかわからない。

戸惑う姫乃をよそに、友哉が二人にも聞こえる声の大きさで耳打ちをしてくる。その距離が思いのほか近く、今にも彼の唇が耳に当たりそうだ。

「先に上がっててていいか？」

姫乃は反射的に頷いて、階段を掌《てのひら》で示した。

「オ、オッケー。私もすぐ行くから」

三階は一度片付けたものの、また散らかり始めており、とてもじゃないが人を招くような状態ではなかった。

しかし、今さらどうする事もできない。

友哉が軽く西野達に会釈《えしゃく》し、階段を上がっていく。

彼の姿が消えたあと、二人がいそいそと姫乃のそばに駆け寄ってきた。

「姫乃さ～ん！　いつの間にあんなに素敵な彼氏さんをゲットしたんですか～！」

「彼氏さん、超絶イケメンですね！　もうびっくりしちゃいましたよ～！」

「そ、そんなんじゃないってば！」

姫乃が否定するも、二人はまったく聞く耳を持たない。

「そんなんじゃないなら、どんなんですか？　今夜一緒に過ごすんですよね？　きゃー！」

「お泊まりデートだなんて、うらやましすぎです！　いいな、いいな～！」

閉店時刻を迎え、姫乃は二人に囃《はや》し立てられながら、いつも以上に手早く後片付けをする。

西野達が帰ったあと、姫乃は大急ぎで三階に上がり、友哉と顔を合わせた。

「ごめん！　部屋、散らかってて」

部屋の床には、いろいろなものが置きっぱなしになっており、雑然としている。お世辞にも片付いているとは言えないし、一目見ただけで日頃どんな生活をしているか丸わかりだ。

「いや、急に来た俺が悪い。それに、今日は体調が万全ではないだろう？」

スケジュールの共有はもとより、友哉は姫乃の生理がいつ始まったかも把握している。

さすがというか、クールなのに、こういう時の気遣いは完璧だ。

祥子からある程度聞いていたとはいえ、彼の勘の良さや気配り上手なところは、接するうちに身をもって理解した。

姫乃は妊活をするにあたり、友哉に生理周期の乱れや月経時に出る症状についても詳しく話をしている。必要に迫られての事だったとはいえ、そこまでこちらの事情を把握してくれているのは、とてもありがたい。それに、それだけ二人の距離の近さを感じさせてくれる。

むろん、自分達の関係に個人的な感情など入り込む余地はないと、わかってはいるのだが……

「平気。今日は昨日ほど辛くないから」

「嘘つけ。二日目のほうが辛いと言っていただろう？　もし本当にそうだとしても、無理はするな」

友哉に軽く叱られ、早々に胸のときめきを感じた。

我ながらつくづく簡単な女だと思いながら、姫乃は窓辺に立っている彼に向かってローテーブルが置かれたラグの上を示した。

「どうぞ、座って」

もう見られてしまってはいるが、それとなく点在している空《あ》き缶を片付け、干しっぱなしになっていた洗濯物を回収してハンガーラックに移動させる。

「使いやすそうで、いい部屋だ」

「ありがとう。今後の事を考えて、少しずつ片付けてはいるんだけど、気を抜くとすぐにまた散らかっちゃって……。待ってて、今お茶を淹《い》れるね」

姫乃は友哉がラグの上に胡坐《あぐら》をかいたのを見届けたあと、キッチンに向かおうとした。

しかしそうする前に、彼の手が姫乃の手首を握り、引き留めてくる。

「俺がやる。姫乃はいいから座ってろ」

友哉に手を引かれ、彼の横に腰を下ろす。

「えっ、でも――」

「キッチン、借りるぞ。ここへ来る前に、よさそうなお茶を見つけたから買って来たんだ」

止める間もなく座ったばかりのラグの上から立ち上がると、友哉が持参した紙袋を持ってキッチンへ歩いていく。

やかんやカップは目に見えるところに置いてあるし、コンロもスタンダードなものだ。

けれど、友哉がお茶を淹《い》れ慣れているとは思えない。

姫乃はラグの上に座りながら、彼の動きをハラハラしながら窺った。しかし、友哉はまごつく様子もなくお湯を沸かして、お茶を淹《い》れる用意を始める。

「冷蔵庫、開けていいか？　入れたいものがあるんだが」

「どうぞ」

友哉が冷蔵庫を開けて、紙袋ごと中に入れる。

それにしても手際がいい。

久しぶりに見る友哉の一挙手一投足を見守っていると、彼がふいに姫乃を振り返った。

姫乃は咄嗟《とっさ》に顔を背《そむ》け、そっぽを向く。まるで初心《うぶ》な女子高生のような態度だが、自然とそうなってしまうのだから仕方がない。

「お待たせ」

近づいてきた友哉が、姫乃のすぐ横に腰を下ろす。

「お腹を温めて、子宮の周辺筋肉を調整する働きがあるお茶だ。ほかにも、カモミールティーとかジンジャーティーも買ってきた」

カップに入っている優しいオレンジ色のお茶は、専門店でブレンドしてもらったものらしい。熱いお茶に息を噴きかけながら、一口飲む。

すると、すっきりとした味わいが口の中に広がり、身体の中にじんわりと沁《し》み込んでいくみたいだった。

「美味《おい》しい〜」

姫乃はホッと息を吐きながら、立ち上る湯気を吸いこんだ。

「それに、すごくいい香り。これ、わざわざ買って来てくれたの？」

「仕事の用もあったし、ついでだ」

ついでであろうと、自分のために時間を割《さ》いてくれた事には変わりない。

姫乃は、もう一口お茶を飲み、自分の下腹をさすった。

「ありがとう。なんだか、このあたりがスッと軽くなる感じ」

「それはよかった。夕食はこれからか？」

「うん、まだ食べてない」

「じゃあ、俺が作る。さっき冷蔵庫に入れたのは、そのための食材だ」

「え？　友哉が作るの？」

姫乃は目を瞬《またた》かせて、友哉の顔を見た。

「そんなに驚くような事でもないだろう？」

「だって、ホテル暮らしだと料理とかしないでしょう？」

「ホテルによってはキッチンがついている部屋もあるし、イギリスにいた頃はほぼ毎日自炊していた。帰国してホテル暮らしをする前もそうだ」

「もしかして、掃除や洗濯とかも自分で？」

「当然だ」

「へえ……意外。家事なんかノータッチだと思ってた。ホテル暮らしでなくても、家の事はハウスキーパーか何かに任せてるって感じで」

「赤の他人に、自宅を任せるのは好きじゃない」

「そっか」

仕事一辺倒で、家事など一切しないものだと思い込んでいた。

むしろ自分よりもきちんとやっているらしい事を知り、姫乃はほとほと感心する。

「忙しいのに、すごいわね。私なんか友哉に比べたらぜんぜんダメ。昔からこうだし、女らしさのかけらもないよね」

「女らしさの定義なんて、人それぞれだろ。家事ができないからといって、女らしくないとは言えないし、人としての価値に性別は関係ない。それに、自分が何を優先させるのかによって生き方も変わってくる」

「確かにそうだけど、男の人でそこまで言う人ってなかなかいないわよね」

「残念ながら、それは否定できないな」

姫乃は友哉に聞かれるままに過去、仕事をする上で女性だからという理由だけで理不尽な目に遭った時の事を話した。セクハラ、モラハラは数知れず。しかし、すべて武装モードを強化して乗り越えてきたし、そのおかげで今があるのだ。

「いつかは『ＨＩＭＥＮＯ』の二号店を持ちたいと思ってるけど、そうするには今以上に利益を出さなきゃね。今の時点でも、そこそこの場所になら出店できる蓄えはあるけど、将来の事を考えるとまだまだ足りないって感じ」

話しながら、ふと、本当に子供を持つ夢が叶うのかという不安が頭をよぎった。

世の中には、子供を望んでも授からない人は大勢いる。とりあえず妊活を始めてみたが、自分のもとにコウノトリが来てくれるとは限らない。

どんなに頑張ってもできない可能性はあるし、そうなったらこのまま一生一人で生きていく事になるだろう。

これまでに何度となくそんな気持ちになったし、それでもなお子供を持ちたいと思ったからこそ、祥子に無理を言って子種の提供者を探してもらった。

今さらのように感じる不安は、いったいどこから出てきたのだろう？

手元をじっと見つめているうちに、それが友哉との繋がりに関係しているのだと気づいた。

（たとえ妊娠を機に縁が切れても、生物学上の父親という繋がりは残る。でも、もし友哉との間に子供ができなかったら、彼との繋がりは完全に途絶えちゃう……）

「どうかしたか？」

顔を覗き込まれてハッとして顔を上げ、友哉を見る。

「ううん、どうもしない」

姫乃が無理に微笑んだ時、タイミングを見計らったかのようにお腹が鳴った。

「あはは……このお茶、胃腸の働きも良くするのね」

「待ってろ。今、夕食を作るから」

友哉が腰を上げてキッチンに向かう。彼は思っていた以上に手際が良く、同時に複数の料理を作っている。

姫乃が何か手伝おうかと申し出ても、かえって手間がかかりそうだと断られた。

間もなくして出来上がったのは、豚肉の甘辛丼アボカド添えと、卵とほうれん草の味噌汁だ。

「わぁ、ものすごく美味《おい》しそう……」

思わずごくりと唾を飲み込み、友哉とともに料理をローテーブルに運ぶ。

料理を挟んで向かい合わせに座り、「いただきます」を言って食べ始める。

見た目もいいが、味は想像を超えるほど素晴らしかった。

「美味《おい》しい！　友哉って、料理上手なのね」

「褒《ほ》められるほどの腕じゃないし、レシピありきだ」

「私なんか、レシピ見てもこんなに上手には作れないもの。ああ、美味《おい》しい……」

「ほかにもいろいろと買ってきたから、足りなければ追加できるぞ」

ローテーブルに並んだ料理は、すべて生理中に不足しがちな栄養素が多く含まれている。そこまで気遣われていると知って、心が反応しないはずがない。

（ヤバい……。これじゃもっと好きになっちゃう）

姫乃はもりもりと食べ進めながら、チラチラと友哉を見て密かに耳朶《じだ》を熱くする。相変わらず気持ちは恋する初心《うぶ》な女子高生だし、彼を目の前にしている今、胸のときめきは到底抑えきれない。

どのみち今日は、話をして食事をするくらいしかできないのだ。

姫乃は内心ホッとしながら出されたものをすべて平らげ、「ごちそうさま」を言う。

「本当に美味《おい》しかった。洗い物は私がするね」

「いや、姫乃は座ってろ」

友哉に固辞されたが、せめて食後のお茶だけは淹《い》れさせてほしいと申し出る。

「コーヒーがいい？　それとも紅茶にしようか」

「いや、カフェインが入っていないほうがいいんじゃないか？」

結局友哉が買って来てくれたカモミールティーをティーポットに淹《い》れ、カップと一緒にテーブルに運ぶ。それぞれのカップにお茶を注《つ》ぎ、それをのんびりと飲みながら満足したお腹を掌《てのひら》で撫でた。

「こうして家で誰かとご飯を食べるのっていいね」

うっかり出た言葉が、やけにしみじみとしたものになってしまった。しかし、友哉は別段気にした様子もなく、相槌《あいづち》を打ってくれた。

「そうだな」

「祥子が言ってたけど、友哉って根は優しくていい人だよね」

何かしら反論されるかと思ったが、意外にも彼は黙ったままだ。

「料理だって得意だし、ほかの家事もこなせるんでしょう？　家事は女性がするものだって決めつけている人がまだまだたくさんいるのに、そういう考えを持っていないだけでもすごいと思うな」

言い終えて、手元に視線を落としている友哉の顔を見ると、心なしか頬が少し上気しているように見えた。

（えっ……まさか、ちょっと赤くなってる？）

見間違いかと目を凝《こ》らすと、顔を上げた友哉と正面から目が合う。なぜか咄嗟《とっさ》に下を向いてしまったが、次に顔を上げた時には、もういつものクールな友哉の顔に戻っていた。

（見間違いだったのかな？　それにしても、なんだか今のって上から目線な言い方だったよね）

姫乃はこっそり反省しつつ、カップの残りのお茶を飲み干した。すると、友哉がすぐに気がついてティーポットからお茶を注《つ》いでくれた。

「姫乃は、どうして子供がほしいと思うようになったんだ？」

思い返してみれば、今までその理由について彼に詳しく話した事はなかった。

「うちの実家、幼稚園を経営してるの。今はもう昔ほどじゃないけど、私が子供の頃は園児がたくさんいて、ものすごく忙しくて」

多忙をきわめた両親は、時に我が子よりも幼稚園の子供達を優先する事もあった。

「祖父母が同居していなかったら、きっともっと寂しい思いをしてたと思う。でも、なんだかんだ言って子供って可愛いのよね。私自身、一時は学校の先生になろうと思っていたくらい子供が大好きなの」

姫乃は当時を思い出しながら、言葉を選び、ゆっくりと話をした。

「でも、結局恋愛よりも仕事を選んじゃって、もう一生一人で生きていく決心をしたの。だけど、三十歳を迎えて急にそれでいいのかって思うようになって――」

突き詰めて考えた結果、姫乃は子供を持ちたいという強い願望を抱くようになった。

それは説明しようとしてもうまくできないほど、複雑な心理が絡んでいる。

そのほかにも、この年になって感じ始めた漠然とした寂寥感《せきりょうかん》や、今とは違う人生もあるのではないかと考え始めた事など、かつて祥子にも語った事を明かした。

「友哉はそういうのなかった？　理屈じゃなくて本能っていうか、子供をもうけて、一生懸命守って育てたいっていう衝動みたいなもの」

「なかったな」

あっさりそう言い切ると、友哉が温《ぬる》くなり始めたお茶を一気飲みした。

「そっか。それなのに、とんでもない事をお願いされちゃって、いい迷惑だったよね」

「別に迷惑とは思っていない。ところで、今夜は本当にここに泊まらせてもらってもいいんだな？」

「も、もちろん！　今さら帰れなんて言わないわよ」

「ありがとう、恩に着る」

友哉の傍らには、荷物が入っていると思《おぼ》しきバッグがある。

「よかったらお風呂どうぞ。ほかも好きに使っていいし、勝手に寛《くつろ》いじゃっていいわよ。私は四階に置いてある布団で寝るから、友哉はそこのベッドで寝てね」

「いや、ベッドは姫乃が使え。俺は基本、どこでも寝られるから大丈夫だ」

「どこでもって……普段、最高級のベッドで寝てるのに？」

「学生の頃、バックパッカーをして地面に布を敷いて寝た事もあるから、平気だ」

今日の友哉は、いつもに比べてかなり口数が多い。意外な話を聞けてつい嬉しくなり、自然と心が華やいでくる。

「そうなの？　友哉っていろんな経験をしてきたんだね。そういえば冷凍庫にアイスクリームがあったんだった。よかったら食べる？　――あ、やっぱりお風呂が先のほうがいいよね」

そこまで言って、自分が明らかにはしゃいでいる事に気がつく。あわてて取り繕《つくろ》おうとしたが、友哉は特に気にする様子もなく、バッグからノートパソコンを出して膝の上に載せた。

「いや、それよりも少し仕事をさせてもらっていいか？」

「どうぞ。ごらんのとおりの間取りだから、仕切りがなくて申し訳ないけど。それか、二階のテーブルを使う？」

「いや、ここでいい。姫乃こそ、俺に遠慮なく好きにしてくれ。今は眠くてたまらない時だろう？先に風呂に入って、早くベッドに入ったほうがいい」

やたらと眠くなるのは、姫乃の生理中の症状のひとつだった。

「じゃあ、そうさせてもらおうかな」

ハイテンションになってはいるが、確かにお腹が満たされた今、眠気を感じ始めている。

もしかして仕事をしたいと言い出したのも、気を遣っての事なのかも――

彼が妊活のパートナーになってくれたのは、一生に一度あるかないかの幸運に相違なかった。

姫乃は友哉に断ってバスルームに行き、シャワーを浴びた。それが済むと、寝る準備をしながら、彼のために枕とタオルケットを用意する。

友哉はといえば、ローテーブルの上でノートパソコンを開き、何かしら作業をしていた。

ベッドはローテーブルと同じ窓際にあり、横になるとちょうど仕事をする友哉を眺められる。

姫乃は彼の邪魔をしないよう気をつけながら、ベストポジションを探って横になった。

「ああ、そうだ――この間メリッサにプレゼントしたバレッタだが、今度、彼女が出る雑誌の撮影で私物として使うらしい。姫乃に許可を取ってほしいと、今朝彼女から連絡が来たんだが、承諾して構わないか？」

「えええっ？」

姫乃はベッドから飛び上がるようにして起き上がった。

「メリッサさんが私の作ったバレッタを？　い、いいに決まってるよ！　嘘……夢みたい……」

メリッサに会えてバレッタを気に入ってもらえただけでも奇跡なのに、その上私物として撮影時に使ってくれるなんて……

「そうか。では、そう返事をしておく。あと、バレッタの料金だが、いくらだ？」

「そんなの、いいよ！　あれは、私からメリッサさんにプレゼントしたものだし、逆に友哉に謝礼金を渡したいくらいなのに」

「今夜ここに泊まらせてくれるだけで十分だ。もう寝ろ」

自分から話しかけておいて、もう寝ろ。

それが可笑《おか》しくて、姫乃は小さく笑い声を漏らした。

「キーを叩く音、うるさくないか」

「ぜんぜん。むしろ、いい導眠剤になりそう」

姫乃は改めて横になり、ノートパソコンを操作する友哉の横顔に見入った。

いつまでも、こうして彼を見つめていたい。

それは決して叶わない事だけれど、今だけは――

聞こえてくるキーボードを叩く音と、ゆったりとした時間。

いつしか姫乃は、目を閉じて深い眠りの中に落ちていくのだった。

翌朝、姫乃が目を覚ますと、ベッドサイドに置いた時計の針は午前七時五十分を指していた。

もうすでに友哉は起きており、ちょうどキッチンからこちらに向かって歩いてきたところだ。

「おはよう。よく眠れたか？」

先に声をかけられ、姫乃はベッドの中で全身を緊張させた。

「お、おはようっ……うん、すごくよく眠れた」

「それは何よりだ。起きて朝食を食べるか？」

彼の背後にあるローテーブルの上には、二人分の朝食のプレートが載せられている。

「え？　まさか、朝食まで作ってくれたの？」

「簡単なものだがな」

「もちろん、いただくわ」

姫乃は早速ベッドから出て、洗面所に向かおうとした。驚いた事に、部屋が昨夜とは見違えるように整理整頓されている。

「悪いが、勝手に片付けさせてもらった。大事そうなものは、なるべく動かさないようにしたから、不都合はないと思うが」

「ありがとう。何から何まで、助かっちゃう」

姫乃は急いで洗面と着替えを済ませ、友哉の待つローテーブルの前に座った。改めて辺りを見回すと、床に置きっぱなしにしていたものがすべてなくなり、部屋全体がすっきりして見える。

「これ、ホテルの朝食みたい。友哉って、こういうセンスもあるんだね」

ワンプレートの朝食は、鮭の焼き物とオムレツに、色鮮やかなグリル野菜だ。それに豆腐とねぎの味噌汁とご飯がつく。どれも皆美味《おい》しくて、ついご飯が進んで二杯目をよそう。

「デザートに葡萄《ぶどう》でもどうだ？　冷蔵庫に入っているから、よければ食べるといい。だが、身体が冷えない程度にしておけよ」

「ありがとう。友哉は食べないの？」

「俺は、もう出なきゃならない」

友哉が自身の腕時計を見た。ベッドサイドの時計で時刻を確認すると、もうじき午前八時半になろうとしている。

「友哉の会社、九時半からでしょ？　出るの、早いんだね」

「そうだが、着替えもあるし、朝一で会議なんだ」

「じゃあ、もう行かなきゃだね」

いかにも名残惜《なごりお》しそうな言い方をしてしまい、姫乃は取り繕《つくろ》うように咳払いをした。

「店は昼からだろう？　俺が出たあと、ゆっくりしたらいい」

「いろいろと気遣ってくれてありがとう。そうするね」

「こちらこそ、泊めてくれて助かった。ありがとう」

「どういたしまして」

友哉の表情は、いつもと変わらない。だが、かけてくれる言葉に思いやりを感じるし、家族以外の男性にこれほど優しくされたのははじめての事だ。

それからしばらくして、彼は仕事に出掛けて行った。

姫乃は店の入口まで友哉を見送り、その背中が見えなくなってから鍵を閉めて三階に戻る。

（行っちゃった……）

友哉がいなくなり、急に部屋がガランとだだっ広く感じた。寒くはないのに、なぜか肌寒くなって肩を縮こめる。

彼は間違いなくいつも以上に優しかったし、生理中で妊活もできないのに姫乃の身体を十分すぎるほど気遣ってくれた。

（もういっそ、生理に感謝したいくらい）

自分でも、ますます友哉に気持ちが傾いているのがわかる。彼にしてみれば、すべて正光への恩返しの一環であり、妊活を無事終えるための過程にすぎないのだろうが……

それでも、嬉しいのには変わりはないし、彼に優しくされるだけで心が満たされる。

あれほど魅力的な人なのだから、好きになってしまうのは仕方がない。

けれど、初心《うぶ》な女子高生の気分は、もう終わりだ。

姫乃は気持ちを切り替えて立ち上がり、朝食の後片付けに取り掛かった。そして、昨夜見た甘く健全な一夜を脳内から洗い流すべく、勢いよく皿を洗い始めるのだった。

◇　◇　◇

「パランティアキャピタル」の顧客は、日本国内のみならず世界各国にいる。

本社および事業所は国内に六か所で、今年中にアメリカとヨーロッパに支社を置く予定だ。

インフラが発達した昨今、先方に出向かなくても商談はできる。しかし国内外にかかわらず、特別なＶＩＰ達は友哉と直接話をしたがる。

これまでは、海外出張の際は民間の航空会社やチャーター便を利用していた。しかし乗り換えなどを含む拘束時間が長いのが気になっており、それを解消すべく近々ビジネスジェット飛行機を購入する予定だ。

(それがあれば時間をもっと有効活用できるし、プライベートを今以上に充実させられる。一石二鳥だ)

九月中旬の火曜日、時計の針が午後六時を指した。

退勤時刻になり、友哉は執務室にいた男性秘書に労《ねぎら》いの言葉をかけてドアの外に送り出した。

投資コンサルタント会社ともなると、場合によっては連日残業になる事もある。しかし、「パランティアキャピタル」は基本的に定時退社を推進しており、企業として福利厚生面にも力を入れていた。

おかげで優秀な人材が多く集まり、業績アップに繋がっている。

より高い実績を上げ、さらなる利益を追求するためには、社員が心身ともに健康でなければならない。

それは友哉が常に念頭に置いている経営者としての理念であり、会社を立ち上げて以来、ずっと守り続けている事だ。

しかし、いざ自分の事となると、どうしても仕事を最優先にしてしまいがちだ。

仕事が趣味と言ってしまえばそれまでだが、さすがに二十四時間脳味噌をフル回転させるのは無理だ。常にフルパワーで業務に当たるためにもリフレッシュは必要だし、プライベートも満たされた状態でなければならない。

友哉のプライベートとは、今は概《おおむ》ね姫乃と過ごす時間の事を指す。

出会ったきっかけは、子種の提供などというとんでもないものだったが、今思えば、これもひとつの巡《めぐ》り合わせだったのだろう。

『俺のほうも、ぜったいに本気にならないから安心してくれ』

はじめて会った時、友哉は姫乃にそう断言した。

当時はそれを確信していたし、だからこそ戸田夫妻に本当の恋人になる可能性の有無《うむ》を聞かれた時も、きっぱりと否定した。しかし、もはや前言を撤回せざるを得ない状況に陥《おちい》っており、正直どうしていいかわからなくなっている。

(俺とした事が、いったいどうしてしまったんだ？)

友哉は常にクールで、いつ何時も冷静さを失わない。そう自負していたし、周りからもそう思われている。

むろんそれは女性に関してもしかりで、友哉にとって恋愛もビジネスの一部みたいなものだった。

出会いは毎回仕事絡みだったし、それがいつしかプライベートな関係に発展し、ほどなくして破局という流れになる。

『もっと真剣に私と向き合ってよ。あなた、私の恋人でしょう？』

『仕事仕事って、あなたにとって私の存在ってなんなの？』

元カノ達は漏れなく自分からアプローチしてきて、その後、全員が自ら別れを切り出して去っていった。

別にいい加減な付き合い方をしたつもりはないが、友哉にとって一番大事なのは仕事であり、恋愛など二の次三の次だ。この順番だけは、ぜったいに変わらない。そう信じていた事もあり、もはや自分にとって恋愛は不要だと考え、それ以来いっそう仕事に没頭してきた。

当然、結婚にも興味はないし、ましてや子供をもうけるなんて異世界レベルであり得ない話だと思っていた。

しかし命の恩人であり、唯一本当の自分を理解してくれる正光からの頼みとあれば、引き受けざるを得ない。これも恩を返すチャンスと考えて子種の提供を引き受けた事で、今現在、かつてないほど混乱した状況に陥《おちい》っている。

(川で溺《おぼ》れた時を除けば、自分の感情がコントロールできないなんて、はじめてだ)

幸いトラウマにはならなかったものの、溺《おぼ》れた時の感情や恐怖は、以後の友哉の人生においてひとつの指針になった。

当時の苦しさや苦痛は今も記憶に新しく、それを思ったら、どんな困難も乗り越えられる。

ビジネスにおいていかなる苦境に立たされた時も、常に冷静でいられるのはそんな経験があればこそだ。

もはや自分には大きな感情の乱れはない――そう思っていたのに、山久姫乃に会って以来、理解不能の感情に囚《とら》われて大いに戸惑っている。

(まさか自分があれほどセックスに夢中になるとは、思いもよらなかったな)

それは、姫乃と最初に身体を重ねた時、意図せずして得られた衝撃だった。はじめこそ、ただ単に身体の相性がいいだけと考えていたが、すぐにそうではないと悟った。

会うたびに知る彼女の人間としての魅力や、飾りっ気のない性格。

人一倍強い向上心や、負けん気。

寸分の隙もない武装モードで挑んできたかと思えば、まったく緊張感のない素の自分をさらけ出したりする。なおかつ、ちょっとした気遣いをしただけなのに、いつも「ありがとう」という感謝の気持ちを伝えてくる。

そんな姫乃に惹かれていると気づいた時には、彼女に何かしてあげたくて矢も楯もたまらなくなっていた。ついには我慢できなくなり、いきなり店を訪ねて、頼まれてもいないのに彼女の世話を焼いて心の安寧を得たのだ。

(あれはさすがに自分本位だったか？　しかし、料理は喜んでくれていたな……)

姫乃や戸田夫婦にも指摘されたが、友哉には多少嗜虐嗜好《しぎゃくしこう》がある。その反面、自分の中で特別大切に想う相手にはとことん尽くしたいという欲求もあった。

今まではその対象が正光だけだったが、それに姫乃が加わったという感じだ。しかも彼女に対しては、これまでに感じた事のない感情に突き動かされてしまう。

(この感情はなんなんだ？　不可解だし、自分の思いどおりにならないのが気に食わない。だが、それが妙に心地いいのは、どうしてなんだ……)

姫乃とは互いのスケジュールを確認するという名目で、定期的に連絡を取り合っている。

しかし、電話では妙に構えてしまい、話すといっても用件のみ。メッセージのやり取りだと余計素っ気なくなるし、多忙ゆえに思うように会う事もできず、フラストレーションが溜まる一方だ。

せめて自分の想いを素直に口に出せたらいいのだが、慣れていないせいか、どうもうまくいかない。もともとプライベートでは口数が多くないほうだし、姫乃を前にすると余計そうなる。

むしろ、必要以上に素っ気ない態度を取り、話し方も冷淡になってしまう。特にセックスに至るまでや、行為の最中にそんな傾向が強く出る。

(救いなのは、姫乃がそれを嫌がっていない事だ。むしろ悦《よろこ》んでいるように見えるし、俺自身も嫌いじゃない)

図らずも、姫乃との関係で己《おのれ》の性癖を改めて自覚する結果になった。そのせいで余計彼女への想いを募《つの》らせて、顔を見るなり劣情に囚《とら》われて押し倒したくなってしまう。

最後に会った時など、寝ている彼女の唇を奪ってしまいそうになった。

そんな自分に戸惑い、もう半月も仕事を理由に姫乃と会うのを先延ばしにしている。

実際、ここのところ休み返上で国内外を飛び回り、いつも以上に精力的に業務をこなしていた。

おかげでかなり仕事を前倒しにできて、今週末は久々にゆっくりした休日を送れそうだ。

(さて、何をして過ごそうか)

友哉は眉間に皺《しわ》を刻んで思案する。

以前の自分ならセルフケアに徹して、気の向くまま海外旅行に行き、現地で有意義な時間を過ごしていたに違いない。

だが、今はまったくそんな気にはならないし、頭に思い浮かぶのは姫乃の事ばかり。

今まで無理をしていた反動なのか、どうしようもなく彼女に会いたくて仕方がない。

忙しさで紛らわせていたが、もう限界だ。今となっては、意図的に彼女を避けるような行動を取った自分が世界一の愚か者に思える。

(週末はともかく、今夜これからどう過ごすか、だ)

友哉は静かに目を閉じ、自然と浮かんでくる姫乃の顔に意識を集中させた。

そろそろ妊活をするにはいいタイミングだ。そうでなくても、前回前々回と顔を合わせただけで終わっている。

(俺とした事が、もうひと月以上も本来の目的を果たしていないじゃないか)

こんな事では正光に申し訳が立たない。何より、姫乃に対して不誠実だ。

目を開けた友哉は、腕時計を見て時刻を確認した。二十歳の祝いに祖父からもらったそれは、よく見なければわからないが、裏蓋《うらぶた》の側面に贈られた年月と友哉の名前がローマ字で記されている。

かつて不感症だと言っていた姫乃だが、今ではそれが嘘だったように濡れやすくなった。

回を重ねるごとに深い快楽を得られるようになっているみたいだし、日頃の様子からして、姫乃は自分とのセックスを待ち望んでいるはずだ。そうであれば、彼女が満足してふやけてしまうくらい攻め立ててやりたい――

いや、それだけではなく、もっと姫乃の隅々まで貪《むさぼ》り、愛しんでやりたいと思う。

（妊活云々《うんぬん》はさておき、姫乃を思いきり抱きたい……。彼女が気持ちいいと思うところを丁寧に愛《あい》撫《ぶ》して、めくるめく快感を思う存分味わわせてやりたい）

そう思うなり、ごくりと喉が鳴った。今の自分は飢《う》えた野獣のように姫乃を欲している。

もちろん身体だけではなく、彼女の心も我がものにしたい。

突き詰めて考えると、今まで胸につかえていたこの不可解な感情こそ、恋心であり愛ある情欲なのではないだろうか――

そう考えるなり、友哉は床を蹴るようにして椅子から立ち上がった。

（よし、姫乃に会いに行こう）

「ＨＩＭＥＮＯ」は今日定休日であり、聞いているスケジュールによると、彼女は自宅にいるはずだ。

友哉は執務室を出て地下一階の駐車場に向かった。そして、逸《はや》る気持ちを抑えながら愛車に乗り込み、一路「ＨＩＭＥＮＯ」を目指すのだった。

「……やっぱりいたんじゃないの、恋人。そりゃあ、いるよね。あんなにハイスペックでイケメンなんだもの」

九月になって二回目の火曜日の夜、姫乃はどんよりと落ち込んで自宅の床にうつ伏せになって寝ころんでいた。

（もう最悪……。こうなってしまったら、友哉との関係を続けられない）

姫乃はどん底まで落ち込んだ気持ちで、今から四日前の金曜日に起きた出来事を思い返してみる――

その日、姫乃は仕事上の用事があって車で都内を移動していた。

時刻は午後七時。すでに用事は終えたし、「ＨＩＭＥＮＯ」も閉店時間を迎えている。

（ついでに何か食べて帰ろうかな）

そう思い立ち、コインパーキングに車を停めて繁華街をそぞろ歩く。そして通りすがりのステーキハウスに入ろうとした時、道の向こうを歩く友哉を見つけたのだ。

（あっ、友哉だ！）

途端に気持ちが華やぎ、姫乃は迷わずステーキハウスを離れ、横断歩道を渡って彼のもとに急いだ。しかしいざ近くまで来てみると、友哉は一人ではなかった。

雑踏に紛れて見えなかったが、隣に明るい金髪の女性がいた。友哉は彼女に腕を貸して、何やら親し気に話しかけている。

女性は遠目でもわかるほどの美女で、見たところ欧米人のようだ。ほっそりとして脚が長く、友哉の隣にいても遜色《そんしょく》ないほどスタイルがいい。

(誰?)

二人を追いながら頭の中で同じ質問を繰り返したが、答えなど出るはずもない。そのままあとをつけ、友哉と金髪美女が道沿いのシティホテルに入るのを見送った。

子種の提供者を探してもらう際、恋人がいない人限定でお願いした。戸田夫妻も友哉も、嘘を吐くような人ではない。

だとしたら、目の前の状況はいったいどういう事だろうか——

何か事情があるのかもしれない。そう思いながらさらにつけていくと、二人はいっそう寄り添いながら客室に向かうエレベーターに乗り込んでいった。

それを見た姫乃は、その場に佇《たたず》んだまま動けなくなった。

(いったい、どういう事?)

あの雰囲気は、どう見ても恋人同士のものだった。

出会った当初、友哉は確かに誰とも付き合っていなかったはずだ。そうであれば、新しく恋人ができたという事だろうか?

(最近、海外出張が多かったし、友哉ほどの人なら出会いのチャンスなんか山ほどある……)

そう考えると、もうそうとしか思えなくなってきた。だが彼は、正光の頼みを途中で投げ出すような事はしないはずだ。

何かの間違いか、誤解――そう思おうとして、あらゆる理由を考えたけれど、いくら考えても納得できるものはなかった。

（どうしよう……。本人に聞いてみる？　……その前に、それとなく祥子に聞いてみようかな）

悩んだ末にそう思い立ち、彼女に連絡して夫妻の自宅近くの喫茶店で待ち合わせをしたのが、二日前の夕方の事だ。

祥子に一部始終を話すと、彼女は言葉もないほど驚いてショックを受けた様子だった。

可能性としては、一夜限りの相手と考えられなくもないが、友哉の性格からして、それはあり得ないと判断した。

いろいろと話したが、祥子の見解は一貫していて、友哉に限って正光の依頼を果たさないまま恋人を作るはずがないと断言した。

姫乃だって、そう思いたかった。しかし、あの時見た二人の親密さとホテルの客室に向かったという動かせない事実が、友哉を信じたい気持ちを粉々に打ち砕く。

図らずも今回の事で、自分がどれほど強く友哉に惹かれているかを思い知ると同時に、胸が苦しくて、やりきれなくなった。

そして今日、姫乃は自分なりに答えを導き出したのだ。

（あの金髪美女は、やっぱりどう考えても友哉の恋人だよね。そうじゃなきゃ、あんなふうに寄り

添ってエレベーターに乗り込むなんて事、しないもの）

　今一度、あの夜の二人を思い浮かべてみるに、寄り添うというよりは、友哉が彼女を抱き寄せる感じだった。それに、あれほど人目も憚《はばか》らずに身を寄せ合っていたのだ。よほど切羽詰《せっぱつ》まった状況だったに違いない。

（あんなにくっつき合っていたんだもの。それほど深く想い合ってるって事だよね……）

　いくら友哉がそんな事をするはずのない人間でも、思いがけない出会いは避けられない。ある日突然本当の恋に落ちる事だってあるだろうし、それが本当の想いなら気持ちが抑えられなくなる事だってあるはずだ。

　おそらく友哉は、正光の依頼をきちんと果たそうとする気持ちがある一方で、それと同じくらい強く自分の心と恋人に正直であろうとしているのではないだろうか。

（きっと、私があまりにも必死だから、妊活をやめたいって言い出せないんじゃないかな）

　正光の依頼を放り出すわけにはいかないし、そうかといって恋人との関係も終わらせられない。かくなる上は、一日でも早く目的を果たすしかない――

　友哉がそう考えたとしたら、すべてに合点《がてん》がいく。

　忙しい合間を縫《ぬ》って顔を出したり、前にも増して気遣ってくれたりしたのは、彼なりの贖罪《しょくざい》だったのかもしれない。

　もしかすると、オープニングパーティーに招待してＶＩＰに紹介してくれた事や、メリッサの件もその一環だったのでは……

(ううん、あれはもうひと月以上前の事だし、さすがにそれはない……よね？)

考えれば考えるほど、悪いほうにばかり思考が向いてしまう。

そもそも姫乃は、友哉の彼女でもなんでもない、ただ依頼されて子種を提供する事になった相手でしかないのだ。

それなのに、いつの間にか友哉を一人の男性として心から想ってしまっている。

けれど、友哉に恋人ができたのなら、もう今の関係を続けるのは無理だ。当然彼の子種で妊娠なんてできないし、今回の依頼に関してはなかった事にするしかない。

友哉との子供を望むなら、妊娠するまで知らん顔をしていればいいのでは――そう思ったりもしたが、うまくいったとしても心の奥底に罪悪感が残るに違いなかった。

(やっぱり、無理)

友哉を想う気持ちがあるだけに、諦めるのはかなり辛い。けれどそれが、姫乃が迷いに迷って出した答えだった。

「せっかく本気で好きになれる人と出会えたのに、残念だったな……。それにしても、今になって素直に友哉の事を好きだってはっきり言えるようになるなんて、皮肉ね」

独り言を言って笑い飛ばそうとしても、うまく笑えない。もしこうなる前に友哉の子供を身ごもっていたら――そう思うと、どうしてもっと自分から積極的に関係を持ちに行かなかったのかと、地団太《じだんだ》を踏みたくなる。

(友哉との子供……大事に育てていける自信、あったんだけどな……)

あれこれと思い悩んだ末に、姫乃は大きなため息をついて床から上体を起こした。そしてベッドに手をかけてのろのろとよじ登り、マットレスの上に仰向けになって寝転がる。

所詮、彼とはここまでの縁だったのだ。

いろいろと、心乱れる事はある。けれど、これを機に友哉との関係をすっぱりと終わらせて想いを断ち切るほかない。

「あ〜あ……妊活、振り出しに戻っちゃった。……っていうか、もう妊活自体終わりかも」

友哉への想いをはっきりと自覚した今、彼以外の人と妊活をするなんて考えられなかった。いくらイケメンで条件がよくても、友哉ではない男性とセックスをするなんて想像すらできない。

姫乃はベッドの上で手足をジタバタさせながら、身体を左右に揺すった。そして、勢い余ってドタンと床の上に転がり落ちる。

「いったぁ……」

床に軽く頭をぶつけ、うずくまって額《ひたい》をさすった。痛みを堪《こら》えながら友哉の顔を思い浮かべ、切ない気分になる。

(これって片想いの末の失恋……って事になるのかな)

胸に辛さが込み上げてきて、今にも涙が出そうになる。こうなるとわかっていたら、もっと友哉との時間を大事にすればよかった。

せめて写真の一枚でも撮っていれば……そう思いながら床に置きっぱなしにしていたスマートフォンに手を伸ばす。すると、ちょうど同じタイミングで着信音が鳴り出して、驚いて起き上がった。スマートフォンの画面に、友哉の名前が表示されている。

思わず手を伸ばして受電するも、なぜか声が出ず、無言のまま数秒が経つ。

「……もしもし？」

ようやく返事をすると、すぐに友哉の声が聞こえてきた。

『俺だ。今、家にいるのか？』

「いるけど」

『じゃあ、今からそっちに行く。泊まらせてもらうから、そのつもりで。三十分後に着く』

それだけ言うと、友哉は姫乃の返事を待つ事なく電話を切ってしまった。

「え？　ちょっと待ってよ！　今からここに来るって？　しかも、泊まるって何？」

通話が切れたスマートフォンからは、もう何も聞こえてこない。けれど、友哉の声を聞いた姫乃の胸は、痛いほど激しくときめいている。

この数日の間に想定外の事が起こり、とてもじゃないけれど気持ちが追い付いていかない。

しかし、友哉との関係はもうこれまでだと決めた以上、彼がここへ来ても今までのように接するわけにはいかなかった。

（はっきり、もう妊活は終わりだって言わないとな。でも、理由を聞かれたらどうしよう……。正光さんからの依頼だもの。友哉が途中で引き下がるとは思えないし……）

いずれにしても、今日を限りに関係を断ち切らねばならない。

そう決めるなり、姫乃は勢いよく立ち上がった。

とにかく、こうしてはいられない。

手始めにテーブルの上のものを片付け、床に置いていた雑誌を壁際に積み上げる。友哉に片付けてもらったあと、姫乃は自分なりに整理整頓を心掛けていた。そのおかげで、さほど時間をかけずに片付けを終え、バスルームに駆け込んだ。シャワーを浴びて洗面台の前で髪の毛を乾かしながら、自分の顔をまじまじと見つめる。

これから友哉と会うのは、妊活ではなくすべてを明らかにしたのちに、彼との関係をきちんと終わらせるためだ。

(最後に、私の友哉への想いを断ち切って終わり。未練なんか残しちゃダメ。潔《いさぎよ》く諦めなさい、いいわね、姫乃)

鏡に映る自分に向かって念を押し、こっくりと頷く。

メイクをしようかどうか迷ったが、結局すっぴんのまま鏡の前を離れ、一階に下りてドアの前でスタンバイする。

ついさっき鏡を見たばかりなのに、どこかおかしなところがないか、気になって仕方がない。

ほどなくして、友哉がバッグと大きな紙袋を片手に店の前に来た。鍵を開けて中に入ってもらったあと、彼に先んじて階段を上る。

「いらっしゃい。上にどうぞ」

三階に上がってもらい、ローテーブルに誘導する。

「お茶、淹《い》れるね」

姫乃はキッチンに向かうと、以前友哉が持って来てくれたハーブティーを淹《い》れようとした。けれど、もう友哉との妊活は終わりだ。そう考え直して、緑茶を淹《い》れた。

「片付いてるな」

姫乃が淹《い》れたお茶を飲みながら、友哉が部屋の中を見回した。

「三階もだけど、四階も少しずつ片付け始めてるの。これも友哉が片付けのお手本を見せてくれたおかげだわ」

「ゆくゆくは四階も自宅として使う予定だと言っていたな」

子供が生まれてからの計画は、以前友哉にも話した事があった。けれど、今はもうそんな未来が見えなくなっている。

「そうするつもりだったけど、まだしばらく先になりそう。もしかすると、計画倒れになるかもだし……なぁんて――」

こんな歯切れの悪い台詞《せりふ》は、いつもの自分らしくない。我ながら、思わせぶりな言い方だ。前の自分なら、こんなふうに男性に対して意味深長な態度を取る事などなかったのに……

「子供がなかなかできないから、そう言っているのか？」

友哉が、いつもどおりの淡々とした口調でそう訊《たず》ねてくる。

「別にそういうわけじゃないけど、いろいろとね」

つい今しがた反省したばかりなのに、今度はやけにつっけんどんな言い方をしてしまう。

そんな自分に嫌気がさしたが、友哉を前にして、気持ちはますます乱れるばかりだった。

「そんな事より、今日は急にどうしたの？」

友哉のスケジュールは相変わらず詰まっており、今日も取引先との会食があったはずだ。

「予定が変更になってね」

「そうなのね。そういえば、新しく滞在するホテルは決まったの？」

先月ここに泊まりに来た時、彼は新しく住み始めたホテルが今ひとつだったと言っていた。結局そこは早々に引き払う事にして、今は自社ビルの上階で寝泊まりをしているらしい。

「いや、まだだ」

「そう」

心がざわついているせいか、いつも以上に何気ない会話ができない。気づまりだし、まるではじめて会った時みたいに自分を奮《ふる》い立たせないと、友哉と対峙できなかった。

「なんだかいつもより雰囲気が硬いな。仕事で何か問題でも起きたのか？　それともプライベートで何かあったのか？」

来て早々にそんな事を言われたのは、姫乃の対応が妙にギクシャクしているせいだろう。気遣いの人である友哉がそれに気づかないはずはないし、これではまるで、構ってちゃんみたいだ。

「仕事は概《おおむ》ね順調だけど、一件なかなかうまく進まないオーダーがあるの。プライベートは相変わらずと言えばそうだし、仮に何かあっても友哉に心配してもらうような事でもないわ」

話しながら、また少し突き放したような言い方になったと思い、取ってつけたように微笑みを浮かべた。けれど、どうせ話すべき事を口にすれば、今以上に気まずくなるのだ。

上辺だけ誤魔化しても、なんの意味もない。

姫乃は腹を括《くく》り、友哉の顔をじっと見つめた。

「友哉、無理なお願いを聞いてくれた上に、いろいろと気遣ってくれてありがとう。友哉には本当に感謝してる。だけど、もう子種を提供してもらう話は、なしにしましょう」

口角を上げたままそう言い終え、姫乃は友哉の返事を待った。

クールでありながら優しさを帯びていた彼の顔が、一瞬で真顔になる。彼は眉間に皺《しわ》を寄せ、理解できないといったふうに首を傾げた。

「それはまた、どうしてだ？ きちんとした理由があるのなら、聞かせてもらいたい」

まっすぐに見つめ返され、一瞬怯《ひる》みそうになった。しかし、せっかく聞いてくれたのだから、きちんと事実を話すまでだ。

「私、今月のはじめの金曜日に、仕事で外回りをしてたの。その帰りに、偶然友哉を見かけたのよ。その時、隣に金髪の女性がいたわ。二人ともぴったりと寄り添い合って、すごく親しそうに見えた」

姫乃を見る友哉の目が、ゆっくりと細くなった。何か言うのかと思ったが、彼は無言のままだ。

「気になったから、悪いけどあとをつけさせてもらったの。道沿いのシティホテルに入って、二人がエレベーターで上に向かうところまで見届けたわ。仕事柄、カップルがどんな関係か、見ればだいたいわかるのよ」

言い終えるなり、友哉の眉尻がほんの少し吊り上がる。

姫乃は目を伏せて、視線を手の中の湯飲み茶碗に移した。

言ってしまった――

もう友哉との関係は終わり、二度と会う事はないだろう。彼を想っている今、それが思いのほか辛い。けれど、こうする以外に選択肢はなかった。

「――って事で、もうおしまい。申し訳ないけど、泊まる場所はほかを当たって。私、これからする事があるの。来たばかりで悪いけど、もう帰ってもらっても――」

話している途中で、ふいに伸びてきた手に顎《あご》をすくわれた。正面から目が合い、言いかけた言葉が途切れる。

「おしまいとは？　妊活自体をやめるという事か？　それとも、新しく子種の提供者を見つけて、その男とセックスをするという事か？」

いつになく強い視線を送られ、顔を背《そむ》けたくなる。けれど、友哉がそうさせてくれない。

それに、突きつけられた質問に答えないわけにはいかなかった。

「少なくとも、しばらく妊活はしないわ。誰でもいいってわけじゃないし、さすがに無理。私、そこまで器用じゃないから」

話す唇が震えそうになり、固く口を閉じる。目を逸らしたくてたまらないけれど、自分から視線を外すのは本意ではなかった。

「器用じゃないとは、どういう意味だ？」

顎《あご》を持たれたままそう訊《たず》ねられ、瞬時に余計な事を言ったと後悔する。

「それは……言葉どおりの意味よ。友哉を子供の生物学的父親に選んだ時、それなりに覚悟を決めて妊活を始めたの。それがダメになったからって、さっさと次を探すとか、さすがに気持ちがついていかないって言うか……とにかく、いったん中止する。それだけよ」

姫乃は顎《あご》を上に向けて友哉の手から逃れようとした。しかしいち早くそれを察知され、余計動けなくなる。

「それはつまり、俺以外の男とセックスできないって事か？」

「なっ、なんでそうなるのよ！」

「だって、そういう事だろう？　気持ちがついていかないっていうのは、ほかの男とセックスをする気になれない。もしくは、できない……要は、ほかの男では濡れないって事じゃないのか？」

グッと顔を近づけられ、目を覗き込まれた。

いったい何を言い出すのかと思えば――

意地悪な質問をされ、姫乃は憤《いきどお》りを感じた。けれど、それが事実なだけに、全面的に否定できない自分もいる
「認めたらどうだ？　姫乃は俺じゃなきゃ濡れない。実際、俺とのセックスではじめてイッたんじゃないか？」

「もうっ！　いい加減に――」

さすがに我慢できなくなり、姫乃は友哉の手を振り払って立ち上がろうとした。けれど腕を引かれて、彼に押し倒されてしまう。

「勘違いもいいところだ」

「……えっ？」

いきなりそう言われた姫乃はわけがわからず、見下ろしてくる友哉と視線を合わせた。頭のうしろを支えてくれている彼の手が、姫乃の髪の毛をそっと撫でる。

「あの時一緒にいた女性は、俺がイギリスの投資会社にいた時の元同僚だ。彼女はハネムーンで日本に来ていて、あの近くのカフェで待ち合わせをしていたんだが、話している途中で急にめまいがすると言い出してね――」

友哉曰《いわ》く、金髪美女の夫も元同僚であり、その少し前にイギリスで行われた結婚式にも出席したのだという。待ち合わせといっても、夫のほうは別の用事を終えてから合流する事になっていて、とりあえず宿泊先のホテルに送り届けているところを、姫乃に見咎《みとが》められたというわけだ。

「二人は同じ会社で働いていた時から付き合っていたんだ。くっついたり離れたりして、一時はどうなる事かと思ったが、どうやらハネムーンに来る前に赤ちゃんを授かっていたみたいだ」

説明を終えた友哉が、鷹揚《おうよう》に瞬《まばた》きをする。

「ど、同僚……赤ちゃん……？」

彼は無言で頷き、その後の事も簡単に説明してくれた。

金髪美女がカフェで具合が悪くなったのは、妊娠していたせいだった。友哉は彼女を部屋に送り届けたあと、頼まれて妊娠検査薬を買いに走った。その後、ホテルで合流した夫とともに検査薬を使い、めでたく妊娠が発覚したそうだ。

「じゃあ、あの金髪美女は友哉の新しくできた恋人じゃない……って事？」

「当然だ。彼女の夫は人一倍嫉妬深い男だ。もし仮に俺と彼女がどうにかなろうものなら、ぜったいにただでは済まさないだろうな」

友哉の説明を聞きながら、姫乃は自分が勝手な誤解をしていただけだと気づいた。

ものすごく、ばつが悪い――

これまでの緊張が解けて、張り詰めていた糸がぷっつりと切れたように身体から力が抜けていく。

今までの懊悩《おうのう》や苦渋《くじゅう》の決断は、いったいなんだったのだろう？

いろいろな感情がない交ぜになり、頭の中が真っ白になる。いったい、どうやってこの場を取り繕《つくろ》えばいいのか……

「言っておくが、俺は姫乃との妊活を完了させるまでは、ほかの女性と関係を持つつもりはない」

きっぱりとそう言われ、姫乃はハタと我に返り、恐縮して身をすくめた。

「ごめんっ……！　言い訳はしません。とにかく、早とちりして、本当にごめんなさい！」

カップルを見ればどんな関係かわかるとかなんとか、今思えば偉そうな事を言ってしまった。

そもそも、先に女性といた理由を聞けばよかったのだ。

今さらながら自分の暴走ぶりを後悔し、姫乃はますます床の上で小さくなった。

「まあいい。それで、どうするんだ？」

引いていた顎《あご》を指で軽くつつかれ、姫乃は恐る恐る顔を上げた。すると、いつの間にか友哉の顔が鼻先十センチの距離にまで近づいてきている。

途端に心拍数が跳ね上がり、頭のてっぺんがカッと熱くなった。

「ど……どうする……って……？」

「決まっているだろう？　俺との妊活は終わりにするのか、それとも前言撤回して継続するのか。……そういえば、さっきする事があると言っていたな。俺に帰ってほしいようだったが、それも含めて、どうするのか返事をしてくれ」

話しながら、さらにじりじりと距離を縮められ、唇に彼の呼気を感じるほどの近さになる。

これまでに何度となく顔を近づけては、距離を保ってきた。

けれど、今はもう鼻先が触れ合い、今にも唇がくっつきそうになっている。

「……か……」

返事をしようとした声が掠れ、そのまま息が乱れた。指先で顎《あご》を上向きにされ、さらに唇の距離が近くなる。

「聞こえないな」

そう言った友哉の呼気が、姫乃の薄く開いた唇の中に入ってきた。

姫乃はさらに息を荒くして、すがりつくように彼を見た。

「帰らないで……ここに、いて……お、お願い……」

まるで懇願するような言い方になってしまい、頬が痺《しび》れるほど熱くなった。

「そうか。……そのあとは？　ついさっきまで、あれだけはっきり話せたんだ。自分がこれから俺と何をどうしたいかくらい、簡単に言えるだろう？」

冷たく突き放すような言い方なのに、どうしようもなく心が熱く湧き立ってきた。一ミリ単位で近づいてくる友哉の顔が、熱に浮かされて見えなくなる。

姫乃は身体の奥から込み上げてくる情欲のまま、友哉の背中に腕を回した。

「セッ……クス、したい。……友哉と、セックスしたいの——」

そう言うなり、右手が姫乃のスウェットパンツの中に滑り込んでくる。瞬時にそれを引き下げられ、背中を浮かせると同時にスウェットの上も床の上に落ちた。

今までにないほど性急に着ているものを脱がされ、身体のあちこちに淫欲の炎が宿る。ふいに背中を引き上げられ、彼の緩く広げた脚の上に馬乗りにさせられた。

友哉と向かい合わせになった姫乃の脚の間に、スラックスの中で硬くなっているものが触れる。

姫乃は、ごくりと唾を飲み込み、腰を進めて屹立《きつりつ》にショーツのクロッチ部分を押し当てた。胸の先がチクチクし、花芽が自分でもわかるほど硬くなっている。

姫乃は息を弾ませながら、友哉の腰のベルトを指先で引っ掻いた。けれど、友哉は姫乃を正面から見据えたまま黙っている。

「意地悪っ……」

姫乃は思わずそう呟き、唇をギュッと噛みしめた。

わざとはしたない言葉を口にさせて、今にも押し倒さんばかりにしたくせに、それから先に進もうとしない。

姫乃は歯がゆさを抑えながら、視線を下に向けた。

太ももの間に見える友哉のスラックスの前が、硬く盛り上がっているのが見える。まんまとその気にさせられたあげく、こんなふうに焦《じ》らされるなんて……

姫乃は僅《わず》かに頬を膨らませながら、スラックスの膨らみにそっと指先を這《は》わせた。

友哉の息遣いが、一瞬乱れたような気がする。

いつもいいようにリードされてばかりだったけれど、そうそう言いなりになってはいられない――

そんな劣情がふいに込み上げてきて、姫乃は友哉の腰のベルトを外し、スラックスのウエストに手をかけて彼の目を睨《にら》みつける。そして、友哉の腰が少しだけ浮いた隙に、彼が穿いているものをすべて引き下ろして床に放り投げた。

ベルトのバックルがどこかに当たった音が聞こえたが、気にする余裕などありはしない。

硬く勃起した男性器に視線を奪われ、大きく息を吸って喘《あえ》いだ。

もう、じっとしていられない――

膝立ちになってうしろに下がると、姫乃は友哉の腰の両脇に手をついて屹立《きつりつ》の先に唇を寄せた。

口を開けて先端に吸い付き、したいと思うまま淫茎を締め付けながら唇を上下させる。

何度となくそうしているうちに、友哉が前屈《かが》みになって姫乃のショーツのリボンを解いた。彼の右掌《てのひら》が双臀《そうでん》を撫で、少しずつ忍び寄ってきた指先が秘裂を割る。

そこはもう愛液にまみれており、滑り込んできた指を容易に受け入れてしまう。

「ん、っ……ん……」

じゅぷじゅぷと音を立てながら中を愛撫《あいぶ》され、背中が弓のようにしなる。まるでねだっているかのように腰の位置が高くなり、キャミソールが胸元までずり上がった。

友哉の左手が姫乃の乳房を、やわやわと揉みしだいてくる。乳嘴《にゅうし》をねじるように弄《いじ》られ、下腹の奥がジンジンと疼《うず》く。快感が込み上げてくるほどに、屹立《きつりつ》の先が喉の奥に入ってくる。舌と上顎《うわあご》で締め付け、呑み込む深さを変えながら彼のものを愛《め》でた。

息ができなくて、苦しい。

それでも口の中の淫《みだ》らなものを、もっと舐《な》め回したくてたまらなかった。

「姫乃っ」

名前を呼ばれると同時に左手で上体を持ち上げられて、屹立《きつりつ》を唇から抜き去られた。

「やっ……」

愛《め》でていたものを奪われて、姫乃は拗《す》ねたような声を上げて彼の肩に指を食い込ませた。

友哉は姫乃のショーツを脱がし、自分が着ていたものと一緒に床に放る。そして、自分の前に姫乃を膝立ちにさせると、いきなり左の乳房に強く吸い付いてきた。同時に挿《い》れられたままの指の本数を増やされ、深く浅く出し入れされる。

「ああんっ！」

唇から嬌声《きょうせい》が漏れ、蜜窟が悦《よろこ》びでキュンと窄《すぼ》まった。両方の乳房を交互に愛撫《あいぶ》され、乳嘴《にゅうし》が友哉の唾液でしっとりと濡れそぼる。下から見つめてくる目と舌遣いに蕩《とろ》かされ、姫乃はしどけなく唇を開けて、ひっきりなしに声を上げた。

「やあああっ……あっ……あ、あっ……」

涙目になって喘《あえ》ぐ姫乃の腰を、友哉がゆっくりと引き下ろした。勃起した彼のものが、姫乃の秘裂を割り、腰を揺らされるたびに硬くめくれ上がった括《くび》れが花芽を何度となく嬲《なぶ》ってくる。

「ふぁっ……あ、ェ……エッチッ……ああああんっ！」

挿入もしていないのに、イッてしまいそうなほど気持ちがいい。

再度腰を引き上げられるも、全身が腑抜《ふぬ》けたようになって、膝に力が入らない。

「も……ダメッ……挿《い》れ……お願いっ……」

ねだる姫乃の唇の端から、唾液が伝い下りる。上体を引き寄せられ、引き締まった胸板に乳房をぴったりと合わせた。汗ばんだ肌をとおして、互いの胸の鼓動が伝わってくるみたいだ。

間近で見つめ合っているうちに、姫乃は矢も楯もたまらない気持ちになってしまう。

「私、友哉の赤ちゃんが、ほしいの。だから、早く中に挿《い》れて……お願いっ」

屹立《きつりつ》に秘裂を押し付けるようにしながら腰を持ち上げられ、先端が蜜窟の入口にぴったりと寄り添う。ずぷん、と沈められた友哉のものが、姫乃の最奥《さいおう》を突き上げる。

小刻みに腰を突き上げられ、一気に喜悦の縁に追い込まれた。たまらずに仰《の》け反《ぞ》ってうしろに倒れそうになる背中を、咄嗟《とっさ》に伸びてきた腕に支えられる。

そのままラグの上に仰向けにされ、両脚を大きく左右に広げられた。

二人の繋がっている部分を目の当《ま》たりにして、姫乃はうっとりした顔で唇の縁を舐《な》めた。友哉の腰が動くたびに、屹立《きつりつ》が蜜窟を穿《うが》ち、垂れた愛液が恥骨を覆《おお》う和毛《にこげ》をしっとりと濡らしていく。

「友哉……あんっ……友……ふぁあああああっ！」

友哉が姫乃の上に覆《おお》いかぶさり、目を見つめながら、さらに強く腰を打ちつけてくる。

聞こえてくるセックスの音が、たまらなく淫靡《いんび》だ。

まるで全身が性感帯になったみたいで、姫乃は我もなく嬌声《きょうせい》を上げて友哉の下で身をよじった。

「もっとして……もっとっ……挿《い》れて……お願い――」

ねだる姫乃の顔を、友哉がうっすらと目を細めながら見下ろしてくる。

そのシニカルな視線が、たまらない。

「ほしいの……友哉との赤ちゃん……。お願いだから、私を孕《はら》ませて――」

想いが抑えきれなくなり、姫乃は息を切らしながら懇願した。気持ちが届いたのか、それまで唇を一文字に結んだままだった友哉が、眉間に皺《しわ》を寄せて低く呻《うめ》く。

「姫乃……姫乃……」

名前を呼ばれながら奥を愛撫《あいぶ》され、全身を淫奔な情欲が駆け巡《めぐ》る。得も言われぬ多幸感で胸がいっぱいになり、無限に続きそうな快感が心と身体に満ち溢《あふ》れた。

「ああんっ！　あんっ……友哉っ……あああああっ！」

最奥《さいおう》が悦《よろこ》びに戦慄《わなな》き、切っ先を舐《ねぶ》るように蠢《うごめ》く。これでもかと硬くなった友哉のものが隘路《あいろ》を押し広げ、ドクンと脈打って先端がグッと反り返った。

「姫乃っ……！」

「……あっ……ぁ……」

たくさんの熱い精を流し込まれ、内奥《ないおう》が悦《よろこ》びに震える。

ほしかったもので蜜窟の中をいっぱいにされて、姫乃は恍惚《こうこつ》となりながら友哉にしがみついていた手で彼の頬に触れた。

吐息が混じり合い、刹那《せつな》、互いを見る視線が熱く絡み合う。自分の奥深くに友哉を感じながら、姫乃は彼の顔を引き寄せて自分から唇を重ねた。

触れ合った唇の隙間から、友哉の熱い舌が入ってくる。

姫乃は息をするのを忘れる勢いでキスを続け、彼の背中に手を回し、肌に指を食い込ませた。

間近で見つめ合いながら唇を合わせているうちに、一度吐精した彼のものが再び硬くなり始める。

それを待つまでもなく、ひっきりなしに蠢《うごめ》いていた蜜壁《みつへき》が、淫茎を強く締め付けながらうねった。

「友……ぁ、あっ……！　ああんっ！」

腰を動かしているわけでもない。ただ挿入されているだけなのに、たまらなく気持ちいい――ますます強くなっていく圧迫感が、姫乃をじわじわと二度目の絶頂に導いていく。

視界がだんだんとぼやけてきた時、グッと腰を前に進められて一気に快感が頂点に達した。

オーガズムの激震で全身を震わせ、姫乃は意図せずして友哉の腰に花芽を押し付けるような姿勢を取る。

「や……あっ……あっ！」

今までにないほど強い愉悦《ゆえつ》をそこに感じ、姫乃は激しく身悶《みもだ》えた。それがさらなる刺激を引き起こし、泣き出したいほどの強い快感に囚《とら》われて声すら出せなくなる。

ゆるゆると動き出した友哉の腰の動きが、姫乃を終わりのないセックスに溺《おぼ》れさせていく。

こんなふうになるのは、彼を心から想い、深く愛しているからだ――

姫乃は友哉と繰り返しキスを交わしながら、何度となく訪れるオーガズムに身を委《ゆだ》ねるのだった。


友哉と真夜中過ぎまで交じり合った日の翌朝、姫乃は窓から入る日差しの眩《まぶ》しさで目を覚ました。

そして、頬に触れているのが枕ではなく友哉の腕だと気づいた途端、目を大きく見開いて自分を見ている彼と目を合わせた。

「と、友哉っ……」

「おはよう。よく寝てたな」

「お……おはよう――んっ……ん……」

話す唇にチュッとキスをされ、続いて両方の頬にも同じようにされる。

はじめて経験するモーニングキスに戸惑い、姫乃は目を最大限に開けたまま、友哉の腕の中で固まった。

二人とも裸のままだし、姫乃の髪の毛は寝ぐせで乱れまくっている。

昨夜はあれから何度となくセックスをし、それでもまだ足りなくてベッドに移動してからも身体を重ねた。まるで淫欲の権化《ごんげ》になったみたいに互いを求め、昇り詰めて果てたあとも離れがたく、正直、いつ寝入ったのかまったく記憶がない。

「寝顔、子供みたいだったぞ」

額《ひたい》に唇を寄せられ、髪の毛を指で緩く掻き回される。友哉と一緒に朝を迎えたのは、これがはじめてではないけれど、今回は起きるまでじっくりと観察されていたみたいだ。

「み、見ないでっ！」

「見ないでって、今さらだな」

「だって恥ずかしいじゃない。私、いびきとかかいてなかった？　寝言とか言ってないよね？」

「さあ……何か言ってたような、言っていなかったような……」

「何それ！　どっちなの？　はっきり言ってよっ！」

姫乃は頬を染めながら友哉の腕の中でジタバタともがいた。彼はそんな姫乃を易々と押さえつけたあと、ゆっくりと上にのしかかってくる。

「確か、もっと挿《い》れてとか。お願いだから孕《はら》ませて、とか言ってたかな」

「う、嘘！　そんな事言ってないし！」

姫乃は顔を真っ赤にして抗議した。しかし友哉は、ぜったいに言ったと言い張る。言いながら今にも唇が触れそうなほど顔を近づけられ、昨夜の熱すぎる記憶が一気に蘇《よみがえ》ってきた。

同時に、友哉の顔を引き寄せて自分から彼の唇にキスをした事も思い出す。

出会った当初、キスや前戯は不要だと言っておきながら、自らそれを反故《ほご》にするとは――

それ以前に昨夜の自分の振る舞いを思うと、顔から火が出るどころの話ではなかった。

（あんな事、今まで一度もした事なかったのに……。なんで？　だって、気づいたらしちゃってたんだもの～！）

やむにやまれぬ情動に突き動かされ、どうしてもそうしたいという気持ちを抑えきれなかった。

姫乃は恥ずかしさに居たたまれなくなり、友哉の下でもじもじと身じろぎをする。

まさか、友哉とこんな甘い時間を過ごす日が来るなんて、考えもしなかった。あれほどクールで、およそこんな雰囲気など想像できなかった友哉と、こうしてベッドの上で全裸のままイチャついているのだ。

「このまま、また妊活するか？」

囁《ささや》くようにそう言われ、心臓が跳ねる。

「に、妊活？」

「朝食の用意はもうできてるから、食べる時間を差し引いても一度くらいはできるぞ」

友哉が今までにないほど、甘い雰囲気を纏《まと》って迫ってきた。彼の顔が近づいてきて、互いの鼻先がチョンと触れ合う。彼のこちらを見るまなざしには、蕩《とろ》けるような優しさが溢《あふ》れている。

「きょ、今日は午前中に材料の買い付けに行かなきゃならないの。だから、妊活は無理っ」

本当はしたいが、今始めたら、ぜったいに指定された時刻に間に合わない。

姫乃は、残念がる友哉を置いてベッドから起き出し、近くに畳んであったスウェットの上下を着た。横目で彼が部屋着を着るのを確認しながら、朝食の席に着く。

ローテーブルに並んでいるのは、バターと蜂蜜がたっぷりのフレンチトーストとグリーンサラダ。それにヨーグルトとイチジクがついている。

正面に座るかと思いきや、友哉は姫乃の隣に来て、腕がくっつく位置に腰を据えた。

そして、自分の皿に載ったフレンチトーストを切り分けると、フォークに刺して姫乃の口元に差し出してくる。

「ほら、口を開けて」

「え？　あ……あ〜ん？」

いつものクールで俺様な友哉は、どこへやら。今朝の彼は、明らかにいつもの友哉ではない。纏《まと》っているオーラが別人級に穏やかだし、口元に浮かんでいるのは、よく見るシニカルなものではなく、いかにも嬉しそうな本当の微笑みだ。

「あ……美味《おい》しいっ！」

フワフワとしたフレンチトーストは、しっとりと甘くて、まるで極上のスイーツのようだ。姫乃がそれを飲み込むと、今度はオレンジジュースの入ったグラスに差したストローが、口元に近づいてきた。

「と、友哉……。いったいどうしたの？」

甲斐甲斐しく食べものを口に運ぶなど、やっている事がまるで本当の彼氏みたいだ。それに、もともと近かった距離が、さらに縮まっている気がする。

「別に、どうもしないが？」

にこやかな顔でそう言われて、姫乃はますます何がどうしたのかわからなくなってしまう。

なんにせよ、昨夜かなりのカロリーを消費したせいか、いつも以上に食欲がある。差し出されるままにヨーグルトやイチヂクを食べ、フレンチトーストを平らげた。

ようやく食べ始めた友哉が、自分のフレンチトーストを切り分けて姫乃の皿に載せてくれた。遠慮なくそれも口に入れ、しっかり味わいながら咀嚼《そしゃく》する。つい、と伸びてきた指が、姫乃の頬についていたヨーグルトを拭った。

「ところで、ホテル暮らしも飽きたから、ここで同居させてくれないか？」

「ふぇ？」

唐突にそんな事を言われ、あやうくせき込みそうになる。いくら激甘で熱い夜を過ごしたとはいえ、恋人でもない二人が同居するなんて考えた事もなかった。

「ど、同居？　なんで？」

「妊娠したいなら、そのほうが合理的だろう？」

確かに、いちいちスケジュールをすり合わせる必要もなくなる。それに、もう不感症ではないから、いくらでも隙間時間を有効活用できるはずだ。

「もちろん、相応の家賃は払うし、同居で必要な分の費用はぜんぶ俺が持つ」

「えっ……ちょっと待って。もともと妊娠するまでの費用は全額私が負担するって決めてたし、家賃なんかいらないわよ」

「ここは君の家だ。そこに住まわせてもらうんだから、支払って当然だろう？　それはさておき、今、家賃なんかいらないと言ったね。——という事は、もう同居を受け入れてくれたと解釈してもいいんだな？」

「そ、そうじゃなくて——ん、んっ……」

否定しようとする唇をキスで塞がれ、身体を腕の中に取り込まれた。

いつになく押しが強いし、密かに友哉を想っている姫乃としては、彼との同居話はこの上なく魅力的だ。けれど、今以上に友哉に惹かれる状況に身を置くのはどうかと思う。

彼を深く想う分だけ、別れが辛くなるのは目に見えているし、そんな気持ちを引きずりながら妊婦生活を送るのはお腹の赤ちゃんに良くないのではないか。そう思うものの、口の中に忍んできた熱い舌のせいで脳味噌が蕩《とろ》けそうだ。

「友……ん、っ……ん……」

だんだんと熱を帯びるキスが、姫乃の息を荒くする。同居すれば、これが日常になるのだ。

いくら辛い未来が見えているからといって、せっかくの申し出を退けるなんてできるはずもなかった。

「同居の話、受けてくれるか？」

唇が僅《わず》かに触れ合った状態でそう訊《たず》ねられ、気づくと姫乃は首を縦に振っていた。

「うん、いいわよ……もちろん――」

再び深くなるキスのせいで、話す声が途切れた。ずっとこんな甘い生活に憧れていたのではないかと思うくらい、胸がわくわくしている。

だが、今優先すべきは仕事だ。

「そ、そろそろ出かける準備をしなきゃ。お皿は私が片付けるから、友哉は先に洗面台とか使っていいわよ」

姫乃は顔が赤くなっているのを悟られまいとして、そっぽを向いた。立ち上がりざまに友哉の腕から逃れ、食べ終えた皿をトレイに載せてキッチンに向かう。けれど、すぐにあとを追って来た彼にうしろから羽交《はが》い絞《じ》めにされ、シンクの縁に手をついた格好になった。

「ちょっ……友哉っ……」

抵抗する暇もなく背後から伸びてきた左手に右の乳房を揉まれ、空《あ》いている手でスウェットパンツをずり下ろされた。

腰を引かれると同時に、硬く熱を持った切っ先を蜜窟の中にずっぷりとねじ込まれる。そこは確かめるまでもなく、愛液でびしょ濡れになっていた。

先端が最奥《さいおう》に達するなり激しく腰を動かされて、姫乃は我を忘れて嬌声《きょうせい》を上げる。

「いやぁ……んっ！　あぁんっ！」

徐々に体勢が前のめりになり、蛇口に顔を擦りつけんばかりになって身をよじった。

友哉のものを深々と呑み込んだそこが、不随意に震える。耳のうしろに強く吸い付かれ、軽い痛みを感じると同時に、友哉から右の掌《てのひら》を下腹部に当てるように言われる。

「こうすると、自分の中に何を咥《くわ》え込んでいるか、よくわかるだろう？」

友哉が、わざとのように卑猥《ひわい》な言葉を囁《ささや》き、耳の縁にやんわりと噛みついてきた。

セックスをしながら飴《あめ》と鞭《むち》を巧みに使い分けてくる友哉が、たまらなく憎らしくて、愛おしい。

姫乃はいつしか自分から腰をうしろに突き出し、片手で尻肉を掴んで挿入がより深くなるようにしていた。頭がぼおっとするほどの熱波が身体の中を通り抜ける中、ゆっくりとしたストロークで腰を動かされて膝が折れそうになる。

「とっ……友哉っ……これ以上……は、も……ああああんっ！」

「仕方ないな」

そう言うや否《いな》や、下腹部にあてがった掌《てのひら》めがけてリズミカルに腰を動かされた。呆気なく昇り詰めた姫乃を追うように、友哉が内奥《ないおう》に何度となく精を流し込む。

朝っぱらから、なんて淫靡《いんび》で官能的なのだろう――

姫乃は慌ただしい妊活の余韻に浸《ひた》りながら、うしろを振り返り友哉と唇を重ねるのだった。


友哉との同居生活がスタートしてから、一週間が過ぎた。

一緒に住むと決めてすぐに、姫乃は祥子に連絡をしたが、反応は予想どおりだった。

「きゃあ！　私の願いが天に届いたのね！」

祥子は大喜びで即正光に話し、その二日後には、ずっと先延ばしになっていた四人での食事会が実現した。

待ち合わせをした都内の老舗《しにせ》料亭で、友哉は終始姫乃を気遣い、エスコートしてくれた。

それを見た戸田夫妻はご満悦モードで、祥子に至っては姫乃に、「早く本物の夫婦になっちゃえ」とこっそり耳打ちしてきたくらいだ。

プライベートに関しては概《おおむ》ね順調。このままコンスタントに妊活をしていれば、そう時間をかけずに妊娠に至る可能性大だ。

その一方で、姫乃は急に決まった同居生活の事を、いつどのタイミングでスタッフに明かしたらいいものかと思いあぐねていた。

店と住まいが同じ建物である以上、黙っていてもいずれバレるだろうし、そうなる前に言っておいたほうが大騒ぎにならずに済む。

そう考えて姫乃がチャンスを窺っていた矢先の事――

閉店したのちにスタッフ全員参加のミーティングをしていると、その日残業予定だったはずの友哉が思いのほか早く帰って来た。

「ただいま」の声が聞こえるなり、姫乃は座っていたバックルームのベンチシートから店頭に出た。ドアのそばには、ピンストライプのブラックスーツを着た友哉が立っている。

「どうしたの？　今日は遅くなるはずじゃなかった？」

「仕事が思ったより早く終わったんだ。姫乃は？」

「私は今ミーティング中で――」

「あ、もしかして神野さんですか？　はじめまして！　お噂はかねがね――」

いち早く姫乃を追ってきた矢部が、友哉と挨拶《あいさつ》を交わす。あとからやって来た西野と田中がそれに続く。

「皆さん、お揃いですね。これ、差し入れです。よかったらどうぞ」

友哉が矢部に大型の紙袋を手渡した。中には、今話題のスイーツショップのロゴが入っている。

「これ、予約がいっぱいでなかなか手に入らない期間限定のフルーツタルトですよね？　私これ食べたかったんですぅ！」

西野が中を覗き込み、嬉しそうな歓声を上げた。

「私も！　せっかくだから、神野さんも一緒に食べませんか？」

スタッフに是非にと誘われ、友哉が皆とともにミーティングをしていたテーブルに着く。

「前から気になってたんですけど、神野さんってどうやって姫乃さんと知り合ったんですか？」

西野が口火を切り、ほかの二人が興味津々といった様子でうんうんと頷く。

「俺も聞きたいです。付き合うきっかけとか、今後の参考にしたいので、是非教えてください！」

「ちょっと、みんな！　そんな事知ってどうするのよ」

姫乃がなんとか誤魔化そうとするも、三人とも期待を込めた目つきで友哉を見ている。

友哉が落ち着いた様子で手にしていたカップをテーブルに置き、にっこりと微笑みを浮かべた。

その表情が、びっくりするほど様になっている。

「僕と姫乃は、共通の友達に紹介されて出会いました。会ってすぐに意気投合して、僕のほうから付き合ってほしいと伝えたんです。言ってみれば、一目惚れですね」

前半は合っている。しかし、そのあとは完全に友哉の創作だ。姫乃は内心ハラハラしながら、それぞれの顔を見た。

「素敵〜！　神野さんは、姫乃さんのどこに惹かれたんですか？」

「ってか、さっき『ただいま』って言いましたよね？　もしかして、もう一緒に住んでる感じですか？」

「実は、つい先日ここに越して来たばかりなんです。僕のほうが姫乃と離れて暮らしているのが耐えられなくなってしまって。毎日のように連絡を取り合っていても、そばにいられない寂しさはどうやっても拭えませんからね。それで、姫乃に頼み込んで、どうにか僕のわがままを聞いてもらったんです。そうだったね？　姫乃」

友哉が照れたような笑みを浮かべ、姫乃をチラリと見る。またしても盛りすぎな話をされ、姫乃は笑いながら表情を強張《こわば》らせた。

「ま、まあね」

「えええぇ！」

三人の声が綺麗に揃い、友哉がゆったりとした微笑みを浮かべる。彼は、それからもスタッフの質問に答えて、姫乃を大いに狼狽《うろた》えさせた。

「——そうせずにはいられないほど、僕にとって姫乃は唯一無二の女性なので」

友哉が口を開くごとに、姫乃を持ち上げる文言が追加されていく。いい加減居たたまれなくなった姫乃は、とうとう横から口を挟んだ。

「はいっ、もうその辺にして、ミーティングに戻りましょう。友哉も疲れてるでしょ？　早く三階に行って休んで」

姫乃が友哉の背中を押し、それからすぐに強制的にミーティングを再開させた。

しかし、ものの五分も経たないうちに傍らに置いていたスマートフォンが着信のメロディを奏で始める。画面を見ると、電話をかけてきたのは友哉だった。

「ちょっと、ごめん。すぐに戻るから」

姫乃は努めてにこやかな表情を浮かべながら、階段を駆け上り三階を目指した。そして、ローテーブルの前で寛《くつろ》いでいる友哉の前に急ぐ。彼はすでに白いコットンのルームウェア姿で、姫乃がやって来るのを待ち構えていた様子だ。

「どうしたの？　何か急ぎの用事でもあった？」

「用事は、これ――『ただいま』のキスだ」

「はぁ？　んっ！　……ふぁっ……！」

いきなり立ち上がった友哉に背中を引き寄せられ、有無《うむ》を言わさずキスをされる。

用事が「ただいま」のキスだなんて、どこのラブラブカップルだ。

姫乃は身体を仰《の》け反《ぞ》らせて、なんとか彼の抱擁《ほうよう》から逃れようとした。けれど身をよじるほどに抱き寄せてくる力が強くなり、顔を背《そむ》けても唇がキスを求めてくる。

「ちょっ……友哉っ……！」

「シーッ。静かにしないとダメだろう？　下に聞こえても知らないぞ」

そう言いながら口の中に舌を入れられ、乳房を緩く揉み込まれる。

「ふ……ぁ……っ……は……ぁんっ」

わざと声が出るような愛撫《あいぶ》を仕掛けてきて、静かにしろだなんて理不尽すぎる。それでも身体は早くも彼とのスキンシップに悦《よろこ》び、心までもそれに追随《ついずい》しようとしている。

「もう！」

姫乃は、どうにか彼の腕から抜け出して小さな声で叫んだ。顔を真っ赤にして仁王《におう》立ちする姫乃を見て、友哉が可笑《おか》しそうに忍び笑いをする。

「悪かったよ。でも、どうしても姫乃にキスがしたくなったんだ。それで、姫乃が怒るのを承知で電話をかけた。――というより、怒る顔が見たかった、と言ったほうが正しいかな」

「私の怒る顔が見たいですって？　だったらもう見たでしょ？　じゃ、もうかけてこないでよ！」

「了解」

友哉に背を向けると、姫乃は憤然《ふんぜん》としながら階段を下り始める。

（いったいなんなの？　悪い冗談？　それとも嫌がらせ？）

時間外のミーティングとはいえ、れっきとした仕事中だ。

一流のビジネスパーソンたるもの、いついかなる時も仕事に私情を挟んではいけないはずなのに、どうしてあんな事を仕掛けてきたのやら……。

頭ではそう思っていても、心はわざわざ電話をかけてきてまでキスを求められた事が嬉しくて仕方がない。

自分が今、どんな顔をしているのかわからなくなり、姫乃は両方の掌《てのひら》でピシャリと頬を叩いた。

（とにかく、今は仕事！）

気合を入れつつスタッフのもとに戻ると、姫乃は何事もなかったようにミーティングを再開した。

必要な話し合いを済ませ、帰っていく彼らの背中を見送るなり、再び三階に駆け上がる。

そして、三階に着くと同時に、今度は遠慮なく大声で彼の名を呼んだ。

「友哉！」

「おかえり。ミーティングお疲れさま」

「おかえり、じゃないわよ。なんであんな電話——は、いいとして、どうしてみんなの前で、あんな事言ったの？　みんな本気にしちゃって、私の事を日本一のラッキーガールだとか、極上の玉の輿《こし》に乗れるだとか言って、大騒ぎだったんだから！」

そう訴えても、友哉はゆったりとした様子で姫乃に笑いかけてくる。

「俺は皆が望んでいる台詞《せりふ》を口にしたまでだ。喜んで納得してもらえたら、それに越した事はないだろう？」

「は？　だからって、嘘を吐かなくてもいいでしょう？」

「嘘じゃない。俺が言った事はぜんぶ本当だ。違うか？」

確かに大筋は合っている。だが、あれでは二人が本当にラブラブの恋人同士みたいに聞こえるではないか。

姫乃がそう言っても、友哉は眉ひとつ動かさない。

「そう聞こえたとしても、別に問題はないだろう？」

そう言い切ると、友哉がおもむろに立ち上がって姫乃のすぐ前に立った。ふいに唇を重ねられ、すぐに息が上がる。

「実際に、こうしてキスをしてセックスもしてる。何も間違った事は言っていないし、している事は恋人と同じだ。いや、妊娠を目指しているんだから、恋人というよりは婚約者のほうが近い」

「婚約者って……。そういう事を言ってるんじゃないんだけど――」

どうして今日に限って、こうも話が噛み合わないのだろう？

「じゃあ、どういう事を言っているんだ？　逆に、一緒に住んでキスをして避妊具なしでセックスをしている事を、どう説明すれば納得してもらえると思っているんだ？」

彼にしてみれば、ここのスタッフが二人の事をどう捉《とら》えようと構わないのかもしれない。けれど、姫乃にとって「ＨＩＭＥＮＯ」は大切な拠点であり、スタッフは長く苦楽をともにしてきた戦友とも言える存在だ。

姫乃にしたら、彼らには友哉との事をできるだけ曖昧《あいまい》にぼかしておきたい。

なぜかと言うと、そう遠くない未来に、彼との関係が終わる現実が待っているから――

彼が去る事で食らうダメージを少しでも回避したい――とどのつまり、ただでさえ友哉との関係が終わって沈み込むに違いない自分が、周りから気を遣われる事でさらに傷つきたくないという身勝手な理由からだった。

当然、友哉にそんな理由を話すわけにはいかない。

彼は軽い気持ちで二人の親密さをアピールしただけだろうが、姫乃にとってはまったくもってありがたくない立場に追い込まれる発言でしかなかった。

（でも、そんな事、友哉に言えるわけないいじゃない！）

結局のところ、子種の提供者に本気で恋をした自分が馬鹿なだけだ。

悪いのは自分だ。

そうとわかっていても、もうのっぴきならないところまで気持ちが盛り上がってしまっている。

（やっぱり抗《あらが》うなんて無理。せっかくこうして一緒にいられるんだもの。今だけでも、本当の恋人同士だと思って友哉に抱かれたい……。一生忘れない、濃厚で、心と身体にしっかり刻み込むようなセックスがしたい——）

姫乃は心の中で呟き、下を向いて短いため息をついた。

「なんだ。まだ膨れっ面をしているのか？」

ふいに片手で頬を挟まれ、余計に口が尖る。

友哉の手を振り払おうとしても、あっさりいなされてラグの上に押し倒されてしまう。見下ろしてくる目にサディスティックな色が浮かび、姫乃は早々に腰砕けになった。

所詮、何もかも格が上の彼には、どうあがいても勝てない。どうせ逃れられないのだから、諦めて開き直るか、思い切って今しか味わえないひと時を思う存分楽しむほうがいいのかも……

友哉とこうしていると、それが正しい事のように思えてくる。

いや、そうに違いない。

姫乃は友哉といる時は彼とだけ向き合い、すべての時間を思い出として心と身体に記憶しておこうと決心した。

「ううん。そんな事ない」

「そうか。じゃあ、改めて『おかえり』」

そう呟くと、友哉はルームライトを消し、Tシャツを脱いで床に放った。

「ただいま……」

返事をするなり両手で頬を包み込まれ、立ったまま唇にそっとキスをされる。ふいうちでも強引でもない、うっとりするほど優しいキスだ。

舌先で薄く開いていた唇の縁をなぞられ、背中がゾクリとする。軽いリップ音がすぐに唾液まじりの吐息に代わり、今すぐに彼の背中にすがりつきたくなった。

そして実際にそうしてみると、じんわりとした充足感が全身に広がっていくのがわかる。

（あ……すごく気持ちいい……）

部屋の中を照らすのは、ブラジル産のアメジストを使ったタワー型のランプのみ。薄い紫色の灯りの中にいる友哉は、この上なく魅惑的な雄々《おお》しさに満ち溢《あふ》れている。

屈《かが》み込んだ友哉が姫乃の着ている黒いワンピースの胸を掌《てのひら》で覆《おお》った。指先で乳嘴《にゅうし》の位置を探られ、そこを捏《こ》ねるように愛撫《あいぶ》される。

「あっ……んっ……」

形だけの抵抗をあっさり見破られ、乳房に点《つ》いた火が、ものの数秒で全身に広がる。

触らなくても乳嘴《にゅうし》が硬く尖り、脚の間が潤《うるお》っているのがわかった。

秘めた劣情に息を弾ませていると、友哉が両方の乳房をマッサージするように愛撫《あいぶ》してくる。

きっともう、彼以上に感じさせてくれる人は現れない。

そう思うと、いつも以上に敏感になり、頭の中が淫《みだ》らな想像でいっぱいになった。

「いいデザインのワンピースだな。すごく似合っているし、とても煽情的《せんじょうてき》だ」

フロントジップのそれは、Vネックでタイトな作りになっている。襟元《えりもと》から一気にジッパーを下ろされ、前が開いて下着があらわになった。

姫乃は彼の視線を感じながら、羞恥《しゅうち》で大きく胸を上下させる。

「ほう……」

友哉が静かに嘆息し、ゆっくりと口角を上げる。

姫乃が着ているのは、先日たまたま見つけたオンラインのランジェリーショップで買ったものだ。下着と言うには、あまりにも非実用的な品であるそれは、隠すよりも見せる事を目的としていた。

形はボンデージふうで、ハーネスの部分は黒いベルベットのリボンでできている。ブラカップとショーツのクロッチ部分はオープン型で、一見するとリボンで身体を縛り上げているように見える。

当然乳房も秘裂もぜんぶまる見えで、それぞれのパーツを飾るための特別な付属品までついていた。

つまり下着とは名ばかりの、官能的な時間を楽しむためのボディアクセサリーを身につけているようなものだ。

「こういう下着は、はじめて見た。セクシーだし、とても素敵だ……もっと、よく見せてもらうよ」

これを身につけたのは、スタッフが帰り、後片付けを済ませたあとだ。昼間到着したこれをバックルームの奥にこっそり隠しておき、ついさっき開封した。着るのにかなり苦労したし、すべてを着けるために、一度全裸になって壁に据え付けの鏡の前に立つ必要があった。

まさかそんなところで身につける事になるとは思わなかったが、届いたものを友哉に見てほしくてたまらなくなってしまったのだ。

まずは胸元から——最初に、ネックレス状になったハーネスを首にかけ、リボンが身体にフィットするように調整しながら背中と腰のうしろで留め金を留める。首元のリボンからはチェーンのラインストーンが繋がっており、その先についたニップルリングで乳先を飾った。

付属品は脚の間も演出する仕様になっており、腰骨のリボンから伸びるチェーンには秘唇に装着するための小さなピアスまでついている。言うまでもなく、これが一番大変だった。

ノンホールで先端はきちんと加工されているので、装着してもまったく痛くない。装着場所は四つあり、すべて着け終えると、ピンク色の秘裂がパアッと花開いたようにすべてあらわになる仕組みだ。

とてつもなく卑猥《ひわい》でエロティックな下着だが、使われている深紅のラインストーンはすべて本物の天然石だ。ジュエリーショップのオーナーとして、そんな商品があるのをはじめて知ったし、細かな細工から作った人の技術の高さが伝わってくる。

わざわざそんなものを取り寄せたのは、友哉に魅了されるばかりの自分を鼓舞《こぶ》するため。

そして、そんな自分に活を入れて、あわよくば友哉を魅了し返してやろうと目論《もくろ》んだからだ。

友哉にワンピースを剥《は》ぎ取られ、淫《みだ》らな下着をつけただけの格好にされた。床に押し倒され、ラグの上であおむけに寝そべる。

あられもない姿を友哉に見られている——そう思うだけで、秘唇につけたリングが愛液で濡れそぼってしまいそうだ。

デコルテにキスをされて背中が浮いている間に、床に脱ぎ捨てたワンピースの袖《そで》で、両手首を頭上で緩く戒《いまし》められる。

「もうこれで抵抗できないな」

友哉の唇の隙間からチロリと舌が覗いた。見下ろしてくる視線が身体中に絡みつき、ゾクゾクするような愉悦《ゆえつ》が全身に広がって肌が熱く粟立《あわだ》つ。

乳嘴《にゅうし》にかけたリングを軽く引っ張られ、思わず声が漏れた。

「あ……ああんっ……ふ……」

友哉が乳嘴《にゅうし》を舌で弾くと、そこが硬くなってニップルリングの締め付けがきつくなる。それを見て舌なめずりをした彼が、乳先にかぶりついてチュクチュクと吸いながら乳嘴《にゅうし》を舌で転がし始めた。リングと友哉の歯がぶつかる、微かな音が聞こえる。

さざ波のように迫りくる愉悦《ゆえつ》を感じて、姫乃は全身を波打たせた。

「姫乃が、こんなに淫《みだ》らな女だとは知らなかったな。この事を知っているのは、俺だけか？」

もう片方の乳嘴《にゅうし》を指でねじるように愛撫《あいぶ》され、立て続けに甘い嬌声《きょうせい》が唇から零れた。

「当たり前でしょっ……あっ……あ……」

僅《わず》かに残っていた負けん気を発揮して答えても、太ももの内側をくすぐられて甘えた子猫のような声を出してしまう。

友哉との時間を心ゆくまで楽しむと決めたのだ。どうせなら、恥ずかしい部分をすべてさらけ出し、ひと思いに陥落させられたい――

姫乃がそう思った時、友哉の唇が乳房を離れて下腹部に移動した。

胸の谷間から下りるリボンを弄《もてあそ》びながら、友哉が肌の上にキスを落としていく。

閉じた脚の間を掌《てのひら》で割られ、左右に大きく開かされた。同時に淫《みだ》らな水音が聞こえたのは、そこがもう十分すぎるほど潤《うるお》っている証拠だ。

いよいよ、恥ずかしい部分を見られてしまう……そう思うだけで、じっとしていられなくなり、両方の脚をさらに広げて秘裂が上向くようなポーズを取る。

脚のほうを見ると、ちょうど友哉が恥骨の膨らみの先に唇を寄せるところだった。

秘唇を繋ぐチェーンをクン、と引っ張られ、尖らせた舌先で花芽を転がされる。溢《あふ》れ出る愛液をじゅるりと舐《な》め上げられると、蜜窟の奥がヒクヒクと痙攣《けいれん》した。

「友哉っ……あ、あっ……あ、あ……」

秘唇を挟むリングのひとつが、友哉にそっと引っ張られて外れる。彼は一瞬考えるようなそぶりを見せたあとで、姫乃の見ている前でリングの輪を広げて、それを腫《は》れた花芽の根元に装着した。

「ぁああんっ！　あっ……やあっ……そこ……そんな事しちゃ、ダメッ……あ、あああんっ！」

「ダメだなんて嘘だろう？　ものすごく気持ちよさそうな顔をしてるぞ」

彼の指がチェーンを緩く弾くたびに、得も言われぬ快感が全身を駆け巡《めぐ》った。

時折、甘く囁《ささや》くように卑猥《ひわい》な言葉を投げかけられ、さらに秘裂が愛液まみれになる。

姫乃は身をくねらせていっそう脚を大きく開き、秘裂を上向かせた。

「いい眺めだな」

友哉に弄《いじ》られたリングの先端が、薄い皮膚を通して敏感な花芯を刺激する。

姫乃は上体を浮かせて、何度となく嬌声《きょうせい》を上げて悶《もだ》えた。とてつもなく恥ずかしいのに、そんな自分を友哉に晒《さら》している事が嬉しくてたまらない。

友哉が秘唇を繋ぐチェーンを舌で舐《な》め、それを秘裂に押し当てながら縦横に動かし始めた。ラインストーンの小さくて丸い角に刺激され、蜜窟の入口がひっきりなしに開いたり窄《すぼ》まったりする。

「いやらしい身体だな。最高に淫靡《いんび》で、この上なくエッチだ――」

「あんっ！　ぁ……あ、あっ……」

友哉がおもむろに蜜窟の入口に口づけ、中に舌を差し入れてくる。

直接中を舐《な》められ、姫乃はびくりと身を震わせて全身を痙攣《けいれん》させた。太くした舌に中を舐《な》め回され、身体の奥から新しい愛液が溢《あふ》れ出る。

「それ……好き……気持ち……いいっ……」

まるで小さな男性器のように素早く舌を出し入れされて、姫乃は軽く達したようになってガクリと脱力する。

「なんだ、もう降参か？」

上体を起こした友哉が、姫乃の身体を跨《また》ぐようにして膝立ちになった。

腰の低い位置までずれたコットンパンツの上に、割れた腹筋が見える。そこに浮かぶ枝分かれした血管に視線を奪われていると、友哉がやにわにコットンパンツを脱ぎ捨てて、姫乃の上に覆《おお》いかぶさってきた。その目に劣情の炎が見えたような気がする。

それが自分に向けられているのを感じて、姫乃は悦《よろこ》びに打ち震えた。そして、矢も楯もたまらずに友哉の肩を引き寄せ、彼の唇に何度となくキスをする。すぐにキスを返され、その激しさに胸がいっぱいになった。

「姫乃……もっと乱れて、ぐちゃぐちゃに感じろ――」

熱い切っ先が蜜壁の入口に押しつけられた次の瞬間、屹立《きつりつ》が姫乃の中にずっぽりと沈んだ。すぐさま蜜壁がそれに追いすがり、抽送《ちゅうそう》を阻《はば》もうとするように屹立《きつりつ》をきつく締め付ける。

「ひぁっ……あああああっ……！」

喘《あえ》ぐ唇をキスで塞がれ、舌で口の中をいっぱいにされる。奥を突かれながらのキスが、これほど心に響くものだなんて、友哉に会うまで知らなかった。

この上なく淫奔なセックスに溺《おぼ》れながら、姫乃は彼への想いをいっそう強くする。

きっと今が、友哉と最も深く繋がり交じり合っている時だ。そう思うなり、自分でもはっきりわかるくらい強く内奥《ないおう》が収縮した。

「……くっ……！」

友哉が低く声を上げ、見惚れるほどエロティックな苦悶《くもん》の表情を浮かべた。直後、屹立《きつりつ》がドクンと脈打ち、姫乃の中を熱い精で満たしていく。

「友哉っ……！　あっ……あぁ……っ！」

今までで一番深いところまで満たされる感覚を味わい、姫乃は友哉への想いで胸をいっぱいにした。

できる事なら、一生彼のそばにいたい。離れたくなんかないし、そうできるならなんでもする。

叶わない願いだと知りつつも、姫乃は友哉と交じり合う悦《よろこ》びに溺《おぼ》れ、彼と生きる未来を心から望むのだった。


秋の日はつるべ落とし。

いつの間にか日没後の明るい時間が短くなり、気がつけば夜になっていたと思う事が多くなった。日の出の時間もだんだん遅くなり、「ＨＩＭＥＮＯ」の近くの道沿いに植えられている街路樹も葉の色を変えつつある。

九月も下旬に差し掛かった週末、姫乃は窓際に置いてある小さなテーブル型ドレッサーの前で出勤前のヘアメイクに取り掛かっていた。コの字型のそれは可動式で、かなり使い勝手がいい。

（あ、いい香り〜）

背後から漂《ただよ》ってくるハーブティーの香りに、姫乃はクンと鼻を鳴らした。

「ＨＩＭＥＮＯ」がオープンする時刻になるまで、あと一時間半。背後では友哉がローテーブルに朝食の準備をしてくれていた。

ワンフロア型の住まいだから、個室に入らない限り何をするにも彼の目がある。それはメイクをする時もしかりだが、とっくにすっぴんを見られているので、今さら気にならない。

（友哉が一緒だと、いろんな意味でドキドキするんだよね。でも、なんだかすごく安心するし、同居して間もないとは思えないくらい、一緒にいてしっくりするから不思議……)

朝は「おはよう」と見送りの挨拶《あいさつ》を。

夜は「ただいま」「おかえり」のやり取りをし、「おやすみ」と声をかけ合って同じベッドで眠る。

それだけで自然と親密度は増し、日を追うごとに友哉との距離が縮まっていく気がしていた。

(ベッド、ダブルにしておいてよかった)

ここに住むと決めた時、どうせなら手足を思いきり伸ばして眠りたいと思って、ダブルベッドを購入した。そのおかげで、友哉と隣り合わせで眠る事ができている。

ヘアメイクを終え、姫乃は鏡を覗き込んで、自分自身ににっこりと笑いかけた。

(さて、準備よし、と)

昨夜、寝るのがかなり遅くなったせいで、今朝はちょっと寝坊をした。ローテーブルにつき、先に座っていた友哉とともに朝食を食べ始める。

土曜日の今日、彼は一日のんびりして過ごすらしい。それでも姫乃より早く起きて、朝食を作ってくれたのだ。少々甘えすぎていると思わないでもないが、友哉がやると言ってくれるから、ついお願いしてしまう。

「このクロワッサンサンド、前にパリで食べたやつと同じくらい美味《おい》しい！　どこを探しても見つけられなかった味なのに、どうやって作ったらこの味になるの？」

「パンはフランスの小麦を使っているパン屋で買った。それを半分に切って国産のレタスとパストラミを挟んで、できあがりだ」

簡潔すぎる説明を終えると、友哉が掃除用の粘着クリーナーを使って床の掃除を始めた。

(さすが友哉。掃除してる姿までスタイリッシュだなぁ)

彼の荷物を置くために作ったスペースには、リッチなビジネスパーソンの持ち物が揃っている。身につけるものは品質のいいこだわりの品ばかりで、中には容易に手が出せないハイブランドのものもあった。何をするにしても様になっているし、寝起きで少々ヘアスタイルが乱れていても、まったく生活感を感じさせないのはすごいと思う。

姫乃は美味《おい》しい朝食を平らげたあと、使った食器を洗い終えてローテーブルに戻った。その上にスケッチブックを広げて、しばらくの間腕組みをして考え込む。

「はぁ……ダメだ。何も思い浮かばない……世良様案件、手ごわすぎる～」

姫乃の独り言に、友哉が掃除の手を止めて真っ白なままのスケッチブックを覗き込んできた。

「例のマリッジリングのデザインか?」

「そうなの」

姫乃はスケッチブックに描き込んだ、これまでのデザインをすべて見せた。

「これは世良様は気に入ってくれたけど、婚約者様が今ひとつ気に入らなかったやつ。華奢《きゃしゃ》すぎるのがダメだって。こっちは、その逆。それとこれは、どちらも反応がイマイチだったやつ。スタッフには好評だったんだけど、ちょっと前衛的すぎたみたい」

スケッチブックのページをめくり、それぞれのデザインの反応を説明した。友哉は時折頷きながら耳を傾け、聞き終えた時点で難しい顔をして腕組みをする。

「これは俺が今手掛けている仕事より難しそうだ。言ってみれば、二つの異業種企業を合併させるくらい面倒だな」

友哉はしばらくの間パラパラとスケッチブックをめくっていたが、ふと思い立ったように顔を上げた。

「合併がうまくできないなら、経営統合にしたらどうだ？　それなら、それぞれの会社が存続したままグループ会社になるわけだから、それまでの特色を維持して——」

「ちょ、ちょっと待って。友哉ったら、なんの話をしてるの？」

「マリッジリングの話に決まってるだろう？」

友哉は当然のようにそう言って、スケッチブックのページを切り離し、二つに分類した。

「こっちが世良様のOKが出たもの。こっちは世良様のパートナーが気に入ったもの。どちらのグループも特徴的で、合意案を完成させるには妥協してもらう部分が必ず出る。それが難しいなら、いっそそれぞれの好みに合わせたものにしたらどうだ？」

姫乃は二つに分けられたデザインを交互に見比べて、首をひねった。

「つまり、どういう事？」

「俺は仕事をする上で、固定観念を捨てるように心掛けている。先入観は可能性を狭めるし、自由な発想の邪魔になる。マリッジリングだって、本人達さえよければ同じデザインでなくてもいいんじゃないか？　それぞれが好きなデザインを決めて、身につける。そのほうが愛着が湧くし、個性的でいいと思うが」

言われてみれば、以前、本人達の希望で同じデザインではあるが金種の違うペアリングを作った事があった。マリッジリングとはいえ、ペアリングには変わりない。世良と彼女の婚約者は、外見も中身も真逆と言っていい凸凹《でこぼこ》ペアだ。無理にデザインをすり合わせるよりも、各自の好みに合わせたものを提案したほうがいいのかもしれない。

「好みに合わせた……それぞれが好きなデザイン……そっか」

カップルにはそれぞれのストーリーがあり、マリッジリング作りにしてもそうだ。自分達が納得しているのなら、まったく同じデザインにこだわらなくてもいいのかもしれない。

「そうだね！　今度いらした時には、そういう提案もしてみる」

友哉のアドバイスをもとに、姫乃は早速スケッチブックに新しいデザインを描き始め、それに没頭した。そして、描き上げたものを眺めながらにっこりする。

ひとつは一見してペアだとわかりにくいほどデザインが違うもの。もうひとつは少しだけ違っているが、ペアだとわかる範囲でデザインを変えたものだ。

「友哉、ありがとう。友哉のおかげで頭のスイッチが切り替わった感じ。もしこの方向がダメでも、また別の提案をする気力が湧いてきた」

「俺は思いついた事を言ったまでだ」

「それでもすごく助かった。固定観念を捨てるって、いいね。私、昔はもっと自由な発想をしてたのに、いつの間にか保守的になってたのかも。とにかくありがとう！　あとで何かお礼させてね。スタッフが来たら、今の話をしてみんなで共有しないと――」

姫乃が立ち上がって一階に下りようとした時、ふいに腕を掴まれて足を止めた。

「役に立てて何よりだ。お礼をしてくれるなら、あとでじゃなく今すぐしてくれるか？」

「えっ……今すぐだと何も用意できないし」

「キスしてくれ。それなら何も用意は要らないだろう？」

「……キ、キス？」

キスについて、姫乃は当初不要論を唱えていたが、今ではセックスをして心身ともに昂《たかぶ》った時にはは必ず唇を合わせている。そのおかげでより強い快楽が得られるし、妊娠率のアップにも貢献しているのではないかと思う。

「そうだ。嫌だとは言わせない。何せ、先にキスを解禁したのは姫乃だからな」

「えっ……バ、バレてたんだ……」

セックスの途中だったから、もしかするとうやむやになっているかと思っていたが、そうはいかなかったみたいだ。

「当たり前だ。逆になんでバレてないと思ったんだ？」

友哉が姫乃のほうに屈《かが》み込み、唇の高さを近くした。けれど、まだ少しだけ彼の唇の位置が高すぎる。

「ねえ、もうちょっと下を向いてくれると助かるんだけど」

「そういう時は、つま先立ちすればいいんじゃないか？」

「あ、そっか……。あと、恥ずかしいから、目を閉じてくれる？」

「毎日のようにエロい事をしてるのに、恥ずかしいも何もないだろう」

「ちょっ……そういう事、言わないでよっ！」

友哉の言った事は間違いではないが、二人はセックスをする時以外は、ごく普通の節度ある態度を保っていた。さも仕方がないといったふうに目を閉じて、友哉が少し下を向く。

姫乃はゴクリと唾を飲み込み、友哉にキスをしようとつま先立った。唇が触れ合う寸前で目を閉じると、ふいにバランスが崩れて彼の胸に手をついてもたれかかる。

それをきっかけに閉じていた二人の目が開き、キスの距離で見つめ合う。

近すぎて焦点が定まらない中、姫乃は友哉のブラウンダイヤモンドの瞳に見入った。

ただ見つめ合ってキスをしているだけで、気がつけば痛いほど心臓が高鳴っている。

だんだん呼吸がしにくくなり、なぜかキスをしたままどうやって息をしたらいいのかわからなくなった。セックスの途中で何度となく唇を重ねているのに、不思議だ――

けれどキスを終わらせるのが嫌で、姫乃は息を止めたまま友哉と唇を合わせ続けた。

「ふ……」

気がつけば目の前が暗転して、前のめりになった身体を友哉の腕に支えらえていた。軽く肩を揺すられ、ようやくハッと目を開けて我に返る。

「どうした、大丈夫か？」

「……うん、ちょっと今、息の仕方がわからなくなっちゃって……」

恥ずかしいが、それが事実だった。照れ笑いをする姫乃の唇に、友哉が触れるだけのキスをする。

唇が離れる時、彼の腕に身体を縦抱きにされて踵《かかと》がふわりと浮き上がった。

「――実は、俺も少しそうなりそうだった。二人して、笑えるな」

同じ目の高さで見つめ合いながら、友哉がそう言って軽やかに笑った。

まさかの発言と、はじめて聞く明るい笑い声に、姫乃の胸はときめきでいっぱいになる。

「今だから言うけど、私にとってキスは最後の砦《とりで》のようなものだったの。だからこそ軽はずみにはできなかったのよ」

「そうか。でも、俺とならしてもいいと思った？」

「うん。……それに、してみたらすごく素敵だったの。まるでファーストキスみたいだった」

「確かに」

どちらともなく唇を寄せ合い、今度は目を開けて視線を合わせながらキスをする。愛撫《あいぶ》もセックスもないキスは、やけにプラトニックで甘酸っぱい。いつになく気分が高揚し、全速力で走ったあとのようにドキドキする。

順序が逆になってしまったけれど、もしかすると自分は今、改めて友哉に恋をし始めているのではないだろうか？

そんなふうに思えてきて、姫乃はいつしか頬をほんのりと赤らめながら、友哉とのキスに浸《ひた》っていた。ふいに唇が離れ、宙に浮いていたつま先が床についた。

「遅刻するぞ」

上から見下ろしてくる友哉の顔には、普段どおりの表情が浮かんでいる。

「え？　あ、ほんとだ。じゃ、いってきます」

さすが、一流のビジネスパーソンは切り替えの早さが違う。

まだ少し火照《ほて》っている頬を手の甲で冷やしながら、姫乃は友哉に向かって小さく手を振った。

うっかり子供みたいな真似をしてしまったと思いきや、友哉も同じように手を振り返してくれる。

「ああ、いってらっしゃい」

もしかすると、妊活を終えても友達関係は続けられるかもしれない。それなら、友哉との関係を終わらせなくて済む――

（そんなのダメに決まってる。私ったら、どれだけ未練がましいの）

いくら別れが辛くても、作ってはならない逃げ道なんか考えるものではない。

姫乃はキスの余韻が残る唇を指先で強くつねると、足早に階段を駆け下りて行くのだった。

◇　◇　◇

「なんだ、あれは……。可愛すぎるだろう」

姫乃が一階に下りて行ったあと、友哉は彼女を見送った位置で独り言を呟く。

バッチリヘアメイクを決めて武装モードに入ったにもかかわらず、ふいにこちらを振り返って恥ずかしそうに手を振る姿が可愛すぎて、しばらくの間動けなかった。

姫乃と出会い、はじめて「ギャップ萌え」なるものを知ったし、彼女の中に混在する多種多様な魅力は、友哉を惹きつけてやまない。

転がり込むようにして強引に始まった同居生活だが、思っていたよりずっと暮らしやすく快適だ。

正直、姫乃との暮らしがこれほど刺激的且つ感動的なものになるとは思わなかった。彼女は見かけよりもずっと純粋で、時に驚くような行動に出る。

殊に、つい先日見せてくれたボンテージふうの下着には心底驚いた。そういったものがあるのは知識として知っていたが、特に興味があるわけでもなく、一度も間近で見たり手にしたりする事もなかったのだが……

(あれは本当にびっくりしたな。あやうく欲望のまま襲いかかって、抱き潰すところだった)

そう思うほど強い性欲を感じたし、そもそも姫乃を抱くたびに彼女をほしいと思う気持ちが強くなる。心の隅で、過去の恋愛のように早々に冷めるのではと思っていたが、まったくの杞憂《きゆう》にすぎないと悟った。

あれから、姫乃はなんらかのコスチュームを着てのセックスに目覚めたのか、「そそる格好とかあれば教えて」などと訊《たず》ねてくる。

そういう短絡的なところも愛おしいし、姫乃であればどんな格好をしても欲情する自信がある。あんなに淫《みだ》らで蠱惑《こわくてき》的な女性は、ほかにいない。それでいて、時にこちらが困惑するほどピュアな面を見せつけてくるのだから、たまらないのだ。

(姫乃ほど、いい女はいない。むろん中身も外見もだ)

彼女が言うところの地味な顔立ちや小ぶりな胸も、友哉にしてみれば愛おしさしか感じない。

お得意の武装モードの時の姫乃もいいが、すっぴんで涎《よだれ》を垂らしながら寝乱れている時の彼女も格別だった。

姫乃に出会い、はじめて自身の性癖に気づかされたわけだが、ここへ来てまた別の嗜好《しこう》が見つかったような気がする。

（言ってみれば、姫乃には極上の料理のように底知れない深みがある。素材としても唯一無二だし、ぜったいに手放せない至宝だ）

次々に発見する彼女の魅力は、自分だけのものだ。姫乃だけは誰にも渡さないし、独り占めしてほかの者には指一本触らせない。

それだけ強い想いがあるからこそ、友哉は姫乃を手に入れるべく虎視眈々《こしたんたん》とチャンスを狙っていた。

決して焦ってはいけない。幸いセックスについては満足してくれているようだし、あとは着実に心を掴むだけだ。だが、それが難しい。ビジネスならどれほど困難を伴うものでも成功に導く自信はある。だが、何せこれがはじめての本気の恋愛であるため、まるで勝手がわからないのだ。

（とにかく妊活は成功させる。もし姫乃が望むなら、一人と言わず、二人でも三人でも俺の子供を孕《はら》んでもらいたい……いや、それは飛躍しすぎか？）

授かり婚どころか、本来自分達は子作りを目的とした一時的なカップルなのだ。

それをどう永遠の関係に変えるか——それが今の友哉にとって人生最大の難問であり、ぜったいに成功させなければならないミッションだった。とりあえず妊活は現状のままでも可能だし、妊娠するまでは姫乃とここで暮らせる事は確定している。

自分が今やるべきなのは、それから先も姫乃と一緒にいるために彼女と両想いになる努力だ。

そのために、具体的に何をすべきか――

友哉は仕事で重要な案件を抱えた時のように、眉間に深い縦皺《たてじわ》を寄せて考えを巡《めぐ》らせるのだった。

◇　◇　◇

九月の最終月曜日に、月のものが来た。

友哉と妊活を始めて、これで四回目の残念な結果だ。

(今月もダメだったか……)

同居をして以来、互いの都合がつく時はできるだけセックスをするようにしており、以前に比べるとかなり回数が増えた。幸い友哉も協力的で、激務であるにもかかわらず、毎日帰宅して夜は同じベッドで寝てくれる。それだけではなく、休みの日には家事を引き受けてくれるし、文句など言おうものならバチが当たるレベルで良きパートナーを演じてくれていた。

これはもう子種の提供者として最高であるばかりか、夫としても理想的だ。

(でも、所詮期間限定の関係なんだよね……。どんなに熱いひと時を過ごしても、どれだけ幸せな夫婦みたいな時間を共有しても、結局はここに行きついちゃう)

スタッフに同居をカミングアウトした時、友哉はことさら二人の仲の良さをアピールし、自分のほうがゾッコンだという嘘話を展開した。

皆それを信じた様子だったし、今思えばそう言ってくれたのは彼の気遣いだったと理解している。

(友哉との子供を妊娠したい。でも、そうなると友哉とお別れしなきゃならなくなる……)

いっそ、お互いにはじめましての体《てい》で、まずは友達から始めるとか?

そんな安直な考えしか浮かばない自分を恨めしく思いながら、姫乃は鈍い痛みがある下腹を掌《てのひら》で擦った。


それから一週間後の月曜日、ついに世良のマリッジリングのデザインが決まった。

その日の午後早くにやって来た二人は、はじめこそ、まったく別のデザインや金種を使ってのリング作りに戸惑いを隠せない様子だった。けれど姫乃が丁寧に話をするうちに、だんだんと互いの好みを尊重するリングデザインに気持ちが傾いていった。

この事をすぐに友哉に報告すると、彼も心から喜んでくれた。

『まるで、ひとつのプロジェクトを共同でやり遂《と》げたみたいな達成感があるな』

友哉はそう言ったし、姫乃も同じ気持ちだった。

(私と友哉って、身体だけじゃなくてビジネスパートナーとしても相性がいいんじゃない?)

つい調子に乗り、気がつけば何かしら共同で事業を立ち上げている自分達を妄想してはニヤついたりして……

(なぁんて、夢ばっかり見てる場合じゃないでしょ)

友哉は現在、新しく海外の大手クライアントと契約を進めようとしており、ここ数日帰りが遅い。

当然、生活のリズムにもズレが生じる。そわそわと友哉の帰りを待ちながら、姫乃はベッドを整えてはブランケットをめくったり枕の位置を変えたりする。

もう月のものは終わったし、友哉とも話し合った上で今日からまた妊活をスタートする予定だ。

そのために、いつも以上に入念に身体を洗い、スムーズにセックスができるよう準備をした。

これまでも、さりげなく彼に女性の好みをリサーチし、恥を忍んで「そそる格好とかあれば教えて」と訊《たず》ねたりしていた。

それは友哉が、姫乃のボンテージふうのランジェリー姿をことのほか気に入ってくれたからであり、リサーチの結果、どうやら彼にはコスチュームを着てのセックスを好む傾向があると判断したからだ。

そして今日、姫乃は先日の「ボンデージ」に続くそそる格好として、「浴衣《ゆかた》」を選んだ。

とある地方で生産されている絞り染めの浴衣《ゆかた》は、以前祥子と行った旅行先で作ったものだ。

黒地に菊の絞り模様が美しく、生地《きじ》も柔らかで着心地もいい。

それに合わせて買った帯は薄紅色《うすべにいろ》だ。和装用の下着も用意したが、迷った末に着るのはやめておいた。

(季節的にちょっとずれちゃった感があるけど、外に出るわけじゃないから大丈夫って事にしとこう)

もちろん、妊活を強要しようというつもりはない。

けれど、今夜に限っては少し違う。

なぜか猛烈にセックスがしたい。周期的なものなのかなんなのか、とにかく性欲が増している事だけは確かだった。

我ながら恥ずかしいが、これはもう本能と言っていいくらい身体がそれを求めている。

そのせいか、昼間仕事をしながらも、気を抜けば友哉とのセクシャルなシーンばかり思い浮かべてしまっていた。

(これじゃまるで盛りのついた雌猫じゃないの。私ったら、欲求不満なのかな？　それとも純粋に友哉に抱かれたいだけ？　ううん、その両方なのかも……)

時刻は午後十時。

ベッドインするには、いい時間だ。

姫乃は以前友哉が買ってきてくれたハーブティーを淹《い》れて飲み、心身ともに準備万端整える。

今度こそ、友哉との子供を妊娠したい！

これまでもそう願っていたが、今は前にも増して熱望していた。

午後十時半近くになって、「ただいま」の声とともに友哉が帰ってきた。

三階から「おかえりなさい」と返事をして、壁のはめ込み式の姿見で最終チェックをする。

(よし！　頑張って、姫乃)

姫乃は鏡に映る自分に向かって頷き、階段を上って来る友哉を部屋の真ん中で待ち受けた。

彼の足音が三階に辿《たど》り着き、踊り場を経て部屋の入口に立つ。

目が合うと、友哉が少し驚いたような表情を見せた。

「浴衣《ゆかた》か。いいね」

姫乃の全身にサッと視線を投げかけると、友哉が口角を上げてにっこりする。

「うん、片付けをしてたら、ちょうどこれを見つけて着てみたの。どう？　似合ってるかな」

天井《てんじょう》のシーリングライトは最大限に明るくしてあり、特別に甘いムードを演出しているわけでもない。本当はもう少しムードある雰囲気にしたかったのだが、いかにも妊活に誘っているようで、さすがに恥ずかしくてできなかった。

「もちろんだ」

友哉が短くそう返事をして、スーツのジャケットを脱いだ。

ネクタイを緩め、襟元《えりもと》のボタンをひとつひとつ外していく。

それが帰宅後の彼のルーティーンであり、そんな場面に出くわすと姫乃はいつもさりげなく見て見ぬふりをする。

（かっこいいな。スーツ姿の男性って、本当にそそる……）

もし自分が、友哉のどんな格好にそそられるかと聞かれたら、迷わずそのひとつにスーツ姿を入れるだろう。

日常的に着てはいるが、言わば男性の戦闘服でもあるスーツは、女性の心を激しく揺り動かすアイテムである事は間違いない。

「お仕事、遅くまでお疲れさま。お風呂、準備できてるから、よかったら入って。あとで何か飲む？　ワインとビールが冷えてるし、ハーブティーでもデカフェでもいいし」

「――じゃあ、先に風呂に入って、少しワインを飲むかな」

一瞬間があったあと、友哉がビジネスバッグを床に置き、額《ひたい》にかかっていた前髪を掌《てのひら》で掻き上げる。

そんな何気ない仕草が、ものすごくセクシーだ。それを見たのは今がはじめてではないが、なぜか今夜に限っては、いつも以上に彼のさりげない動作に心と身体が反応してしまう。

（今夜の私、やっぱりどうかしてる。すごくムラムラして、今すぐにでも始めたいくらい）

女としての生殖本能が活性化し、自分でも呆れるほど性欲が高まっている。

残業を終えて帰宅した友哉は、いつにも増して男性的な魅力を放っている。そんな彼に押し倒されて、いろいろなセックスを楽しみたい。今夜なら、いつも以上に友哉と深く交じり合い、彼の欲望を満たしてあげられそうな気がする――

けれど、見たところ友哉は相当疲れているみたいだ。

（今夜は何もしないで休ませてあげたほうがいいんじゃないかな）

自分がしたいからといって、無理強《じ》いはしたくない。

せっかく浴衣《ゆかた》を着たが、別に今日しかチャンスがないわけではないし、また頃合いを見計らって着ればいい。

洋服の下に隠れるボンデージの時とは違い、もう少しタイミングを考えればよかった。

それにいきなり浴衣《ゆかた》で出迎えるなんて、友哉にしてみればプレッシャーでしかなかったように思えてくる。

（失敗した……ちょっと張り切りすぎちゃった）

今思えば、彼が帰宅した時に見せた顔は、困惑した表情だったような気がしてきた。

姫乃は反省しつつ、ローテーブルにワインを用意した。場合によっては先にベッドに向かったほうがいいのかもしれない。姫乃が逡巡《しゅんじゅん》していると、バスルームのドアが開き、友哉が腰にバスタオルを巻いた格好で出てきた。

姫乃は反射的に彼のほうを向き、微笑みを浮かべた。

「今日は外回りが多くて、身体中ほこりだらけになったような気がしていたんだ。おかげで、さっぱりした。風呂を用意してくれて、ありがとう。助かったよ」

「どういたしまして」

入浴に関しては、二人ともシャワーで済ませる事もあるため、それぞれが準備する事にしている。

友哉の髪の毛はまだ少し濡れており、まさに水も滴《したた》るいい男といった感じだ。

そんなしどけない格好を直視するのも憚《はばか》られて、姫乃はローテーブルに視線を移した。

「姫乃も今夜は湯船に浸《つ》かったのか？」

「うん。ちょっとゆっくりしたかったし……」

友哉がローテーブルの手前で立ち止まり、姫乃のすぐ隣に腰を下ろす。

少なからずドキッとして、姫乃は正座した足をモジモジさせた。

「脚、崩したらどうだ？」

友哉に促《うなが》され、姫乃は腰を浮かせて、横座りになった。普段も家にいる時は裸足《はだし》なのに、浴衣《ゆかた》の裾《すそ》から覗く素足がやけに恥ずかしく思える。

「ワイン、姫乃も飲むか？　ほんの少しだけなら構わないだろう？」

「うん、じゃあ、ちょっとだけいただこうかな」

今は妊娠している可能性はない時期だし、少しくらいならリラックス効果も期待できる。

それ以前に、着慣れないものを身につけているせいもあって、どうにも落ち着かない。

姫乃は友哉が注《つ》いでくれたワインをひと口飲み、ほっと一息つく。

「浴衣《ゆかた》、シックで上品な柄だな」

「ありがとう。祥子と行った旅先で買ったんだけど、最初は買う気なんかなかったの。でも、生地《きじ》の肌触りがすごくいいし、品質のよさを知るにつれて、どんどんほしくなっちゃって」

「これは、手縫《てぬ》いだな」

友哉が浴衣《ゆかた》の生地《きじ》越しに姫乃の太ももに触れた。

何気ない会話をしている最中のさりげないボディタッチは、ことのほか刺激的でドキッとする。

「そうなの。ちょっと値は張ったけど、ひと針ずつ丁寧に縫《ぬ》われているのを見て、どうせ作るならと思って」

触れられたせいか、少しだけ声が上ずってしまった。その一方で、友哉は比較的ハイペースでグラスを傾けている。

「これを作った時、祥子も一緒に仕立てをお願いしたのよ。彼女の浴衣《ゆかた》は白地に紺の絞り模様で、確か柳絞《やなぎしぼ》りだったかな？　帯はこれよりも、白に近い淡い桜色。祥子らしい可愛くて女らしい浴衣《ゆかた》だったなぁ」

頷いた友哉の喉仏が上下し、グラスの中のワインが一気に空《から》になった。彼はすぐにボトルを手にして二杯目のワインを並々と注《つ》ぎ足した。

「その浴衣《ゆかた》の話なら、だいぶ前に聞いた事がある。確かそれを着て、二人で花火大会に出かけたとか」

「そうそう、今思い出した！　祥子に誘われて出かけたの。屋台もたくさん出ていて、お店を回ったりして楽しかったなぁ」

すっかり忘れてしまっていたが、それはかなり大規模な花火大会で、人出も多く、たいそうな賑《にぎ》わいだった。

姫乃は当時の事を思い出しながら、懐《なつ》かしくなって頬を緩めた。

「祥子、あのとおり可愛いから、花火を見終わるまでに十回近くもナンパされてね。『一緒に花火を見ませんか』とか『花火が終わったら飲みに行こう』とか――」

二杯目のワインを飲み干した友哉が、ローテーブルの上にグラスを置く。

「ナンパか。で、どうなったんだ？」

姫乃を見る友哉の顔つきが急に険しくなった。友達思いの彼の事だ。たとえ過去であろうと、大事な親友の妻がナンパされたと知って、イラついてしまったのだろう。

「大丈夫。祥子って、ああ見えて人一倍気が強いところがあるから、相手をキッと睨《にら》みつけて『お断りします』って――」

「姫乃は？　きちんと断ったんだろうな？」

「私？　私は別に……。だって、ナンパされたのは私じゃなくて祥子だし、彼女はいつも自分でキッパリと断れる子だから、私がでしゃばらなくてもぜんぜん平気で――」

「ナンパする男なんて、ロクな人間じゃない。油断させておいて、何をするかわかったものじゃないぞ」

ワインを飲もうとした手首を掴まれ、手をギュッと握られる。

いきなりの事に、姫乃は驚いて友哉の顔を見上げた。その様子に気づいた友哉が、握っていた手首を離した。

「急に掴んだりして、すまない。とにかく、気軽に近づいてくる男なんか、一切信用しない事だ」

謝ってはくれたものの、彼の顔にはまだ納得がいかないというような表情が浮かんでいる。

その顔が、まるで娘を心配する父親のように思えて、姫乃はちょっと笑ってしまった。それを見《み》咎《とが》めた友哉が、今一度眉間の縦皺《たてじわ》を深くして、姫乃にグッと顔を近づけてきた。

「それに、なぜナンパされたのが祥子さんだと言い切れるんだ？」

真面目な口調で訊《たず》ねられ、姫乃は戸惑いながらも取り上げたばかりのグラスをテーブルに戻した。

友哉は、まだ花火大会の話題を終わらせるつもりがないようだった。

もうかなり前の話なのに、どうしてそんなにこだわるのだろう？

姫乃は首を傾げつつ、当時の自分達を頭の中に思い浮かべた。

「そんなの、見ればわかるでしょう？　私と祥子って、どう見ても凸凹《でこぼこ》コンビだもの。祥子は昔からモテたし、学生の頃から何度も告白されて、断るのに苦労してたわ。社会人になってからも祥子は本当にモテモテでね――」

友哉が姫乃のグラスに残ったワインを、グイと呷《あお》った。そのあとすぐに肩を抱き寄せられ、数センチ先からじっと目を見つめられる。

「祥子さんがモテた話は、今はどうでもいい」

いつになく重々しい物言いに、姫乃は目をパチパチさせて彼を見つめ返した。

「ど、どうしたの。いきなり……」

背中が仰《の》け反《ぞ》り、うしろに倒れそうになる。それを友哉が腕で支え、そのまま両方の膝裏をすくい上げて、膝の上で横抱きにした。

「以前から思っていたんだが、姫乃は自分の容姿を過小評価しすぎだ。学生時代はともかく、今の姫乃は頭がよくて洗練された大人の女性だ。凛《りん》としているし、とても綺麗だ。いい加減、自分に対するイメージをアップデートしたらどうだ？」

「えっ……で、でも……」

「俺が祥子さんから聞いた話では、姫乃と一緒にいると、すれ違う男が振り返って見る事があるって言っていたぞ。スラッと背が高くて颯爽《さっそう》としているから、誰もが目を引かれるみたいだって。ナンパだって、実のところ姫乃をターゲットにしていたんじゃないか？」

「そんなわけ――ん、んっ……ぁ……ふ……」

話している途中で唇をキスで塞がれ、双臀《そうでん》を掌《てのひら》でまさぐられる。浴衣《ゆかた》の下は何も身に着けておらず、裸だ。裾《すそ》が少しずつはだけ、両脚のひざ下があらわになる。こんな時、いつもなら友哉がさりげなく照明を暗くしてくれるが、今日に限って彼はそうする気がまるでない様子だ。

「友哉っ……」

浴衣《ゆかた》の中に忍んできた彼の手が、太ももの間に割って入る。

こじ開けられた先では、もう愛液が溢《あふ》れんばかりになっていた。あと少しで友哉の指が花房に届く――そう思った時、ふいに膝から下ろされてラグの上で身体が反転した。わけもわからないまま友哉に誘導され、ペタンと腰を下ろした状態で、手を前についた姿勢になる。

うしろに回り込んだ友哉が、浴衣《ゆかた》の裾《すそ》を上にめくり上げた。着付け動画を参考にして着た浴衣《ゆかた》は、ちょっと引っ張っただけですぐに乱れてしまう。

はだけた裾《すそ》を緩んだ帯の隙間に挟み込まれ、腰から下があらわになる。もはや下半身を隠すものは何もなく、破廉恥《はれんち》極まりない姿になった。しかし、そうされる事を悦《よろこ》んでいる身体は、抗《あらが》うどころかなすがままになって肌を熱く火照《ほて》らせている。

ふと前に視線を向けると、そんな淫《みだ》らな格好をしている自分が、正面の壁に据え付けてある鏡に映っていた。背後には友哉がいて、丸出しになった双臀《そうでん》をじっと見つめている。

自然と息が上がり、姫乃はうっとりと目蓋《まぶた》を瞬《またた》かせながら肩を上下させる。鏡の中の友哉が、舌先で唇の縁を舐《な》めた。

「下着、つけてなかったんだな」

低く呟いた友哉が、両手で尻肉を掴み、やわやわと揉み込んでくる。

もうじっとしていられなくなり、姫乃は前に体重を移動させながら、腰をゆらりと揺らせた。

別に、意図的にそうしたわけではない。けれど、まるで背後からの挿入を誘っているかのようなしぐさをしてしまい、恥ずかしさにいよいよ身体が熱く疼《うず》いてくる。

「姫乃、頼むから油断しないでくれ。ナンパ男が声をかけるのは、話しかけやすいほうの女性だ。声をかけられないからといって、男が姫乃を見ていないと思ったら大間違いだ」

「で……でもっ……」

口を開くなり背中をそっと押され、上体が前に倒れると同時に腰を高く引き上げられる。

四つん這《ば》いになった下半身に、友哉の視線が絡みつく。鏡越しに彼がバスタオルを外すのを見て、

「やっ……」

姫乃は全身を震わせて唇を噛んだ。

友哉の逞《たくま》しい裸体が鏡に映り、姫乃は淫《みだ》らな期待で胸をいっぱいにする。息をするたびに吐息が漏れ、腰がいやらしくゆらめいて花芽がプクンと腫《は》れ上がるのがわかった。

そこを、友哉に弄《いじ》られたい。舐《な》められたり甘噛みされたり、思いきりいたぶってほしい——

今までどうにか抑え込んでいた性欲が一気に溢《あふ》れだし、我慢できなくなった。

浴衣《ゆかた》の胸はしどけなくはだけ、襟元《えりもと》から乳房が見え隠れしている。

「姫乃っ……」

熱っぽく名前を呼ぶ友哉が、背後から乳房を揉みしだいてきた。途端に身体中に芽吹いた淫欲の種に火が点《つ》き、もっといやらしい事をしてほしくてたまらなくなる。

「友哉、もっと触って……。もっと……ぁんっ！」

友哉の熱くなった屹立《きつりつ》が、ふっくらと腫《は》れ上がった秘裂を割った。溢《あふ》れんばかりになっている愛液を、切っ先がグチュグチュと掻き混ぜる。淫茎の角度を手で調整しながら、友哉がぬらぬらとぬめる先端で、花芽の先から後孔までをゆるゆると撫でさすり始めた。

今にも中に入りそうで、入らない。

ゾクゾクするような渇望に囚《とら》われて、膝が小刻みに震えた。愛撫《あいぶ》に見せかけて、さんざん焦《じ》らされ、愛液をもっと垂らせと言わんばかりに恥ずかしいところを弄《もてあそ》ばれている。

惚れ惚れするくらい、本当に意地が悪い――

姫乃は四つん這《ば》いになったままの格好で身をよじり、自分の肩ごしに友哉を振り返った。

「私……友哉だから、こんなにいやらしくなれるの……。友哉だから、こんなに濡れて……。私、今日はずっと友哉とセックスしたくてたまらなかった。今だって、そう。友哉に挿《い》れてほしくて、我慢できなくなっちゃってるの――だからお願い……もう、挿《い》れて……」

話す唇が震え、声が掠れた。けれど友哉にはちゃんと聞こえたようで、鏡越しに目が合った刹那《せつな》、花芽をいたぶっていた切っ先を、蜜窟の奥深くまでずっぽりと埋め込まれた。

「あああっ！　あ……あああんっ！」

たちまち身体中に愉悦《ゆえつ》が溢《あふ》れ、全身が挿入の悦《よろこ》びに戦慄《わなな》く。隘路《あいろ》を強引に押し広げられ、中をぐちゅぐちゅと掻き混ぜられる。意識がそこに集中し、まるで頭の中を愛撫《あいぶ》されているような錯覚に陥《おちい》った。

もっと中を暴いて、思う存分淫《みだ》らに腰を振ってほしい。

姫乃は背中を仰《の》け反《ぞ》らせながら上体をラグの上に伏せ、より挿入が深くなるように腰を高く上げた。よほど愛液が溢《あふ》れているのか、水音がひっきりなしに聞こえてくる。それが余計に情欲を昂《たかぶ》らせ、姫乃はいっそう乱れてよがり声を上げた。

「姫乃」

名前を呼ばれて顔を上げると、鏡越しに自分を見る友哉と目が合う。彼の顔には、今までに見た事もないほどの劣情が浮かんでおり、見つめてくる目にはこの上なく淫猥《いんわい》な炎が宿っている。

いつだってクールさを失わない友哉が、淫欲に囚《とら》われた様子で自分の唇をねっとりと舐《な》め上げた。

こんな彼を見るのははじめてだし、自分とのセックスに没頭している姿を見ているだけで、今にも達してしまいそうになる。

「友哉……友哉っ……あ、あ……っ――！」

これまで以上に淫奔に絡み合いながら、姫乃は湧き起こる激情に胸を詰まらせた。

（友哉だけ――）

自分が求めて欲してやまないのは、ほかの誰でもない友哉だ。きっと、紹介されたのが彼でなければこんなふうにならなかったはずだし、今みたいな強い感情に囚《とら》われる事もなかった。

彼を想う気持ちは、もう姫乃の中で確固たる確信に変わり、それが心の声となって耳の奥で響いている。

（友哉……好き……大好きっ……。愛してる……友哉を、心から愛してるの――）

心で叫びながら愛する人に奥を突かれ、享楽の涙が滲《にじ》み、目の前が歪《ゆが》んだ。身体を貫くほど深く屹立《きつりつ》を打ちつけられ、膝が崩れそうになる。

身体の真ん中を抉《えぐ》られるような強い快感が込み上げてきて、姫乃は背中をしならせて嬌声《きょうせい》を上げた。

「友哉っ……あ……愛――、ぁ……あああっ！」

突然やって来た快楽の渦《うず》に巻き込まれ、天地がわからなくなる。

気がつけばラグの上で友哉を受け入れたまま、仰向けになって寝そべっていた。

「姫乃――」

唇にキスをされ、それまでとは違う、ゆっくりとしたペースで腰を何度となく動かされる。

激しくはない。けれど、今までで一番深いところで繋がっているような気がした。

「友哉……友……ぁっ……あ……」

見つめ合いながら何度となく唇を合わせているうちに、激しくも静かな絶頂の波が押し寄せてきた。交じり合っている部分が、うねるようにビクビクと痙攣《けいれん》する。同じタイミングで達して、お互いが気の済むまで唇を合わせ続けた。

今この時が、永遠に続けばいいのに――

姫乃はそう願いながら、心の中で繰り返し、友哉への愛を囁《ささや》き続けるのだった。

本格的な秋になり「ＨＩＭＥＮＯ」の店内の装飾にオレンジ色のカボチャが仲間入りした。

特設コーナーにはハロウィンらしいデザインや色合いの商品が集められ、価格帯を低く設定しているせいか、早くも品薄になっている。そんな嬉しい悲鳴を上げていた平日の午後、スタッフの矢部がオープン前の店内に駆け込んできた。

「ちょっと、姫乃さん！　俺、聞いてませんよ？　これ、どうしたんですか？　めちゃくちゃすごいんですけど！」

矢部がいきなりキャッシャーの棚の上に大判の雑誌を広げて、矢継《やつ》ぎ早《ばや》にまくし立てる。

フルカラーのそれは、彼が毎月定期購読をしている人気メンズファッション誌だ。

「何よ、雑誌がどうかしたの？」

「矢部君ったら、びっくりするじゃないの！」

今日は予約来店のお客様が多いため、スタッフがフルメンバーで揃っている。開店準備をしていた西野が何事かと顔を上げた。すると、いち早くキャッシャーに駆けつけた田中がいきなり大声を出す。

「えええええーっ！」

二階にいた姫乃は、その声に驚いて大急ぎで階段を駆け下りた。

皆が集まるキャッシャーの棚の上を見た途端、今度は姫乃自身が声を上げる。

「と、友哉っ？　しかも身につけてるの、うちの商品じゃないの！」

見出しを見ると、「日本の今を牽引《けんいん》する若手起業家」と書かれており、数名いるうちのトップを飾っているのが友哉だ。掲載されているのは自社や今後の日本経済に関するインタビュー記事で、着用しているものについてはページの左端に詳細が載せられている。

着ているスーツは友哉が好んで着ている海外のハイブランドのものであり、商品名と価格が掲載されていた。

ページの中の彼は、光沢のあるブラックスーツ姿で、テーブルに片肘をついてこちらを見据えている。スタイリストの名前が書かれているところを見ると、本職のモデルさながらの撮影をしたのだろう。

「ほんとだ！　これってうちの定番商品と、ウィンターシーズン用の見本品ですよね？」

西野が興奮気味に話したとおり、彼は「ＨＩＭＥＮＯ」のゴールド製のイヤーカフとブレスレットに、チェーン型のネックレスを着けている。ゴールドといってもギラギラとしたものではなく、デザインも色合いもシックでスマートな作りだ。

いずれも「ＨＩＭＥＮＯ」の商品だとは明記されていない。だが、間違いなくうちのものだ。

よく見ると、着用アクセサリーについては「私物」と記載されている。

そういえば、八月の下旬頃だったたか、友哉から聞かされたスケジュールに「雑誌取材＆撮影」というのがあった。

もしかするとそれが今見ている雑誌の事だったのかもしれない。しかしそうであったとしても、「ＨＩＭＥＮＯ」の商品を使うなんて聞かされていなかった。

「すごく素敵～！　神野さん、いつ撮影をしたんですか？　姫乃さん、聞いてました？」

「え？　あ……えっと～うん、チラッとだけね」

本当はチラッとどころか、それっぽい前振りもなかった。けれど、そう言うと余計詮索されそうだったので、あえて知っているふうを装《よそお》って誤魔化す。

「それにしても、神野さん、ビジュアルよすぎ！　姫乃さん、いっその事、神野さんにうちの専属モデルになってもらいませんか？」

「うちの商品が一段と素敵に見えますよねぇ。これをきっかけに、モデル事務所からスカウトされちゃったりして」

スタッフがあれこれ騒いでいる間に、姫乃はひと月ほど前にウィンターシーズン用の見本品を友哉に見せた事を思い出した。

(確か、あの時は着けた感じが見たくて、友哉にフィッティングモデルになってもらったんだよね)

以前、普段アクセサリーなど着けないと断言していたから、姫乃はダメ元で新作を試着してくれるよう頼んだ。すると、思いのほかあっさりと承諾してくれて、「なかなか、いいな」と着け心地やデザインを褒《ほ》めてくれたのだ。

姫乃は、ついでに「ＨＩＭＥＮＯ」の定番商品も一緒に着けてもらった。それらは、インテリアの一部として今も三階の自宅に飾ってある。

いつでも持ち出そうと思えばそうできるし、冗談まじりに「気に入ってくれたなら、勝手につけてくれてもいいからね」と言った事を思い出す。

（——って事は、友哉はうちの商品を、気に入ってくれたって事かな？）

あの時もそう思ったが、うっすらと日焼けした肌にはゴールドのアクセサリーがよく似合う。

掲載写真の友哉は黒いスーツを着ているから、なおさらだ。

いずれもユニセックスの商品だが、サイズによって女性らしくも男性らしくもなる。

着ているものによっては「雄」をアピールする事もできるし、アフターファイブに身につければ、それだけでおしゃれ度がグンとアップする。

「さすがうちの商品〜。さすが姫乃さんの彼氏さん〜」

田中が感じ入ったように、パチパチと手を叩いた。

「この雑誌、かなり売れてるから、もしかしたら問い合わせが殺到するかもですよ」

「でも、『私物』ってなってるし、店の名前とか載ってないよね」

「気になれば、出版社に問い合わせてでも知りたがるでしょ。そしたら、出版社から神野さんのところに連絡がきて、うちの店の名前が出る！」

「問い合わせが殺到したら、その店の商品を使って撮影をしようかって事になったり！」

「そしたら一気に有名になって、うちの商品をほしがるお客様がドーンと増える！」

スタッフが想像を膨らませて大いに盛り上がるのを横目に、姫乃はにこやかに笑いながらオープンの準備を済ませて店のドアを開錠した。

（そうなったら万々歳だけどね。それにしても、びっくりした〜！　友哉ったら、何も言わないん

だもの）

　ほどなくしてやって来た予約客の対応をし、それが済むとバックルームでオンラインショップの注文の確認作業をする。

　忙しい時間の合間にスタッフそれぞれが休憩を取り、姫乃も最後にハーブティーを淹《い》れたマグカップを片手にバックルームの長椅子に腰かけた。そして、テーブルの上に広げたままで置かれている雑誌を見て、つくづく友哉のイケメンぶりに感服する。

（さすが友哉。外見だけじゃなくて内面の良さが滲《にじ》み出てる。私が心から大好きな人だけの事はあるよね）

　同じ特集記事のほかのページをめくると、友哉と同じくらいの年齢の起業家のインタビュー記事が載っていた。それぞれ業種は違うけれど、皆会社を興《おこ》して成功させているハイスペックな人ばかりだ。だが、一番目を引くのは文句なしに友哉であり、このままポスターにして飾りたいくらい完璧なビジュアルをしている。

（本当にかっこいい……。イケメンすぎて注目を集めて、テレビや雑誌にもっと取り上げられたりして）

　もしそんな事になれば、たくさんの美女が友哉のもとに集まるだろう。

　その中から、友哉のお眼鏡にかなう人が出てくるかも――

　当然ながら、彼に恋人ができたら今のような生活はできなくなる。そうなると、姫乃の妊娠を待たずに二人の関係も終わりを告げるのだ。

（やだ……今すごく嫌な想像しちゃった……）

姫乃は自分の迂闊《うかつ》さを悔やみながら、痛みを感じるまで唇を噛みしめた。

ほんの数か月前は、顔も知らない赤の他人だった。それが子種を提供してくれる人になり、実際に性行為をして妊活をするうちに性的に開花させられて、はじめて悦《よろこ》びを知った。

いつしか友哉自身を本気で好きになり、先日などは、思わず隠していた胸の内を声に出して言いそうになってしまったのだ。

『友哉っ……あ……愛――、ぁ……あああっ！』

あの時、姫乃は「愛してる」と言おうとした。実際は、そうできなかったけれど、彼が自分のはじめて愛した人であり、離れたくないと強く願う唯一の人だと確信している。

生まれて三十年目にして知った、本当の恋。それに胸を焦《こ》がす自分を持て余しながらも、姫乃は友哉を想う気持ちを人知れず大切に育《はぐく》んでいた。


その日の営業を終え、姫乃は店の片付けを終えて三階に上がった。胸に抱えているのは、昼間近くの本屋に行って買い求めた、友哉が載っているファッション誌だ。はじめは一冊だけ買おうと思っていたが、結局観賞用と保存用を二冊――合計三冊も買ってしまった。

（もっと買っておけばよかったかな？　明日また買いに行く？　だってほら、将来もし子供が「お父さんってどんな人だったの？」って聞いてこないとも限らないし。……って、それはダメでしょ！）

たとえ無事に子供ができて、産んで育てる事になっても、友哉はなんの責任も負わない。戸籍に名前が載る事はないし、子供には未来永劫父親が誰であるかを明かさない約束だ。

いくら友哉への想いを募《つの》らせているからといって、当初からの決め事を反故《ほご》にするような考え方をするなんて、あってはならない事だ。

（しっかりしなさい、姫乃。脳内お花畑になってんじゃないわよ）

姫乃は自分の迂闊《うかつ》さを頭の中で叱り飛ばした。彼の事は心から愛しているけれど、これは一生自分の胸の奥に秘めておくべき秘密だ。

（祥子には気づかれてるっぽいけど、ほかのみんなにはバレないようにしないと）

とはいえ、「ＨＩＭＥＮＯ」のスタッフは相変わらず自分達二人が正真正銘のラブラブカップルだと思い込んでおり、妊娠した暁《あかつき》にはうまい対処法を考えなければならなかった。

今はまだ妊娠しているかわかる時期ではないが、今度こそ友哉の子供を宿したい。

一時は妊娠と彼との別れの間で揺れていたが、永遠に妊活を続けられるわけもなく、今は初心に返ったつもりで妊娠のための身体づくりに励《はげ》んでいる。

さて、風呂の用意でもしようと考えていた時、スマートフォンに友哉のメッセージが届いた。

『帰宅途中だが、いい店があるんだ。夕食がまだなら、今から行ってみないか？』

まるで本物の恋人のように、友哉と外で会えるのが嬉しい。

姫乃は即座にＯＫの返信をし、指定された街道沿いの交差点近くまでタクシーを飛ばした。

待ち合わせ場所に着き、先に来ていた友哉と合流して駅の方向に向かって歩く。

「ねえ、今日友哉が載ってる雑誌見たわよ。なんで教えてくれなかったの？　私、本当にびっくりしたんだから！」

姫乃は友哉と並んで歩きながら、スタッフ一同大騒ぎした事を、身振り手振りを交えながら話した。

「驚かせて悪かった。撮影の当日、用意されていたスーツを着るのは問題なかったんだが、アクセサリーは替えてもらう事にしたんだ」

友哉の話によると、提示されたのは国内大手ジュエリーメーカーのプラチナ製の商品だったらしい。取材の申し込みは広報部経由でなされ、インタビューの内容などをチェックした上で引き受けた。しかし本来、友哉はアクセサリーの類《たぐい》はいっさい身につけない。これについては取材側の伝達ミスが原因であり、友哉側には非はなかった。

「だが先方に、ほかのインタビュー記事との兼ね合いがあるから、アクセサリーを着けてほしいと言われてね。だから、ダメ元で自分の私物を使わせてもらえないか頼んでみたら、あっさりＯＫが出たってわけだ」

撮影に際して、友哉は事前に以前『ＨＩＭＥＮＯ』の商品を試着した時の写真を取材側に見せた。すると先方が気に入り、友哉は急遽自宅にアクセサリーを取りに帰り、無事撮影を終えたとの事だ。

「取材の日、店は定休日だったし、姫乃はちょうど午後から出かける用事があっただろう。話そうと思ったんだが、ちょっと驚かせてみようという気になったものだから」

友哉がいたずらっぽい顔をして、ニッと笑う。

「ものすごく驚いたわよ！　でも、ありがとう。びっくりするほどいい感じに写ってたし、こんな機会めったにないからすごく嬉しい」

「怒ってないか？」

「怒るわけないでしょ。それに、友哉が本当にうちの商品を気に入ってくれたのがわかってよかった。これをきっかけに問い合わせが殺到するんじゃないかってみんなと話してたのよ」

姫乃は友哉に向かって、面白可笑《おか》しくスタッフとのやり取りを再現してみせた。

こうして歩きながら話していると、まるでデートをしているみたいな気分になる。思えば友哉と出会ってから、こんなふうに二人きりで街をそぞろ歩くのははじめてだ。

「着いた。ほら、ここだ」

「え？　ここって、屋台の焼き鳥屋さん？」

友哉が頷き、屋台の屋根に掛けられた暖簾《のれん》をヒョイと手の甲でめくった。

「こんばんは」

友哉が店主に声をかけると、カウンターの向こうから「いらっしゃい！」という威勢のいい声が返ってきた。

「席、ここどうぞ！　彼女さんを連れて来るって言ってたから、特別にカップル席を用意したよ」

中年の店主が友哉に向かって目配せをする。友哉は店主に礼を言い、姫乃に屋台の右の角にある二人掛けのベンチシートを示した。

（か、彼女？　今、彼女って言ったよね）

実際に友哉がそんなふうに言ったとは限らないが、そう言われるのはやはり嬉しかった。

姫乃は促《うなが》されるままベンチシートに腰を下ろし、機嫌よくおすすめだと言われた焼き鳥とウーロン茶を頼んだ。

「少し前、取引先の人にここを紹介されてね。一度部下と一緒に来てみたら美味《おい》しくて、姫乃にも食べさせてやりたいと思ったんだ」

出された焼き鳥はどれも肉が柔らかくジューシーで、自家製のたれが絶妙な味だった。

「これって、お酒が進みそうな味だね。今度また飲んでも大丈夫な時に来たら、日本酒と一緒に食べたいかも」

「そうだな。また今度そういう時を選んで来られたら、そうしようか」

「うん」

姫乃は短く返事をし、友哉と視線を合わせた。

（「今度」って来るのかな。もしかしたら、来ないかもしれないよね）

妊活をしていない期間があったとはいえ、出会ってからもうじき四か月が経つ。彼は必ず目的は達成すると言ってくれていたが、ものには限度がある。

正光への義理を果たすために、友哉は今後も妊活のための努力を惜しまないだろう。

しかし、それにいつまでも甘えていられるほど、姫乃は自分本意ではなかった。

（待って！　今は余計な事を考えないで、一緒にいる時間を楽しまないと！）

姫乃は瞬時に頭を切り替え、明るい笑顔を浮かべて焼き鳥を頬張った。

「雑誌の記事、綺麗に切り抜いて額に入れて店に飾ってもいい？」

「姫乃が、そうしたいならどうぞ」

「ありがとう。そのうち、本気でうちの専属モデルになってってお願いしちゃうかも」

冗談めかしてそう言うと、友哉が優しい顔つきでふっと笑う。二人で暮らすうちに、彼はずいぶん表情が豊かになった。そんな友哉の新しい顔を見るにつけ、また少し距離が縮まったと感じて嬉しくなる。

「ところで、さっきスタッフと話したと言っていた件だが、実はもう編集部に複数の問い合わせが来ているらしいんだ」

「え！　本当に？」

「聞いた時点では、三十件ほど来てるそうだ。一応、姫乃に聞いてからにしようと思って返事は保留にしてあるんだが、どうする？　姫乃がいいなら、『ＨＩＭＥＮＯ』の名前を読者側に伝えてもらうようにするけど」

「もちろんいいよ！　すごい……まさか、本当にうちの商品に興味を持ってくれる人がいたなんて、びっくり……」

「雑誌は今日発売されたばかりだし、明日以降も問い合わせがあるんじゃないか？」

「そうだと嬉しいな。あとひと月もすればクリスマスプレゼントを考え始める時期になるし、これをきっかけに『ＨＩＭＥＮＯ』の名前をたくさんの人に知ってもらえるようになれば――」

「『ＨＩＭＥＮＯ』の商品は、もっと売れるようになるだろうな」

今までもホームページやチラシ、ダイレクトメールなどで販売促進をしてきた。それぞれに効果はあったものの、今回のように即座に多数の反応があったのは、はじめてだ。

「人気雑誌の効果ってすごいね。何より、友哉、本当にありがとう！　恩に着るっ！」

姫乃は思わず彼の腕を掴み、心の底からお礼を言った。

「俺は『ＨＩＭＥＮＯ』の商品を気に入ったから、身につけただけだ。礼を言うなら、それほど人を惹きつける商品を作った自分達に言うべきだろう」

「そっか……。そうだよね。私、浮かれちゃって、うっかりしてた。明日、みんなにきちんとお礼をしなきゃ。それに今年のボーナスは、うんと奮発しないと」

嬉しそうにそう語る姫乃を、友哉がじっと見つめている。改めて目が合い、二人同時に微笑みを浮かべた。

「今思ったんだが、姫乃は出会った当初よりもずいぶん綺麗になったたな」

ふいに低い声でそう言われ、一瞬で頭のてっぺんから湯気が出そうなほど顔が熱くなる。彼がおべんちゃらを言うタイプではないとわかっていても、真面目に受け止めるには甘すぎる台詞《せりふ》だ。

「な、なんで急に、そんな事言うの？」

「そう思ったからだ。ほかに理由があるか？」

「さあ……思いつかないけど……友哉って、前からそんな台詞《せりふ》をサラッと言うタイプだったの？」

「どうだったかかな。いずれにしても、俺にそう思わせて、実際に言わせたのは姫乃だ」

そう言ってグラスに入ったビールを飲み干す友哉は、姫乃の右側に座っていて、左手はカウンターの縁に軽く載せられている。はじめて会った時もそう思ったが、友哉は全身のパーツが美しい。さりげなく置いている手がこんなにも目を引くなんて、プロのモデルでもめったにないのではないだろうか。

(友哉にマリッジリングを作るなら、地金はゴールドがいいかな？　でも、プラチナ製の鎚目《つちめ》模様も似合いそうだし、いっそブラウンゴールドでもいいな。それで、私のは同じデザインで少し細めに作って——)

気がつけば、勝手に二人のマリッジリングについて考え始めていた。

いくらなんでも考えが飛躍しすぎだし、妄想の域を超えている。友哉の気遣いと優しさに甘えて、つい高望みをしてしまった。今の幸せがずっと続くような気がして、つい知らない間に別の未来を期待してしまい——

「はい、お待ちどおさま！　これ、ラブラブカップルへのサービスだよ」

カウンターの向こうから、店主が姫乃の前に熱々のおでんを置いてくれた。ニコニコ顔の店主の顔を見て、姫乃もつい笑顔になる。

「わぁ、ありがとうございます。遠慮なくいただきますね」

隣を見ると、友哉もにこやかに微笑んでいる。

『現実を見なさい』

『少しくらい夢を見てもバチは当たらない』

頭の中にいる自分が二手に分かれ、それぞれに現実と夢を振りかざしてくる。

「今だけは」という逃げの言葉は、いつまでも使えない。

姫乃は友哉に微笑みを返しながら、心の中で現実を見るようにと自分にきつく言い聞かせるのだった。


友哉のインタビュー記事をきっかけに、「ＨＩＭＥＮＯ」には連日大勢の新規客が来店してくれている。その数は普段の二倍以上で、予想を超える盛況ぶりだ。

しかもその半数がこれまで少数派だった男性客で、彼らの大多数が友哉と同じ商品を目当てにやって来た。いずれもユニセックスな商品であり、クリスマスプレゼント用にそれらを買い求める女性客も少なくない。

そのおかげで、姫乃を含めスタッフは連日大忙しだった。

「神野さん効果、思っていた以上にすごいですね。同じ男として、リスペクトしますよ」

矢部が言い、キャッシャー横の壁に飾ってある友哉のインタビュー記事の切り抜きを見た。西野がコラージュふうにアレンジしたそれは、アンティーク調の額に入れられている。

「値段的に手頃だけど、高見えするっていうのもポイント高いですよね」

「だよね。特に神野さんがつけてると、二桁くらい違って見えちゃうからすごいです」

友哉は姫乃が思っていた以上に有名人だったようで、先日来店した就活生は友哉と同じネックレスを買い、それをお守りとして身につけて「パランティアキャピタル」の入社試験に挑むと言っていた。また別の男性は友哉を起業家として尊敬していると言い、撮影時のアクセサリーをすべて購入していった。

特にSNSなどで情報を発信しているわけでもないのに、どうしてそんなに有名なのだろう？

不思議に思って彼らに訊《たず》ねてみたところ、経済雑誌や就活生用サイトなどの記事を通じて友哉を知り、彼の一流ビジネスパーソンとしての手腕に感じ入ったようだった。

「神野さん、知る人ぞ知るカリスマ起業家ですもんね」

「その上、ルックスもモデル並みとか、さすがだわ〜」

スタッフに褒《ほ》めそやされ、自然と顔が綻《ほころ》ぶ。彼らは相変わらず姫乃と友哉を本物の恋人同士だと思っており、姫乃も便宜上それを否定せずに誤解されたままにしていた。

（頼みを聞いてもらっている立場だし、私はいいけど、友哉にはなんのメリットもないのよね）

スタッフ以外にも、友哉は以前出席したオープニングパーティーで会ったセレブ社長や焼き鳥屋の店主にも、姫乃を正式なパートナーであるかのように扱ったり紹介したりする。

詳細を明かすわけにもいかないし、おそらく便宜上そうしているのだと思う。そうすれば、二人の関係について誤魔化さなくても済むからだ。けれど姫乃はそのたびに心を乱されて、うっかり実現する事のない夢を見てしまいそうになる。

変に希望を持たせるような事はしないでほしいと思うものの、それが彼のスタンダードなのかもしれないし、そもそも勝手に期待するほうが悪い。

姫乃がこんな事をつらつらと考えてしまうのは、友哉と遠く離れているせいもあるのだろう。

（友哉、今は何してるのかな？）

彼は昨日から十日間の予定でイタリアに出張していて、帰国は十一月最初の週末になると聞いていた。

友哉と出会って四か月が過ぎたが、これまでどおり妊活を続けている。同居して以来妊活の回数は増えたが、今のところ、まだ妊娠の兆候はない。

（今月もダメかもしれないいな）

生理前症候群の症状として、頭や腰の鈍痛や重さ、ほかにも眠気やだるさなどが挙げられる。

ここ何日かの姫乃には、それらすべての症状が現れていた。

ただ単に疲れがたまっているだけかもしれないが、いずれにしても過剰な期待は禁物だった。

時刻は午後六時五十五分。姫乃は、ついさっき来店予約のお客様を見送ったところだ。

もうじき閉店時刻を迎えるが、今日は皆、受注品制作のために一時間ほど残業をしてもらう事になっている。作業をする合間に摘まむ用に、さっきデリバリーでクラブサンドとサイドメニューのスイーツを頼んだ。

姫乃は顔見知りの配達員が持って来てくれた紙袋をバッグヤードに運び、予備のテーブルの上に注文したものを広げた。

「お店閉めたら、作業に入る前に食べてね」

皆に一声かけると、姫乃はキャッシャーに向かった。

「ごちそうになりまーす。そういえば、この間神野さんが差し入れてくれたフルーツサンド、あれ美味《おい》しかったですね。私、てっきりお店で買ったものだと思ってましたよ」

「実際、メチャクチャ美味《おい》しかったもんね。あ〜また食べたくなっちゃった」

スタッフが話しているのは、友哉が取引先から贈られた高級フルーツを持ち帰って作ったサンドイッチだ。ブドウやイチゴ、オレンジなどのフルーツが数種類入っており、ホイップクリームは市販品だったものの、味は絶品。挟んだフルーツの断面は今まで見たどのフルーツサンドよりも見栄えがした。

「リッチでイケメンで料理上手。きっといい旦那様、いいパパ、って感じで、どんどんグレードアップしていくんでしょうねぇ」

西野と田中が顔を見合わせたあと、揃って矢部を振り返った。

「って事で、矢部君。あなたはせめて料理上手になっておかないとモテないわよ」

女性スタッフにダメだしされ、矢部が苦笑いをする。

「余計なお世話です！」

全員の笑い声が上がったところで、店の入口のドアが開いて和服姿の女性が中の様子を窺ってきた。

「まだ大丈夫かしら？」

時計を気にしながら店内に入って来た女性は、三十代後半と思《おぼ》しき和風美人だ。帯は焦《こ》げ茶色の樹木模様。着物は淡いベージュで、生地《きじ》の上には風に舞っているような楓《かえで》の模様が描かれている。

「いらっしゃいませ。はい、まだぜんぜん大丈夫ですよ！」

矢部が真っ先に挨拶《あいさつ》をし、女性を見てはにかんだような笑みを浮かべる。もう何百人と接客をして来た姫乃のカンが正しければ、おそらく彼女は男性を無条件で魅了する種類の人だ。

立ち居振る舞いは凛《りん》としており、それでいて匂い立つような色香を放っている。

決して人を見かけで判断するわけではないが、姫乃自身同性でありながら彼女に目が行くし、ほかのスタッフも同じような反応を見せている。特に矢部は、早々に女性に魅了された様子だ。

「いいお店ね」

女性が店内をぐるりと見回しながら、にっこりする。スッキリとまとめた夜会巻きの髪には、パールのかんざしが似合いそうだ。

「ありがとうございます。どうぞゆっくりご覧ください。何かお探しのものがありましたら承《うけたまわ》ります」

矢部の言葉に反応して、女性が彼に向き直った。そして矢部に手招きをしながら、友哉の記事が貼られた壁を指した。

「私、この人が着けているアクセサリーが一式ほしいの。ネックレスにイヤーカフに、ブレスレット。どれも皆素敵ね」

女性の指先が、額縁のガラス越しに友哉のネックレスをした首筋を指先でなぞった。ちょうどキャッシャーの横にいた姫乃は、女性の様子をすぐ近くで目《ま》の当たりにする。

「かしこまりました。ですが、あいにく、ただいま注文が殺到しておりまして、できあがりまでに少しお時間をいただく事になるのですが――」

矢部が姫乃を見て、窺うようなそぶりをする。

姫乃は、矢部の代わりに控えめに付け加えた。

「今ご注文いただきましたら、お渡しは来年一月上旬になる予定です」

「そうなの？　まぁ、仕方ないわね。友哉の――彼の吸引力、すごいんでしょう？」

女性が姫乃にだけ聞こえるように、そう訊《たず》ねてきた。そして、目をじっと見つめてきたかと思うと、返事を待たずに矢部を振り返る。

「それだけ記事の反響がすごいって事なのね」

「はい。雑誌の発売日当日から、問い合わせが殺到したんですよ。おかげさまで、たくさんの方にご注文をいただいていて――」

女性と矢部が会話するのを聞きながら、姫乃は一人口元に笑みを浮かべたまま、その場で固まった。

（今、確かに「友哉」って、呼び捨てにしたよね？）

苗字でもなく、下の名前を。彼の名を呼んだ時の女性の目は、まっすぐ友哉の顔に向けられていた。芸能人でもない彼を下の名前で呼び捨てにするのは、普通では考えられない。

真っ先に思いついたのが、以前見かけた友哉のイギリス時代の同僚である金髪美女の事だ。

（まさか、今度こそ元カノとか……？）

前回同様、姫乃の誤解であればいいと思うが、妙に胸がざわついて落ち着かない気分になる。そうこうしているうちに、矢部が女性から正式に注文を受けた。

「――ありがとうございます。では、こちらでサイズ等を計らせていただきますね」

矢部が女性を伴って、二階に行く。姫乃は彼女のうしろ姿を見送り、その女性らしい足さばきに見入った。やはり、この人には格別な色気がある。同じ和装とはいえ、彼女の着物姿に比べたら浴衣《ゆかた》を着た自分など取るに足らない存在であるように思えた。

（私ったら、また卑屈《ひくつ》な考え方……！）

姫乃はすぐに頭を切り替え、ビジネスに徹しろと自分に言い聞かせる。

閉店時刻になり、姫乃は店の外に出てドアのプレートを「CLOSED」に替えた。店頭に置いてある草木の鉢を整えていると、注文を終えた様子の女性が店の外に出てきた。

「閉店時刻を過ぎているのに、ごめんなさいね」

優雅に微笑まれ、姫乃は首を横に振りながらかしこまった。

「いえ、とんでもありません。ご来店、どうもありがとうございました」

「じゃ、またね」

姫乃に見送られながら、女性が大通りに歩み去っていく。

姫乃は彼女の姿が見えなくなるのを待って、眉根を寄せ、難しい表情を浮かべた。

（いったい友哉とはどんな知り合いなんだろう？　仕事関係？　それともプライベート？）

注文を受けた時に得た情報から、何かわかるかもしれない。

姫乃は店に入り、まだ二階にいる矢部に話を聞こうと階段を上《のぼ》った。

「矢部君、今の方のオーダーシート、見せてもらってもいい？」

声をかけると、矢部がうつむいていた顔をゆっくりと上げて姫乃を見た。

「は……はい」

彼は蚊《か》の鳴くような声で返事をして、オーダーシートを差し出した。

姫乃はそれを受け取りながら、なぜか顔色が優れない矢部を眺めた。

「矢部君、どうかしたの？」

「え……いや、その……なんて言うか……」

言葉を濁《にご》す彼の背後を迂回《うかい》し、姫乃はテーブルを挟んで矢部の正面に腰かけた。

オーダーシートを見ると、女性の名は「野村志穂《のむらしほ》」。

自宅は都内の高級住宅地と言われる街にある事がわかった。そのほかに書かれているのは、連絡用の電話番号とバースデーカードを送るために記入してもらった誕生日のみ。

裕福な生活をしているのだろうという事は推測できるが、ほかはよくわからない。

「ねえ、矢部君。野村様と何かオーダー以外の事で話したりした？」

姫乃が訊《たず》ねると、矢部がビクッとして持っていたペンを床に落とした。それを拾う彼の様子が、どう見てもおかしい。

「矢部君、どうしたの？　なんだか様子が変だけど……。もしかして、野村様と何かあった？」

「シィッ！」

矢部が突然自分の唇に人差し指を当てて、姫乃を制した。そして、椅子から身を乗り出して下にいる二人がバックルームに入ったのを確認したあと、姫乃のほうに身を乗り出すようにして耳打ちをしてくる。

「野村様、いろいろと話してくださいました。それによると、神野さんとは昔から深い縁があるそうで……。それで、その……神野さんがイギリスに移り住んでからは疎遠になってしまったけど、再会した今はかなり親密な関係みたいですっ」

「えっ……何それ……」

矢部曰《いわ》く、志穂は正確には自分と友哉との関係を「誰にも言えない超がつくほどの秘密の関係」と言ったらしい。友哉がイギリスに行った経歴は、「パランティアキャピタル」のホームページにも記載されている。志穂がイギリス云々《うんぬん》と言ったのは、さほど驚くような事でもない。しかし彼女は矢部に、自分達の仲を取り持ったのは、友哉の父方の祖父・神野正一《しょういち》であると話したらしく、さすがにそれは聞き捨てならなかった。

「いやぁ……実際、どうなんだろう？　あの口ぶりだと、もしかして神野さんの元カノ……いや、むしろ今カノ……あわわ」

矢部が独り言を言い、姫乃を見てあわてて口を閉じた。

正一については、友哉から渡された身上書に記載があり、姫乃も職業と名前は把握している。

某大手卸《おろし》売会社の現会長であるとはいえ、一般人には変わりない。その名前ばかりか、友哉との関係性についても知っているという事は、やはり志穂の言う「秘密の関係」は嘘ではないという事なのだろうか……

金髪美女の同僚の次は、謎の和服美女。

友哉ほどの男だ。女性の影がチラつかないほうがおかしいのかもしれない。

けれど今、彼は姫乃との妊活に集中してくれていて、今カノという線はないと思いたい。

何はさておき、思い悩むのは妊活によくない。姫乃は矢部にさらに質問をして、聞いた事をすべて話してくれるように頼んだ。

「よくわかんないですけど、昔二人だけで激熱のひと夏を過ごしたって言ってました。再会したのは今年の六月頃で、なんだかんだあったけど、やっぱり離れがたくて——とかなんとか……」

姫乃が友哉を紹介されたのは六月の中旬だ。もし志穂の言葉を信じるなら、二人が再会したのは、姫乃と妊活を始めたのと同じ時期という事になる。

いよいよ頭の中が混乱してきて、矢部の前で冷静さを保つだけで精一杯だった。

「まさかとは思うけど、矢部君、野村様に余計な事を言ったりしてないわよね？」

「よ、余計な事は言ってません！　神野さんの個人的な連絡先を知らないかって聞かれましたけど、顧客情報は教えられないって突っぱねました。だけど、野村様、誘導尋問がうまいんですよ——」

矢部は性格が単純で、感情が顔に出やすく隠し事ができないタイプだ。話している間に、友哉と店の関係性についても、あれこれと質問されたようだ。

「姫乃さんと神野さんが付き合ってるかどうかも聞かれました。俺、知らないって言ったんですけど、信じてないみたいで……。でも、なんでそんな事知ってるんですかね？　あと、うっかり神野さんが出張中で来週末まで帰ってこない事を喋《しゃべ》っちゃって……ほんと、すみませんっ！」

矢部がテーブルに頭をこすりつけんばかりにして謝罪してくる。

「とりあえずわかったから、頭を上げて。それと、一応この事は下の二人には内緒にしておいてくれると嬉しいかも」

姫乃にそう言われ、矢部はキツツキのように頷いて口にチャックをするジェスチャーをする。

それにしても、どうして自分と友哉が付き合っているのを知っているのだろう？　まずそれが気になるけれど、友哉は不在だし、確認のしようがない。

「よし、じゃあ、とりあえず仕事しよう。その前に腹ごしらえもね」

姫乃は強《し》いて明るい声を出し、矢部を追い立てて一階に下りた。

これでもプロだ。プライベートで何かしら悩みを抱えていても、仕事にはぜったいに支障をきたさないと自分自身に誓っていた。

その信念を貫くべく、姫乃は何事もなかったかのように皆とクラブサンドを食べ、注文品の制作に没頭するのだった。


街中がハロウィンから一気にクリスマスにシフトした月初めの火曜日、姫乃は少し朝寝坊をしていつものとおりハーブティーを淹《い》れて飲んでいた。

「あぁ、いい香り。ホッとするなぁ」

妊娠の可能性がある時は、アルコールはもちろん、カフェインも取らないように気をつけていた。神経質すぎるのもよくないと言われるが、それくらい気をつけていたほうが気楽なのだ。大雑把な姫乃だが、こと妊娠に関しては別人みたいに注意深くなっている。

（別に今はコーヒーでもよかったんだよね。だけど、なんだかもう習慣になっちゃって）

志穂が来店した三日後、また今月も妊娠していなかった事がわかった。

来るならそろそろだと思っていたが、やはりダメだった……。

普通に結婚して子作りをする夫婦でも、なかなかできない場合がある。それを考えれば、まだ焦る必要はないのかもしれない。しかし、普通ではない関係で子種をもらっているのだ。

立場上、さすがに友哉に対して心苦しいし、報告も気軽にできなくなっている。

ましてや今、友哉は日本にいない。

今回、彼がイタリアに行ったのは、同国の家電メーカーの社長とのコンサルタント契約を締結させるためだ。純資産が二百五十億ドルという破格の資産家である同社社長は、以前姫乃がオープニングパーティーで顔を合わせたフランスの大手フードサービス会社の創始者である男性に紹介されたらしい。

「パランティアキャピタル」始まって以来の大きな商談であるがゆえに、友哉自身がこれまでにも何度かイタリアに足を運んでいる。そんな大事な案件を抱えている今、彼の大事な脳味噌を仕事以外の事に使ってほしくない。

規模は違っても、姫乃だっていっぱしの起業家であり、社長だ。たとえかりそめの関係であっても、姫乃は友哉を心から愛している。だからこそ、少しでも余計な事で神経をすり減らしてもらいたくなかった。

（友哉が出張から帰ってきてからでいいよね？　そのほうが仕事の邪魔にならないだろうし）

姫乃自身、ここのところずっと多忙で、そんな言い訳を考えて、月のものが来た報告を先延ばしにしていた。

またそれとは別に、先日店に来た志穂の存在もずっと心に引っかかっている。

これに関しては、真偽はさておき、友哉の親族の名前を出された事もあり、さらにデリケートで話しづらい。直接顔を合わせて話をするならまだしも、メッセージのやり取りで確認するような内容ではなかった。

(昔からの深い縁って事は、もしかすると正光さんが何か知っているかも)

姫乃は友哉と話す前になんらかの情報を得ようとして、祥子に事情を話してそれとなく正光に探りを入れてもらう事にした。その結果を聞くために、姫乃は祥子と久しぶりに会う約束をしていた。

待ち合わせたのは「ＨＩＭＥＮＯ」が定休日である火曜日。

祥子は、久々に泊まりがけの女子会を開こうと言ってくれて、愛息を実母に託して姫乃の部屋に来てくれている。

「恩に着るよ、祥子。ほんと、いろいろと面倒ばかりかけてごめん！」

子種の提供者探しだけではなく、妊活相談と恋の悩み相談まで持ちかけてしまった。いくら親友とはいえ、子育ての最中に単独で外泊するのは、きちんと段取りをして、なおかつ周りの協力を仰がなければできない事だ。

「何言ってんのよ。姫乃と私の仲じゃないの。表情が暗いのは仕方ないにしても、顔色もよくないわよ。ちゃんと鉄分とか取ってる？　生理、きついなら横になりなよ」

「必要な栄養素は意識して取るようにしてる。生理は今回、やけに短くて、二日くらいで終わっちゃったの。それより、ここのところ忙しかったから、疲れが顔に出てるのかも」

「そうなの？　あんまり無理しないでよ」

祥子にポンと肩を叩かれ、姫乃は幾分心が軽くなって頬を緩めた。けれど少し気楽になったのも束の間、今度は祥子が表情を暗くする。

「正光に聞いてみたんだけど、野村志穂っていう人に関しては、自分は言える立場じゃないからって言うのよ。なんだか秘密めいてるし、いきなり情報をブロックされたみたいで、すごく嫌な感じなのよね……」

祥子が渋い顔をして姫乃を見る。ただでさえ彼女には世話になりっぱなしなのに、またしても自分のせいで頭を悩ませるような事になってしまい、心底申し訳なく思う。

「私達、結婚する時に、お互いに隠し事はしないって約束したのよ。それなのに、彼女に関しては友哉さん本人に聞いてくれって言うばかりで、どうしても教えてくれなかったの」

正光は祥子に出会った当初から彼女にベタ惚れで、誰もが認める愛妻家だ。祥子の望みを叶えるのが生き甲斐のような彼がそこまで言うなんて、よほどの事情があるに違いない。

「正光の態度からして、ぜったいに何か知ってるのは確実なの。だから脅《おど》したりすかしたりして聞き出そうとしたんだけど、ダメだった。……信じられない。姫乃のためだって言ってるのに……。そもそも、妻である私に隠し事をするなんてひどいわ。約束不履行の裏切り行為よ」

いつも穏やかな祥子の顔に、珍しく怒りの表情が宿っている。

自分のせいで戸田夫妻の仲が悪くなったら大変だと、姫乃はあわてて祥子を宥《なだ》めた。

「正光さんと友哉は、祥子と私と同じくらい硬い絆《きずな》で結ばれた親友同士だもの！　きっと友哉の事を思って、仕方なくそう言っただけだよ。自分の口からは言えないってだけで、知らないふりをしてるわけじゃないし。それに、祥子だって私の友哉に対する気持ちを正光さんに言わないでおいてくれてるでしょ。ね？」

実際、唯一友哉の事を相談できる相手という事もあり、姫乃の想いについては、話さなくとも祥子にバレてしまっている。

「そう言われると、そうだけど……」

どうにか納得した様子の祥子を見て、姫乃はホッと肩の力を抜いた。

「でも、その志穂って人、いったい何をしたいのかな。六月に再会したとか、本当かしら？　そもそも『誰にも言えない超がつくほどの秘密の関係』って何よ」

祥子に言われて、姫乃は彼女とともに首をひねった。

「昔、友哉とひと夏を過ごしたって事は、やっぱり元カノかな？　六月の再会が本当だとしても、私と出会う前だと思いたいけど……」

「もし本当だとしても、友哉さんは姫乃と妊活を始める前に、彼女との繋がりを切ったんだよ。それだけは確か」

祥子がきっぱりとそう断言し、姫乃も同調して頷く。

矢部が言っていた「なんだかんだあったけど」というのには、姫乃との妊活が絡んでいるのかもしれない。いずれにせよ、志穂は友哉との関係を復活させたがっている様子だ。

姫乃はこめかみをさすりながら、深いため息をついた。

彼女に会って以来、胸の中にモヤモヤとした思いが広がりっぱなしだ。金髪美女の時は完全に誤解だったが、今回は違うかもしれない。志穂は自分の意志でこの店に来て、友哉と再び繋がりを持とうとしているのだ。

「そうかもしれないけど、どっちみち過去の話でしょ。今は姫乃が友哉さんの一番近くにいるんだから、もっと自信持っていいよ！」

祥子に励《はげ》まされるも、妖艶《ようえん》に着物を着こなしていた志穂が目の前にチラついて仕方がない。

「姫乃と友哉さんの事、夫婦でよく話すんだけど、正光も友哉さんは姫乃を特別に想ってるに違いないって言ってるのよ。誰かと付き合っても三か月ともたない友哉さんが、もう四か月も姫乃と一緒にいるんだからって」

「だけど、私と友哉は恋人同士じゃないんだよ？」

「でも、正光に言わせれば、今の友哉さんは、元カノ達と付き合ってた時なんかとは比べ物にならないくらい楽しそうだって言ってたよ」

「楽しそう？　友哉が？」

「そうよ。誰かと付き合ってても、こっちが聞かない限り恋バナなんかしなかったのに、姫乃との事は聞かなくても話してくれるって。オープニングパーティーの件にしろ、姫乃の事を大切に想ってるからこそ、いろいろと気遣ってくれてるんだと思う」

確かに友哉の気遣いを感じるし、姫乃も彼と一緒にいて楽しいと思っている。しかし身体の繋がりはあっても、心もそうだとは限らないわけで……

「正光には、またそれとなく探りを入れておくね。私も正光も、二人がうまくいけばいいと思ってる事に変わりはないから」

やはり、持つべきものは友だ。友哉の事に限らず、久しぶりに祥子とゆっくり話をして、ずいぶん気持ちが落ち着いた。

その夜は少し遅くまで祥子とガールズトークを楽しみ、久しぶりに女同士の楽しい夜を過ごした。

次の日の朝、祥子とともに朝食を食べて彼女を送り出したあと、急に足元がふらついて、しばらくの間ベッドに倒れ込んでじっとしていた。

（やっぱり鉄分が足りてないのかな？　なんだかだるいかも……）

祥子といる時は気が逸れていたせいか、あまりそうは思わなかった。けれど、鏡を見ると確かに顔色がよくないし、朝食も少し残してしまった。

（もう三十歳だし、昔のような体力はないって事かな）

姫乃は注文品の制作をしたあと、ショウウィンドウのディスプレイを変えるべく店側のガラス戸を開けた。すると、ちょうど店の前に立ち止まった人と目が合い、反射的にビジネスモードの微笑みを浮かべて会釈《えしゃく》する。

（野村様だ……！）

今日の志穂は、前回とは違ってフェミニンな紺色のツーピース姿だ。まだ午前十一時過ぎであり、オープン時間までまだ二時間近くある。志穂がにこやかに微笑みながら、ショウウィンドウを外からトントンとノックした。

「開けて」

声は聞こえないが、志穂の唇がそう言っている。姫乃は心の中で自分に気合を入れつつ、店のドアを開錠した。

「オープン前にごめんなさいね。オーダーしたものについて、ちょっと頼みたい事があったものだから」

「そうでしたか。どうぞ、お入りください」

表面上は穏やかに対応しつつ、姫乃は微笑みの下に志穂を警戒する気持ちを隠した。心なしか、相手の笑顔にも、棘《とげ》があるような気がする。姫乃は志穂を二階に案内し、テーブルを挟んで彼女と対峙した。

「実はオーダーの品なんだけど、もっとキラキラした感じに加工してもらえたりできるかしら？」

「はい、可能ですよ。たとえば、このようなラメ加工とか、いかがですか」

姫乃はリング型の見本を見せながら、仕上げについて説明をした。志穂に掌《てのひら》を差し出され、その上に見本品を載せる。

「いいわね。じゃあ、これにしようかしら」

掌《てのひら》に載せたリングを眺め、志穂が頷きながら納得したような笑みを浮かべる。

「ところで、単刀直入に聞くけど、山久さんは友哉と付き合っているのかしら？」

まさか、いきなりストレートに聞いてくるとは思わずにいた。返事に詰まった様子の姫乃をもどかしく思ったのか、志穂が答えを待たずに重ねて尋ねてくる。

「ここは、あなたの住まいでもあるみたいね。先日お話をしたスタッフの矢部さんの様子からして、友哉はあなたと付き合っている。そして、ここであなたと同居してるんでしょ？　矢部さん、私の質問をうまくかわしたつもりみたいだったけど、答えがぜんぶ顔に出ていたわ」

今日の志穂は、はじめて会った時よりもかなり圧が強い。いったいどんな聞き方をしたのかわからないが、志穂は敏腕刑事並みに勘が鋭く、尋問がうまいようだ。姫乃の頭の中に、矢部が平謝りする姿が思い浮かぶ。

「まあ、友哉の名前を出した時のあなたの反応が一番わかりやすかったけど。で、どうなのかしら？」

「プライベートな事なので、お答えできません」

姫乃はあくまでも礼儀正しく――しかし、きっぱりとそう答えた。

「ふっ……それって、そうですって言っているようなものよね。もしかして、玉の輿《こし》を狙ってるの？　それにしても、友哉ったら女性の趣味がかなり変わったみたいね」

当初は上品だった志穂の口調が、だんだんと砕けた感じになる。まるでこちらを値踏みして、遥《はる》か上から見下しているような口ぶりだ。いくらお客様とはいえ、さすがにカチンとくる。

しかし、まずは相手の出方を見ようと、姫乃はあえて自分から口を開くのをやめた。

「矢部さんから聞いているでしょうけど、私と友哉ってただの知り合いじゃないの。言っておくけど、血の繋がりがあるとかじゃないわよ」

「そうですか」

姫乃は短く返事をして、自分を見ている志穂の顔を見つめ返した。彼女が言った言葉で、もしかして親族ではないかという可能性は消えた。では、いったいどういう関係？

姫乃が新たに答えを導きだそうとする暇も与えず、志穂が言葉を継ぐ。

「まだ初期だから目立たないけど、私、実は彼の子を妊娠してるの」

「に……妊娠？」

頭を棒で殴られたようになり、姫乃は掠れた声でそう呟いたきり、言葉を失った。

まさか、そんなはずは――

そう思うものの、気持ちが乱れて言うべき言葉が見つからない。

「信じられない？　でも、残念ながら本当なの」

今の話だけでも十分衝撃的なのに、志穂がバッグを手に取り、中から何かを取り出してテーブルの上に置いた。

「これって……」

見覚えのある男性用の腕時計は、友哉がいつも身につけているものだ。それは以前、彼が祖父から贈られたと言っていた特別なものに間違いない。

「あら、これを見て驚くって事は、友哉から話を聞いてるのね。知ってのとおり、これは神野家の男子が二十歳になると当主から贈られる唯一無二の貴重品よ。友哉は、それを私にプレゼントしてくれたの。いわば、二人の復活愛の象徴みたいなものね」

以前友哉に見せてもらった事があるそれは、海外の老舗《しにせ》メーカーに特別に依頼して作られた特注品だ。素材はステンレススティールで、文字盤は黒色。シンプルでありながらラグジュアリー感に溢《あふ》れており、裏蓋《うらぶた》には神野家の家紋が刻印されている。

今目の前にあるものは、まさにそれだ。

出張に出かける時、友哉は確かにこの腕時計を着けていた。それがここにあるという事は、イタリアに向かう前に志穂に会ったという事だろうか――

「友哉は、これをくれる事で私とお腹の子に対する誠意を見せようとしたみたいね。彼、私と結婚するって言ってくれたわ。男って、単純で身勝手でどうしようもなくやっかいな生き物よね。あなた、友哉との未来を思い描いているんでしょう？　それなのに、彼の子を妊娠した私が現れるなんて、本当にお気の毒様」

志穂は豊満な胸を揺すりながら、ウェーブのかかった髪の毛をしどけなく掻き上げた。そして、腕時計の横に胎児のエコー写真と彼女の名前が記された母子手帳を置く。

「疑うなら、産婦人科に電話してもらってもいいわよ。必要なら出生前ＤＮＡ鑑定だって受けるわ。あ、でも安心して。私は別に友哉と結婚したいわけじゃないの。そういう制度に縛られた生き方をしたくないし、誠意も認知も必要ない。友哉はあなたに譲ってあげてもいいわ。ただし条件があるのよ。ねぇ、ベビーちゃん」

志穂が鷹揚《おうよう》に微笑み、これ見よがしに自分の下腹をさすった。

これほど自信たっぷりな様子からして、少なくともテーブルの上に載っているものは、すべて本物だろう。もし彼女が本当に友哉の子供を妊娠しているとしたら、事実上、姫乃は彼女に先を越された事になる。

そんな事を気にしてしまう自分を情けなく思いつつも、姫乃は突然突きつけられた事実に打ちのめされて言葉もない。けれど、何も言わないままでいられるはずもなかった。

「それで、あなたは私にどうしろとおっしゃるんですか？」

「あら、話が早くて助かるわ」

志穂が白い歯を見せて、にっこりする。

「私がほしいのは、子供を一人で産んで育てるのに必要なお金よ。私立の幼稚園から大学までの費用って、だいたい四千万円なんですってね。つまり、そういう事。私がここに来たのは、もろもろの対価として、あなたにこの腕時計を買い取ってもらおうと思ったからなの」

「その金額が、四千万円って事でしょうか」

「大負けに負けての金額よ。だって、お腹の子は神野家の血を引いているのよ。本当は友哉や彼の親族に請求してもいいんだけど、いろいろとうるさいだろうから、一番物わかりのよさそうなあなたに話を持ってきてあげたってわけなの。それくらい用意できるわよね？」

志穂が、ぐるりと首を巡《めぐ》らせて店の中を見回す。

意図的なのかそうでないのか、今の志穂は、はじめて見た時と比べるとまるで別人のようだ。

この短期間で変わったのか、それとも自在に操作して印象を変えられるのか……

いずれにせよ、志穂はとんでもない曲者《くせもの》だった。

仮に姫乃が彼女から時計を買い取ったとしても、きっとそれでは終わらない。今後は姫乃だけではなく、ほかにもターゲットが広がっていく可能性だってある。

いいや、むしろ親族でもなんでもない自分よりも前に、志穂からの接触を受けている人がいると考えたほうがいいかもしれない。

「私、急いでるの。事を荒立てないためにも、友哉が帰国する前に話を終わらせたいから、今日明日中にお金を用意してくれる？　そうしたら、もう二度とあなたと友哉の邪魔はしないって誓うわ。はい、これ。私の口座番号よ」

志穂が姫乃の手の中にメモ用紙を押し込んでくる。冷たく湿った彼女の手が触れた途端、姫乃の背中に悪寒が走った。

「おはようございま〜す！」

その時、店の入口から西野の声が聞こえてきた。

姫乃が椅子に座ったまま下を窺うと、ちょうど顔を上げた西野と目が合った。

「西野さん、どうしたの？　やけに早いね」

姫乃は強《し》いていつもどおりの声で、西野に話しかけた。

「注文の品、早めにこなそうと思って。——あら、野村様。いらっしゃいませ」

階段近くまでやって来た西野が、二階のテーブルに着いている志穂を見つけて挨拶《あいさつ》をする。

「どうも」

志穂は取ってつけたような笑顔でそう言うと、テーブルの上のものをバッグにしまった。

「じゃ、私はこれで失礼するわね。山久さん、いろいろとよろしく」

そう言い残すと、志穂は足早に店を出て行った。西野が不思議そうな顔で首をかしげているそばで、姫乃はとんでもない状況に陥《おちい》った事に戸惑って激しく動揺する。

妊娠、腕時計、四千万円、などなど……さっき志穂から聞かされた思いもよらない単語が、頭の中をぐるぐると駆け回っている。しかし、今はこうしている場合ではない。

姫乃は極力なんでもないふうを装《よそお》って席を立ち、階段を下り始めた。

「姫乃さん、大丈夫ですか？　なんだか少し顔色が悪いみたいですけど」

一階から見上げてくる西野が、心配そうな表情を浮かべる。

「そう？　ちょっと朝ごはんを少なめにしたせいかも――」

話しながら、最後の一段を下りようとした。

けれどなぜか視界が暗転し、姫乃は階段を踏み外すようにして、一階の床に向かって倒れ込んでいった。


「姫乃っ……！　姫乃……！」

心地よい夢の中に身も心も漂《ただよ》わせていると、どこかで自分を呼んでいる祥子の声が聞こえてきた。

今、何時だろう？

もう起きる時間？

姫乃はまだ少し重い目蓋《まぶた》をうっすらと開けて、パチパチと瞬《まばた》きをした。

天井の蛍光灯が、やけに眩《まぶ》しい。もう一度目を閉じようとした視界に、今にも泣きそうな顔をした祥子の顔が入ってきた。

「姫乃、気がついた？　あぁ、よかったぁ～」

一変して安堵の表情を浮かべた祥子の横に、彼女の息子である涼《りょう》がいる。彼は姫乃と目が合うと、にっこりと笑って手を振ってくれた。

「祥子、涼君もいるね」

姫乃が身体を起こそうとすると、祥子があわてたようにそれを阻止してくる。

「起きちゃダメ。一応まだ安静にしておいてくれって言われてるんだから」

「え？　安静……って、ここどこ？」

周りを見回すと、白い壁と窓のほかに天井《てんじょう》から下がったカーテンが見える。ほかには誰の姿もなく、何もかもが見慣れないものばかり。明らかに自宅ではないし、寝ているベッドは一人用だ。

「ここは、姫乃のかかりつけの病院の病室。姫乃は店の階段を下りる途中で気を失って倒れたのよ。覚えてない？」

そう言われて、頭の中に残る最後の記憶をたぐり寄せる。確かに、階段を下りようとしていたのは覚えている。その少し前に西野が早めの出勤をして来て、自分は二階で接客をしており――

（そうだ……野村志穂さん……！）

姫乃は、店の二階で彼女と対峙した時の事を思い出した。

「うん……覚えてる。でも、なんだかちょっとまだ……」

「そっか。とりあえず、もう大丈夫だから安心してね」

まだ少し混乱している姫乃の手を、祥子がそっと握った。彼女によると、床にダイブしそうになった姫乃を、ちょうど階段の下にいた西野が支えてくれたらしい。おかげで怪我もなく無事だったが、姫乃の意識が戻らないため、救急車を呼んで病院に搬送してもらったのだという。

「西野さん、すぐに私に連絡をくれたの。それで、大急ぎで駆けつけたってわけ」

祥子は「ＨＩＭＥＮＯ」の常連客でもあり、スタッフは皆顔を知っていて連絡先も顧客名簿に記載がある。彼女はちょうど用事があって涼と二人で出かけている最中だったらしく、西野とうまく連携が取れたようだ。

「お店は、西野さん達が対応してくれてるから心配しないで。さっき店に電話して、大丈夫そうだっていうのは伝えてあるわ。みんな驚いてたけど、特にどこかが悪いってわけじゃないのがわかって、今頃は安心して仕事してると思う」

姫乃が目を覚ます前にした血液検査によると、やや貧血気味ではあるようだ。しかし、そのほかに気になる結果は出なかったらしい。

「一応明日までは安静にしたほうがいいって事だけど、特に何もなければ退院できるって。よかったわね」

「祥子、いろいろとありがとう。でも、私、どうしちゃったんだろう。ここのところ忙しかったから、そのせいもあるのかな」

姫乃が首を傾げると、祥子がにっこりと微笑みを浮かべた。その横にいた涼が、椅子から下りて祥子の腕にもたれかかってモジモジしている。

「ママ、僕知ってる。姫乃ちゃんのお腹に、赤ちゃんいるんでしょ」

涼がたどたどしい口調で言い、祥子が彼の頭を撫でながら頷く。

「そうよ〜。まだちっちゃいけど、お腹の中に赤ちゃんがいるの」

「ええっ!?」

姫乃は母子の会話を聞いて、鳩《はと》が豆鉄砲を食ったような顔になった。

「ちょっ……い、今なんて言ったの?」

今一度起きようとする姫乃を、祥子の手がやんわりと押し留める。

「姫乃、おめでとう! あなた妊娠してるのよ。さっき検査してる途中で、そうだってわかったの」

姫乃はポカンと口を開けて、大きく目を見開いた。友哉と同居して以来いっそう妊活に励《はげ》んできたが、まさか本当に妊娠してるなんて、驚きすぎて一瞬頭の中が真っ白になる。

「……で、でも、この間生理が来たのに」

「それ、たぶん着床出血だったんだと思うよ」

着床出血は妊娠三、四週目に見られる症状で、決して珍しい事ではないのは知識として知っていた。けれど、まさかそうだとは思わず、てっきり生理だと思い込んでいたのだ。

「姫乃、よく頑張ったわね。改めて、おめでとう」

「ありがとう！　よかった……頑張った甲斐があった……。本当に嬉しい……！　これもみんな、祥子や正光さんが私に友哉を引き合わせてくれたおかげだわ」

姫乃は驚きに包まれつつ、お腹に手を当てて妊娠の喜びを噛みしめた。

望んで、今か今かと待ち構えていた友哉との赤ちゃんが、ようやくお腹に来てくれた。いろいろと悩んだり落ち込んだりしたが、たった四か月で夢が叶った事を全世界の神様に感謝したいくらいだ。

「早速友哉さんに連絡しなきゃね。それと、正光にも」

「ちょっ……ちょっと待って。正光さんはともかく、友哉に連絡するのは少し待ってくれる？」

「どうして？」

「妊娠とはまた別の話なんだけど、実はちょっとおかしな事になってて――」

姫乃はそばにいる涼を気遣いながら、祥子に「ＨＩＭＥＮＯ」で志穂と話した内容をかいつまんで話した。

「何それ……」

話を聞いた祥子の顔が、みるみる強張《こわば》っていく。

「それって、恐喝じゃないの。野村志穂って人、ぜったいにおかしいわよ。それと、腕時計だけど確かに友哉さんのものだったの？」

「ちゃんと裏蓋《うらぶた》に刻印があったし、一度よく見せてもらった事があるから間違いないと思う。友哉は今、イタリアですごく大事な商談の真っ最中なの。だから、今は仕事に集中してほしいのよ。せめて友哉が帰国するまでは、妊娠や野村志穂さんの事は内緒にして。お願い」

姫乃に頼み込まれ、祥子は悩みながらも願いを聞き入れてくれた。

「わかった。それにしても、野村さんの事……なんだったら、もう一度正光に聞いてみようか？」

「ううん、とりあえず黙っておいてくれる？　ちょっとだけ、考えさせて」

自身の妊娠と友哉の不在。それに志穂の件が絡んで頭がパンクしそうだった。

志穂の話は信じがたいが、腕時計という証拠がある。いずれにせよ、事を荒立てる前に一度自分だけでよく考えたい。

友哉に話すのは、それからでも遅くはないだろう。本当の事を言えば、受けた衝撃は今も心をひどくざわつかせていた。だが、姫乃はもう一人ではない。友哉の子をお腹に身ごもっていて、近い将来母親になる責任を負っているのだ。

「とにかく、野村さんの要求に応じる事なんかないわ。話を聞いただけだけど、彼女、たぶん今回みたいな事するのって、はじめてじゃないんじゃないの？」

「わかってる。それに、祥子が今言った事、私もそうじゃないかって思うの」

とりあえず、志穂に対する対応は保留にする。

そして友哉が帰国するまでの間で、できる範囲で事実確認を進めるという事で、彼女の件に関してはいったん話を終えた。

いろいろと心を乱されるが、姫乃が最優先にすべきなのは、お腹の子だ。

「でも、本当によかったね、姫乃。とにかく、今は大事にしなきゃね。入院の手続きも終わってるし、とりあえず今夜はここでゆっくりして。明日は私が迎えに来るから、安心してのんびりしてちょうだい」

それからしばらくして、祥子と涼が帰っていき、姫乃は病室で一人になった。祥子達がいた時は、無意識に気を張っていたのだろう。急にどっと疲れが押し寄せてきて、姫乃はお腹に手を当てながらベッドの上で横になった。

(いろんな事がありすぎて、頭の中の整理が追い付かない……でも、ひとつひとつ解決していかなきゃ。ね、赤ちゃん)

問題は山積みだ。けれど今、自分の胎内に友哉との子供が宿っている事が嬉しくて仕方がない。妊娠を機に二人の関係は終わってしまうが、彼の子供を育て愛しんでいける未来が開けたのだ。

(友哉、本当にありがとう。あなたとの子供、大切に育てていくからね)

姫乃は心の中でそう語り掛けると、この上ない喜びに包まれて、にっこりと微笑みを浮かべるのだった。


翌朝、再度一連の検査をしたのち、姫乃は予定どおり退院する事になった。そうとわかってすぐに、スタッフに連絡を入れて心配をかけた事を詫びる。

『よかったです〜！　もう、無理しないでくださいね』

倒れた時に助けてくれた西野が、電話の向こうで泣きそうな声を上げた。かわるがわる電話口に出たスタッフ全員から大事を取って数日休むよう言われ、厚意に甘える事にする。

祥子が来てくれるのは午後であり、姫乃はこれからここの病院の産婦人科を訪ねる予定だった。カルテをそのまま回してもらい、妊活前に受けた検査でも世話になった女性産婦人科医と顔を合わせる。診察の結果、特に問題はないが、軽い貧血が見られるために栄養面に注意するように言われた。

「改めて、おめでとうございます。予定日は来年の七月三日よ。それまで大事に、お腹の赤ちゃんを育てましょうね」

もうベテランの域に達しているその人は、自身も三人の母親であるらしい。優しい顔でそう言われて、ふと気が緩んだのか、いつの間にか涙が頬を伝っていた。

「ありがとうございます。ふふっ……すみません。私、本当に嬉しくて……」

女医にティッシュを手渡され、姫乃はそれで頬の涙を拭った。

「よかったわね。子供は天からの贈り物よ。一緒に見守っていきましょうね。それと、次に来る時までに母子手帳をもらっておいてね」

女医と看護師に見送られ、姫乃は診察室をあとにした。病室に戻る途中で病院内のコンビニエンスストアに立ち寄り、何か飲み物を買おうと棚を物色する。

(なんにしようかな……。カフェインは避けるとして、野菜ジュースがいいかな。それともあったかい飲み物にしたほうがいい?)

病院内のコンビニエンスストアだからか、ノンカフェインのドリンク類が比較的豊富に置いてある。結局温かい玄米茶を買って病室に戻り、窓の外を眺めながら退院の準備に取り掛かった。

それが済むと、ペットボトルの蓋《ふた》を開け、ゆっくりと味わいながら玄米茶を飲む。

半分ほど飲み終えたペットボトルをベッド脇のテーブルに置き、窓際に立つ。

「いい天気……」

いろいろと気になる事はあるが、お腹の子供に意識が集中している今は、自分でもびっくりするくらい心が凪《な》いでいる。

(私、もう一人じゃないんだ)

改めてそう実感して、「HIMENO」以外にも守るものができたという嬉しい重圧と責任感を感じる。この先何があっても我が子を守り抜くという決心をすると、姫乃はお腹に手を当ててにっこりする。

「ふふっ……これ、やってみたかったんだよね。……えっと……私のお腹にいる赤ちゃん、聞こえますか？　私があなたのママよ。ママのところに来てくれて、本当にありがとう。わけあってママ一人で育てる事になるけど、心配しないで。何があってもママがいる。ママがずっと、あなたを守ってあげるからね」

そう言い終えた時、背後から足音が聞こえてきた。てっきり祥子だと思って振り向くと、そこに立っていたのは友哉だった。

「と、友哉っ……？」

「ああ、俺だ」

振り返った身体を広い胸に抱き寄せられ、お腹に当てた手の上に大きな掌《てのひら》を重ねられる。途端に身体から余分な力が抜け、姫乃は自然とつま先立ちになって彼の背中に腕を回した。

「出張は？　まだ帰国予定日じゃないでしょ？　あ……商談、うまくいかなかったの？」

「商談はうまくいった。思っていたよりもかなり早く話を進める事ができたんだ。これは姫乃が妊娠をしたおかげでもある。先方の奥方が、ちょうど妊娠中でね」

友哉曰《いわ》く、姫乃の妊娠の話を聞いた数時間後に、商談相手と会食の予定が入っていたようだ。

そこで恋人が妊娠したと話したところとても喜んでくれて、早急に契約締結という運びになったらしい。

「話を聞いたって、正光さんから？」

友哉が抱き寄せていた手を解いて、姫乃と顔を見合わせた。

彼に誘導されて二人してベッドに腰を下ろし、そっと肩を抱き寄せられる。

「そうだ。だが、彼を責めないでやってくれ。正光から連絡をもらった時、なんとなく奥歯にものが挟まったような話し方をするから、問い詰めて強引に吐かせたんだ」

姫乃の妊娠を知った友哉は、すぐに帰国したいという思いを抑えきれなくなったのだという。

そして契約締結を進める事になってすぐに、購入したばかりのビジネスジェット飛行機で商談相手とともに帰国して、ついさっき先方をホテルに送って即ここに駆けつけたのだ、と。

「だけど、商談相手を放っておいていいの？」

「大丈夫だ。彼には専用の案内人をつけて、存分に日本観光をしてもらうように手配した」

「すごい。さすが神野友哉ね」

「当たり前だ」

「……ん、っ……」

頬を空《あ》いているほうの掌《てのひら》で包み込まれ、唇にキスをされる。何度となく唇を重ねたあと、友哉が姫乃のお腹をじっと見つめながら、真剣な表情を浮かべた。

「お腹、撫でてもいいか？」

遠慮がちにそう言う友哉は、おっかなびっくりといった様子だ。

「もちろん」

友哉の掌《てのひら》が姫乃のお腹をそっとさする。二人はどちらともなく顔を見合わせて、もう一度唇を重ね合わせた。

「ありがとう、姫乃。俺との子供がここに宿っていると思うと心から嬉しいし、姫乃が誇らしいよ」

そんなふうに言われ、姫乃はうっかり泣きそうになった。友哉は子種の提供者であり、お腹の子の父親である事は間違いない。

けれど彼はあくまでも生物学的な父親であり、書類の上では姫乃だけが赤ちゃんの親になる。それをすべて把握した上での発言だろうし、彼にお礼を言われただけでも想いが報われたような気がした。

「私こそ、本当にありがとう」

お礼を言った途端、嬉しさで言葉が詰まった。もっと言いたい事があるが、今話せば本格的に泣き出してしまいそうだった。

「ところで、どうして妊娠を隠そうとしたんだ？」

背中を撫でながら、友哉がそう訊《たず》ねた。

「友哉は大事な仕事を抱えていたし、出張が終わるまで言わないでおこうと思ったの。聞けばいろいろと気になるかもしれないし、余計な心配をかけたくなくて——」

「心配をかけたくないなんて言うな。俺は姫乃になら、いくらでも心配をかけられていいと思ってるんだぞ」

「友哉……」

優しい言葉に胸が熱くなった。けれど、優しくされればされるほど、別れが辛くなる。

そう言おうとしたけれど、口にすれば今の空気が壊れてしまいそうで、できなかった。

「それと、もうひとつ。野村志穂に関する話だが、彼女が俺について言った事はすべて大嘘だから、いっさい心配はいらない。大事な時期にとんでもない心労を抱えさせて本当にすまなかった」

「えっ……？　もしかして、祥子から聞いたの？」

「妊娠の件を聞いた時に、正光をとおして聞いたんだ。正光の奴、祥子さんと俺の間で板挟みになって、相当悩んでいたらしい」

友哉が言うには、祥子は正光に姫乃が妊娠したと話した時に、再度志穂の件で彼を締め上げて凄《すご》んだのだという。

以前、友哉から志穂に関する話を聞いていた正光だったが、いくら妻でも神野家の沽券《こけん》に関わる事を話すわけにはいかない。困った正光は出張中の友哉に連絡を入れ、逆に彼から問い詰められて、すべてを白状させられる事になったようだ。

「祥子ったら……」

「姫乃が俺を気遣ったのと同様に、祥子さんも姫乃のためを思って正光を締め上げたんだと思う。そして、彼は彼でよその家の事情を俺に断りもなく話すのをよしとせず、神野家の名誉のために最後まで黙っていてくれたんだろうな」

「二人とも、いい友達を持ったわね」

「本当だな。正光が電話をしてきた時、そばに祥子さんがいて、途中で代わって少しだけ話をした。彼女の君を大切に想う気持ちは尊敬に値する。とにかく今回の件については、すべて神野家の責任だ。一族を代表してお詫びをする。本当に申し訳なかった」

姫乃から少し離れた位置に座り直すと、友哉が深々と頭を下げた。

姫乃はそれを押し留めると、友哉の顔を見つめながらゆっくりと口を開いた。

「確かめていい？　野村志穂さんのお腹の子の父親って、友哉じゃないって事でいいのよね？」

「ああ、ぜったいに俺じゃない」

きっぱりとそう言われ、姫乃は部屋の隅々にまで聞こえるほど大きな安堵のため息をついた。

「……そっか……よかったぁ」

座りながらふらついた姫乃を、友哉の腕がしっかりと支えて胸に抱き寄せた。

「でも腕時計は？　あれって友哉のでしょう？　野村さん、友哉の腕時計を持ってたわよ。ちゃんと裏蓋《うらぶた》に刻印がされているやつ……え？　あれっ？」

話している途中で、友哉がスーツの袖口《そでぐち》をめくった。そこには見慣れた彼の腕時計がある。

それは確かに本物なのだろうが、その一方で志穂が持っていたのも本物で――

「腕時計……ある。じゃあ、あれは？」

「あれは俺の祖父のものだ。事情は今から説明する。姫乃には、また余計な心配をかけてしまったな。本当に今回の件は神野家を代表して謝罪を――」

また謝ろうとする友哉の唇を、姫乃は指先で押さえた。友哉がその指先を軽く食《は》み、姫乃の身体に甘いさざ波を起こしてくる。

「お腹の子の父親が友哉じゃないって聞いて安心した。それだけ聞けば、もうとりあえず大丈夫。でも、どうして友哉が神野家を代表して謝らなくちゃならないの？」

「うむ……ちょっと複雑なんだが、聞いてくれるか」

そう言って話し始めた友哉の説明によると、まず結論から言って、野村志穂は友哉の父方の祖父である神野正一の愛人だった野村かおりの一人娘であるらしい。

しかし父親は正一ではない別の男であり、当然志穂は神野家とは一切血縁関係はなく、なんの関わりもない赤の他人だった。

ただし血縁関係がないとわかったのはつい最近であり、志穂が生まれた時点で、正一は彼女を実子として認知してしまっている。実子でないのに、書類上では親子関係にあるというのが、またややこしさに拍車をかけているようだ。

「それってつまり、野村かおりって人が友哉のおじい様をだまして、別の人の子供である自分の娘を認知させたって事？」

「そうだ。嘘がバレたのは、野村かおりがまた別の男に走ったからだ。祖父はそれを知って激怒して、彼女と大喧嘩になった。救いなのは、祖母が夫の不義を知らないまま亡くなった事だ。身内の恥を晒《さら》す、みっともない話で申し訳ない――」

友哉がさらに言う事には、関係がこじれた正一とかおりは、弁護士を介して関係を断つと決めたが泥沼化。それは今も続いており、かおりは確かなＤＮＡ鑑定結果が出てもなお、我が子である志穂は正一との子供だと言い張っているらしい。

一方、志穂は実子ではないとわかったあとも以前と変わらずに正一の元を訪れ、お金をたかっていた。けれど、さすがの正一も、今まで可愛がっていた志穂が別の男の子供だとわかった以上、これまでどおりとはいかない。

お金がほしい志穂は、泥棒目的で母親とともに正一宅を訪問。隙を見て家から腕時計を含む金品を盗み出した。そして、由来を知る腕時計を使って、なんの関係もない姫乃相手に詐欺《さぎ》行為を働こうとしたというわけだ。

「何度か会社の代表番号に電話をかけてきていたようだから、もともとは俺から金をせびろうとしていたんだと思う。だが、俺は一向に電話に出ないし、個人的な連絡先はわからない。そこで、なんとか探ろうとしていたところに俺が載った雑誌の記事を見つけて、『ＨＩＭＥＮＯ』を訪ねたんだろう」

友哉曰《いわ》く、まだ双方とも子供だった頃の夏休みに、志穂と一度だけ顔を合わせた事があるらしい。当時は大勢いる親戚の一人だと思い接していたが、以後はまったく交流はなかったようだ。

「そうだったんだ……」

おそらく志穂は、友哉から金を得るよりも姫乃を騙《だま》すほうが手っ取り早いと考えたのだろう。

「HIMENO」の二階で、あれほど自信たっぷりに嘘を並べ立てたのは、そんな裏話があったからだったのだ。

「腕時計の裏蓋《うらぶた》に家紋が刻印されているのは、親族なら誰でも知っている。だが、側面に贈られた年月と持ち主の名前がローマ字で記されているのは、あまり知られていない。その事を姫乃に言っておけば、すぐに彼女が持っていた時計が俺のものじゃないとわかったはずだったんだが」

友哉が申し訳なさそうな表情を浮かべながら、腕時計を外して彼の名が記された刻印を見せてくれた。姫乃はそれをまじまじと見つめ、目をキラキラと輝かせる。

「小さいけど、繊細で綺麗な文字……。素晴らしい技術だし、ものすごく勉強になる」

幸いにも、志穂の詐欺《さぎ》行為は未遂に終わった。

かおりはその後窃盗罪で書類送検されたが、志穂は盗んだものを持ち逃げして行方《ゆくえ》をくらました。

しかし、すでに彼女には別件の詐欺《さぎ》容疑で逮捕状が出ているようで、捕まるのは時間の問題であるらしい。

「いずれにせよ、諸々《もろもろ》のトラブルは祖父の女癖の悪さが引き起こした自業自得の揉め事だ。それに姫乃を巻き込んでしまって、本当にすまない。今後は、もうぜったいにこんな事は起こらないと約束する。その約束を果たすためにも、俺がずっと姫乃のそばにいて、一生姫乃とお腹の子を守り続ける」

目をじっと見つめられながらそう断言され、思考回路が一瞬にしてストップする。

「……え？」

友哉に言われた事が、うまく理解できない。

考えようとしても情報がこんがらがり、脳の回路がショートして修理不能状態だ。

「たぶん、姫乃にはじめて会った時から、気づかないうちに惹かれていたんだと思う。そうでなければ、あんなふうに抱けるわけがない――」

「ま、待って！　友哉は私を妊娠させるためにものすごく努力してくれた。それは正光さんに恩義を感じてるからで、妊娠したら私達の関係は終わり……なんでしょ？」

姫乃は思い切ってそう訊《たず》ねた。

友哉とともに生きる未来があるのでは――そう考えた事もあったが、それははじめて本気で人を好きになった自分の願望にすぎなくて――

「終わらない。終わるわけがないだろう？　たとえ姫乃が終わらせたいと思っても、俺が承知しない」

姫乃は耳を疑った。まさか、夢を見ているのだろうか？

姫乃が驚きに目を瞬《またた》かせていると、友哉がベッドから下りて、姫乃の前に片膝をついて右手を差し伸べてきた。

「愛してるんだ。俺には姫乃しかいない。大袈裟《おおげさ》に聞こえるかもしれないが、俺はもう姫乃がいないとまともに生きていけない。姫乃が俺の生きる糧《かて》のようなものなんだ。うまく言えないが……とにかく俺は姫乃を愛してる。お願いだから、俺と結婚してくれ」

「ふぇえええっ？」

驚きすぎて、素《す》っ頓狂《とんきょう》な声が出てしまった。

「何事ですか⁉」

声に驚いて飛んできた看護師が、病室に駆け込んで来た。

「す、すみません！」

謝りながらそちらを振り向くと、開けっ放しになっていた病室の入口には、いつの間にか入院患者らしき人達が大勢集まってきている。

その真ん中にいる祥子が、姫乃に向かってガッツポーズをした。

「えっ？　えええ――」

またしてもやかましい声を上げそうになる姫乃の唇を、立ち上がった友哉がキスで塞いだ。

祥子が小さく歓声を上げると、入口のほうから何人もの人が静かに拍手をする音が聞こえてきた。

友哉が微笑んでいるのが、唇をとおして伝わってくる。

短期間の間に起きた、いい出来事や悪い出来事。

それらが一度に大きな展開を見せて、今、無事にすべての騒動が一応の決着を見たというところだろうか。

「姫乃、返事を聞かせてくれ」

友哉が姫乃の唇に、直接そう問いかけた。

「するっ……！　結婚する。私も一生友哉のそばにいたい。ふつつかものですが、どうぞよろしくお願いします――」

返事を終えた唇にキスをされ、身体を優しく抱き締められる。

姫乃は心からの喜びと甘いキスに蕩《とろ》かされ、目を閉じて友哉の腕に身を任せるのだった。


「ＨＩＭＥＮＯ」のウィンターシーズンの商品は飛ぶように売れて、オープン以来最高の月次売上を叩きだしそうだ。

むろんそれは友哉のインタビュー記事のおかげであり、自ら残業を申し出て注文品の制作を頑張ってくれたスタッフの努力の賜物《たまもの》だ。

まだ計画の段階だが、今後は品質を保つのを前提でスタッフを増やし、ゆくゆくは二号店を出したいと思っている。

関東地方にも初霜《はつしも》のニュースが流れ始めた十一月の下旬、姫乃はめでたく友哉と夫婦になった。

まだ妊娠初期という事もあり、結婚式やハネムーンについては未定だ。その一方、姫乃がもっとも心配していた友哉側の親族の反応については、いまだ継続中の泥沼裁判の影響もあってか、拍子抜けするほどあっさりと受け入れてもらえた。

姫乃側の親族は言うまでもなく諸手《もろて》を挙げて大喜びをして、二人の結婚と妊娠を心から祝福してくれている。

そして、いよいよクリスマス商戦がピークを迎えている週末の夜、姫乃は友哉とともに自宅で新しく買ったソファで寛《くつろ》いでいた。

「これ、買って正解だったな。立ったり座ったりが、すごく楽」

「引っ越したら、もっと大きくてゆったりしたソファを買い足そう。そうしたら、そこで子作りもできるだろう？」

「え？　な、何言ってんの？　まだお腹の子が生まれてもないのにっ……ん、んっ……」

友哉に唇を奪われ、ついでに手に持っていた齧《かじ》りかけのリンゴを半分食べられてしまった。

この頃の友哉は、日を追うごとに甘やかし上手になりつつある。

戸田夫妻は「キャラ崩壊」とまで言っているし、姫乃自身も彼の激変ぶりには驚くばかりだ。

その一方で、友哉はつい最近「ＨＩＭＥＮＯ」から車で十五分の距離に土地を買い、新居を構えるべく目下引っ越しの準備中だ。

「引っ越すのはまだ先だけど、ちょっとずつ荷物を片付けないとね。あ～面倒くさい」

最後は小声で言ったつもりだったのに、しっかり友哉に聞かれてしまう。

「面倒なら、ぜんぶ業者に任せたっていいし、俺が少しずつやってもいいぞ」

「またそうやって甘やかす」

「いいだろ。それが今の俺の趣味のひとつだ。それに姫乃は『ＨＩＭＥＮＯ』の仕事のほかに、お腹の子を大切に育てるっていう重要な役割があるんだから。それに、俺達のマリッジリングも作らなきゃならないんだぞ」

二人で相談した結果、とりあえずマリッジリングだけは早急に作る事にした。

友哉は今からそれを着けるのを楽しみにしており、姫乃が描くデザイン画を見ては完成を心待ちにしている。

「男の人って結婚指輪をすると、かえってモテまくるとか言うし、それがちょっと心配だな」

姫乃が唇を尖らせると、その先に友哉がすかさずキスをする。

「心配なら、俺から別注で男性用の貞操帯を頼んでもいいぞ。姫乃メイドのそれを常時着けていれば、安心だろう？　着けないにしても、社長室に飾っておけばいい。そうしたら、さすがにもう誰も近づいてこないだろうし」

「て、貞操帯って……友哉ったら、さすがにそれは——きゃっ！」

友哉に背中と膝裏をすくわれ、彼の広げた脚の間に横向きに座らされた。鼻先をちょこんと合わされ、唇にチュッとキスをされる。

「いや、冗談じゃなく、女性用も合わせて本気で商品化を考えてみたらどうだ？　いっその事マリッジリングみたいにペアで作るっていうのは？　ハンドメイドで世界にひとつだけの逸品を結婚記念にプレゼントし合う——いいと思わないか？」

あまりにも突拍子もない事を言われ、一笑に付そうとした。けれど、人には隠れた趣味嗜好《しこう》があり、ニーズは人の数ほどあると言える。

それは、自分達夫婦が身をもって知っている事実でもあるのだ。

「そうだね……もしかすると、結構いいアイデアかも。ちょっと本気で考えてみるね」

物が物だけに、完全受注販売となるが、案外売れるかもしれない。

姫乃はにわかにワクワクし始め、早速スケッチブックを出してペンを握る。今の時代にしてはアナログだが、デジタルなタッチペンよりも、使い慣れたカラーペンのほうがしっくりくるし、集中できるのだ。

何はともあれ、夫婦ともに仕事もプライベートも順調そのもの。

お腹の赤ちゃんも元気に育っているし、今はもう何も言う事はない。

「友哉と出会ってから、いろいろあったよね。だけど、私、一生友哉を愛する気持ちは変わらないって思うの。始まり方は普通じゃなかったけど、今すごく幸せ。幸せすぎて、全人類に感謝したいくらい！」

姫乃が大きく手を広げて天井《てんじょう》を見上げると、友哉がバンザイをしたままの身体を抱き寄せて唇にキスをしてきた。

「姫乃がそう思ってくれている事がすごく嬉しいよ。ものすごく感動してるし、姫乃に愛されてる俺は、本当に幸せ者だと思う。愛してるよ、姫乃。姫乃とお腹の赤ちゃん、それとこれから先に生まれてくるかもしれない赤ちゃんの幸せは俺が保証する。生涯かけて家族全員を大切にするって誓うよ」

心底嬉しそうな顔をする友哉を見て、姫乃は彼の首に思いきり強くしがみついた。

「私だって負けないくらい幸せ者よ。愛してる。友哉と一緒なら、私、一生幸せ――ん、んっ」

言い終わるのを待たずに、二人の唇がぴったりと重なる。
今この時、自分達は間違いなく世界一の幸せな夫婦だ。
姫乃はしみじみとそう感じて、キスをしながらにっこりと微笑みを浮かべるのだった。

手痛い失恋を癒すため、佳乃《よしの》は南の島へ旅行に。そして…そこで出会った名も知らぬ相手と熱く濃密な一夜を経験する。互いに強く惹かれ合うが、行きずりの恋に未来などない…。そう思った佳乃は黙って彼の前から姿を消してしまう。それから五年。佳乃は転職し、とある企業で秘書として働いていた。そんな彼女の前に、新たなCEOとしてあの夜の彼・敦彦《あつひこ》が現れて!?

B6判　定価：704円（10%税込）　ISBN 978-4-434-28510-3

漫画 水口舞子
Maiko Mizuguchi

原作 有允ひろみ
Hiromi Yuuin

岩田《いわた》凛子《りんこ》は紡績会社の経理部で働く二十八歳。無表情でクールな性格ゆえに、社内では「超合金」とあだ名されていた。そんな凛子に、新社長の慎之介《しんのすけ》が近づいてくる。明るく強引に凛子を口説き始める彼に動揺しつつも、凛子はいつしか惹かれていった。そんなおり、社内で横領事件が発生！　犯人と疑われているのは……凛子!?　「犯人捜しのために、社長は私に迫ったの…？」傷つく凛子に、慎之介は以前と変わらず全力で愛を囁き続けて……

B6判　定価：704円（10%税込）　ISBN 978-4-434-27007-9

EB エタニティ文庫

エタニティ文庫・赤

装丁イラスト／千花キハ

総務部の丸山さん、イケメン社長に溺愛される

有允ひろみ

アパレル企業の総務部で働く里美は、存在感の薄すぎる“超”地味ＯＬ。そんな里美が、イケメン社長の健吾に突然目をつけられ、なんと交際を申し込まれた！　これは彼の単なる気まぐれだろうと自分を納得させる里美。けれど健吾は里美に本気も本気で、ド執着してきて……!?

エタニティ文庫・赤

装丁イラスト／千花キハ

経理部の岩田さん、セレブ御曹司に捕獲される

有允ひろみ

岩田凛子は無表情ゆえに、「経理部の超合金」とあだ名されている。その彼女に、若くして社長に就任した慎之介が近づいてきた。明るく強引に、凛子を口説く彼。そんなおり、社内で横領が行われているとの情報が入る。その犯人と疑われているのは……まさかの凛子で!?

※エタニティブックスは大人の女性のための恋愛小説レーベルです。ロゴマークの色で性描写の有無を判断することができます(赤・一定以上の性描写あり、ロゼ・性描写あり、白・性描写なし)。

詳しくは公式サイトにてご確認ください。
https://eternity.alphapolis.co.jp/

携帯サイトはこちらから！

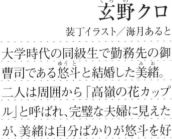

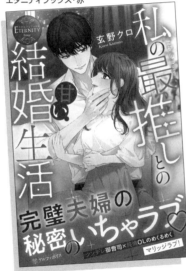

この作品に対する皆様のご意見・ご感想をお待ちしております。

おハガキ・お手紙は以下の宛先にお送りください。

【宛先】

〒150-6008 東京都渋谷区恵比寿 4-20-3 恵比寿ｶﾞｰﾃﾞﾝﾌﾟﾚｲｽﾀﾜｰ 8F
（株）アルファポリス　書籍感想係

メールフォームでのご意見・ご感想は右のＱＲコードから、
あるいは以下のワードで検索をかけてください。

アルファポリス　書籍の感想　検索

ご感想はこちらから

オレ様《さま》エリートと愛《あい》のない妊活《にんかつ》はじめました

有允ひろみ（ゆういん ひろみ）

2023年 3月 25日初版発行

編集－本山由美・森 順子
編集長－倉持真理
発行者－梶本雄介
発行所－株式会社アルファポリス
〒150-6008 東京都渋谷区恵比寿4-20-3 恵比寿ｶﾞｰﾃﾞﾝﾌﾟﾚｲｽﾀﾜｰ8F
TEL 03-6277-1601（営業）　03-6277-1602（編集）
URL https://www.alphapolis.co.jp/
発売元－株式会社星雲社（共同出版社・流通責任出版社）
〒112-0005 東京都文京区水道1-3-30
TEL 03-3868-3275
装丁イラスト－相葉キョウコ
装丁デザイン－AFTERGLOW
（レーベルフォーマットデザイン―ansyyqdesign）
印刷－株式会社暁印刷

価格はカバーに表示されてあります。

落丁乱丁の場合はアルファポリスまでご連絡ください。

送料は小社負担でお取り替えします。


ISBN978-4-434-31736-1　C0093